Keith Ablow

Né dans le Massachusetts, Keith Ablow obtient un diplôme de psychiatrie criminelle à l'université Brown et à Johns Hopkins Medical School. Au cours de ses études, il est reporter pour le magazine *Newsweek* et pour le *Washington Post.* Par la suite, il travaille dans un hôpital psychiatrique à Boston tout en écrivant des articles, contribuant à la recherche sur les graves troubles du comportement. Il est l'auteur de plusieurs ouvrages ayant pour objectif de combattre des maladies telles que la dépression. En 1990, après l'assassinat d'un collègue dans l'hôpital où il exerçait, Keith Ablow décide d'écrire des thrillers analysant la mentalité des meurtriers. Il intègre certains des plus anciens et des plus célèbres établissements spécialisés des États-Unis, devenant notamment le directeur médical du Tri-City Mental Health Center en Californie. Expert près des tribunaux, il a témoigné au cours de plusieurs procès fortement médiatisés. Keith Ablow est également à l'origine d'une série télévisée : *Expert Witness. Suicidaire* (2006) et *L'architecte* (2007) sont ses deux derniers romans parus aux éditions du Rocher.

Retrouvez l'actualité de l'auteur sur www.keithablow.com

L'AMOUR À MORT

KEITH ABLOW

L'AMOUR À MORT

Traduit de l'anglais (État-Unis)
par Jean Goumain

PAYOT SUSPENSE

TITRE ORIGINAL :
DENIAL

Le papier de cet ouvrage est composé de fibres naturelles, renouvelables, recyclables et fabriquées à partir de bois provenant de forêts plantées et cultivées durablement pour la fabrication du papier.

Translation published by arrangement with Pantheon Books, a division of Random House, Inc.

ISBN : 978-2-266-16606-5

À Pat Hass, mon amie et éditrice

« Ce que le lecteur retiendra de ces pages, il le devra en grande partie aux conseils et encouragements que j'ai reçus de Dan Frank, Pat Hass, Claudine O'Hearn et Beth Vesel. »

1

Mardi, 5 h 30

J'ai sursauté, le visage ruisselant de sueur. J'ai cherché à percer l'obscurité, à localiser mon père, et le reflet de sa boucle de ceinture en argent m'a affolé. J'ai voulu m'échapper, mais ses doigts se sont refermés sur mon bras, me ramenant vers ce que je tentais de fuir. Je me suis débattu, faiblement, sachant que c'était perdu d'avance, jusqu'à ce que la sonnerie du téléphone me tire du sommeil.

Cathy me secouait le bras.

— Allez, décroche !

J'ai attrapé le combiné en tâtonnant.

— Clevenger, ai-je dit dans un souffle.

— Frank, c'est Emma Hancock. Désolée de vous réveiller.

— Faut pas…

Je suis retombé sur le matelas. Je haletais. L'oreiller, trempé de sueur, me glaçait le cou.

— Comment ça va ?

Je me suis frotté les yeux avec mon poignet.

— Je suppose que vous ne m'avez pas appelé pour me parler de mon moral ?

— Je crains que non. J'ai un nouveau cas pour vous, un SDF qui a tué une jeune femme dans les bois, derrière l'hôpital de Stonehill.

— Et alors ?

— Et alors quoi ?

— C'est vous qui m'appelez, Emma. Qu'est-ce que ça a d'extraordinaire ?

— Il lui a coupé les seins. Au ras des côtes. Une vraie boucherie. Il nous a appelés d'une cabine en hurlant comme un fou qu'il avait tué une vierge, puis il est retourné nous attendre près du corps. Quand nous sommes arrivés, il était couvert de sang.

Au fond de moi j'ai eu envie de raccrocher sans en entendre davantage. Mon dernier meurtre remontait à trois semaines et avait mis un terme à six mois de sobriété. J'avais envisagé d'abandonner la médecine légale et de rouvrir un cabinet de psychothérapie, mais je savais que je n'étais pas en état de soigner qui que ce soit. Je n'en avais peut-être jamais été capable.

— Que savez-vous de lui ? ai-je demandé.

— Je sais que c'est un cinglé. C'est tout. Quand on l'a ramassé, on a trouvé sur lui une bouteille de Dipiperon, vieille de deux ans et encore pleine. Et il dit qu'il s'appelle, tenez-vous bien, William Westmoreland. Comme le général. Encore une preuve de débilité mentale, hein, Frank ?

Je n'ai pas bronché. Les flics de la criminelle comme Hancock doivent rester à l'écart de la psychiatrie. Sinon, ils pourraient se demander pourquoi ils rôdent autour des tueurs. Ils pourraient être tentés de franchir le pas.

— Qu'y a-t-il d'urgent ?

— L'urgent, c'est qu'il me faut votre tampon certifiant qu'il est sain d'esprit. Suffisamment en tout cas pour faire sa déposition. Il dit qu'il veut se confesser ; je ne veux pas qu'il réfléchisse trop longtemps.

— Confesser quoi ?

— Hein ?

— Il veut confesser quoi ?

— Êtes-vous bien réveillé ? Je viens de vous dire que j'ai une femme à la morgue avec deux trous béants à la place des seins.

— Qui est-ce ?

— Elle n'avait pas de papiers d'identité, Frank. Elle était nue. Okay ? Vous arrivez quand ?

— Donnez-moi deux heures.

J'ai raccroché, allumé la lampe de chevet et reposé de nouveau ma tête sur l'oreiller trempé, attendant l'inspiration pour me lever.

— Tu me fausses encore compagnie pour un cadavre ? a murmuré Cathy.

Elle s'est serrée contre moi, à moitié endormie, et a posé sa tête sur ma poitrine.

— Je lui ai dit deux heures.

— Bien, a-t-elle souri.

Elle a rejeté le drap afin que je puisse la contempler. La couleur café de son corps rendait plus appétissantes encore les parties que son maillot de bain avait dérobées au soleil.

— Encore un sale meurtre. Je ne sais pas si j'ai…

— Chut !

Lentement et doucement ses lèvres ont exploré mon corps.

Nous sommes fréquemment réveillés en pleine nuit par un coup de fil de la maternité annonçant à Cathy qu'une de ses patientes va accoucher. Le fait d'imaginer Cathy donnant la vie provoque chez moi un sentiment proche de l'excitation ; il en va de même lorsqu'il s'agit de la mort. J'ai besoin de me fondre en Cathy pour apaiser cette fièvre.

Comme mille autres matins, j'ai vu le monde changer complètement de visage en dix minutes, le temps de rouler de mon quartier victorien de Preston Beach, qui domine Marblehead, jusqu'à Lynn. Petit à petit les maisons du bord de l'eau ont perdu leurs stores et leurs numéros en laiton, puis leurs peintures, puis leurs fenêtres. Sous mes pneus, les nids-de-poule ont remplacé la chaussée lisse. En pénétrant dans Lynn, je savais d'avance qu'il me fallait actionner le système de recyclage d'air de ma Rover pour repousser l'odeur pestilentielle d'une fuite d'égout qui a répandu sur plus d'un kilomètre une algue tenace et nauséabonde. J'ai glissé le CD des *B-52's* dans mon lecteur, sniffé une pincée de cocaïne prise dans la fiole cachée dans ma boîte à gants et monté le volume.

Dans Lynn, j'ai pris la première sortie de la voie express qui longe la mer, m'éloignant de la côte en direction d'Union Street, une rue bordée d'immeubles aux devantures de magasins condamnées par des planches, aux murs couverts de graffitis et aux voitures à l'état d'épaves. La tension de mon cou et de mes épaules s'est relâchée. J'ai respiré plus lentement. Aussi loin que je me souvienne, je me suis toujours senti bien dans la crasse, signe que j'ai grandi dans un Lynn en pleine décadence.

Presque au bout d'Union Street je me suis garé devant la morgue. Paulson Levitsky, le médecin légiste de la ville, est sorti comme moi de l'école de médecine de Tufts en 1981. Nous n'étions pas copains-copains à cette époque, mais toute la classe reconnaissait son adresse à disséquer son cadavre, qu'il avait appelé Ad' Patres. Il avait méticuleusement séparé chaque muscle, avec des étiquettes rouges, vertes et violettes indiquant chaque point d'origine et de rattachement. Les organes ressemblaient parfaitement aux dessins de l'*Anatomie* de Gray. Mon propre macchabée, Abra-Cadavra, ressemblait à un hachis quand j'en ai eu fini avec elle.

— Ah ! tiens, regardez qui voilà, s'est écrié Levitsky à mon entrée dans la salle des autopsies. Quand je l'ai vue, j'ai su tout de suite que j'allais vous voir.

Il montrait du doigt un corps gris allongé sur une table en Inox étincelant. Kevin Malloy, un flic de Lynn sur qui j'avais rédigé une fois un rapport pour brutalité, suivait l'autopsie.

— C'est un métier, dis-je. Un drôle de métier, mais un métier.

J'ai souri en voyant que la blouse de Levitsky était immaculée en dépit de son travail. Et pas un cheveu de travers. Je me suis approché de la table. L'odeur de la mort me submergea, mélange d'excréments, d'urine et de sang répandu.

— C'était sûrement un bon coup, vous ne croyez pas ? a dit Malloy en faisant un clin d'œil.

Je la regardais, sans réagir.

— Je veux dire, avec des nichons, a ajouté Malloy.

Levitsky a posé une main sur mon épaule.

— C'est une des pires blessures que j'ai observées, Frank. Et j'en ai vu pas mal.

— Frankenstein se ramollit, a répliqué Malloy. (Le sourire de ses lèvres sèches et craquelées découvrait ses dents jaunâtres.) De plus en plus de gens l'émeuvent, surtout ceux qui sont capables d'allonger cent dollars de l'heure pour unc consultation.

— Un peu de respect, s'il vous plaît.

La tête me tournait.

— Elle ne va pas vous raconter sa vie, toubib, vous pouvez toujours attendre.

Malloy a ri, faisant tressauter sa graisse.

— Fermez votre gueule ! s'est écrié Levitsky.

Je me suis accroché au rebord de la table de dissection pour rester debout.

— Je la connais, ai-je dit.

Pendant un moment, on n'a plus entendu que le bourdonnement des néons.

— Vous la connaissez ? a finalement demandé Malloy.

J'avais toujours les yeux fixés sur ces trous inouïs, de chaque côté de sa poitrine. Puis, bien que j'aie essayé de me retenir, mon regard a glissé vers son pubis. Il était rasé de frais.

— C'est Sarah Johnston. Une infirmière en psychiatrie de l'hôpital de Stonehill. Section des internés.

Malloy a frappé de son poing sa paume ouverte.

— C'est du gâteau. À dix contre un, je parie que notre général Westmoreland y a été soigné.

— C'est une amie de Cathy, ai-je murmuré.

— Je suis désolé que vous soyez engagé sur cette affaire, a dit Levitsky. Pourquoi n'appellerait-on pas Chuck Sloan ? J'ai entendu dire qu'il s'occupe de médecine légale, maintenant.

— Non. Je veux rester.

— Vous êtes sûr ? a demandé Levitsky.

J'ai quitté Sarah des yeux pour me tourner vers lui.

— Je reste sur cette affaire.

— Prévenez-moi si vous changez d'avis.

J'ai hoché la tête.

— Bon, d'accord. Je vous mets au courant. (Levitsky a sorti de la poche de sa blouse une baguette télescopique en acier Inox, l'a entièrement déployée d'un geste vif et s'est mis à parler d'une voix forte pour le micro suspendu au-dessus de la table.) L'aspect extérieur des blessures montre qu'elles sont dues à une lame aiguisée et rigide, probablement un couteau de poche, ou une lame de rasoir. On constate beaucoup de petites lacérations à des niveaux multiples, ce qui indique que la lame n'était pas assez longue pour pénétrer profondément. Mais chaque coupure est nette, propre, et non pas tailladée.

Il a pointé sa baguette vers moi.

— Vous savez que nous n'avons pas les seins. On ne les a pas retrouvés.

— Westmoreland a dû les cacher, a dit Malloy. Ou les bouffer.

— Bouffer ? ai-je dit. Soit vous voyez trop de mauvais films, soit vous ne vous êtes toujours pas remis d'avoir été nourri au biberon.

— Lâchez-moi, a grogné Malloy. Je n'ai pas le temps d'écouter vos conneries de psy.

— Et l'arme du crime ? Vous l'avez trouvée ?

— Pas encore. Il a dû l'enterrer également.

— Il l'a peut-être bouffée.

Levitsky a fendu l'air entre nous deux de sa baguette. Son visage exprimait clairement que nous étions en train de violer son sanctuaire.

— Vous êtes mes hôtes dans ce laboratoire, à ma discrétion, a-t-il dit. (Il a laissé passer quelques secondes, puis a pointé le sommet de la tête de Sarah.) On ne trouve qu'un seul enfoncement crânien, fait par un objet contondant, et cause probable de la mort. (Il s'est mis à tourner lentement autour de la table.) De multiples contusions apparaissent au dos des avant-bras, ce qui donnerait à penser que la victime a essayé de détourner les coups. On remarque la présence d'ecchymoses parallèles sur les bras et les épaules, comme celles que provoque une puissante étreinte. (Il s'est arrêté au pied de la table et a placé le bout de sa baguette entre les jambes de Sarah.) Les parties génitales avaient déjà été rasées quand le corps a été présenté à l'autopsie. Il est prouvé qu'il y a eu un rapport sexuel récent, et du sperme a été prélevé à l'orifice et à l'intérieur du vagin. (Il a marqué une pause.) Mais rien n'indique que le vagin ait été forcé. (Il s'est approché du plateau d'instruments au bord de la table et a saisi des ciseaux géants.) Ça devient un petit peu salissant à partir de maintenant, messieurs, a-t-il prévenu. Vous pouvez rester ou partir. Je ne sais pas si nous apprendrons grand-chose en examinant l'intérieur, mais tout sera noté dans mon rapport.

— J'en ai assez vu, ai-je dit. (Je ne tenais pas à voir Sarah découpée en morceaux et j'avais besoin de remettre ça avec ma fiole.) Je dois aller voir Westmoreland.

— Moi, je reste, a dit Malloy.

Levitsky l'a regardé.

— Vous vous intéressez particulièrement à la pathologie ?

— La preuve.

— En effet. (Levitsky s'est tourné vers moi en levant les yeux au ciel.) Dites bien à Cathy que je suis désolé pour son amie.

— Je n'y manquerai pas. (Je me suis dirigé vers la porte, mais je me suis arrêté et retourné avant de sortir.) À propos, Kevin, c'est cent quatre-vingts, ai-je dit.

— Cent quatre-vingts quoi ? De quoi parlez-vous ?

— De mon tarif. Cent quatre-vingts de l'heure. Je ne veux pas qu'on raconte que je travaille au rabais, vous pigez ?

Et je suis sorti.

J'ai attrapé la fiole dans la boîte à gants, fait une ligne de coke sur ma carte Visa Premier et j'ai sniffé. Puis j'en ai pris encore une pincée que j'ai étalée sur mes gencives. Elles sont devenues insensibles en quelques secondes, et mon anxiété s'est évanouie dans la minute qui a suivi. Je me suis regardé dans le rétro, j'ai attaché mes cheveux en arrière avec un catogan et j'ai pris le chemin du commissariat.

J'avais peur d'annoncer la nouvelle à Cathy. Elle connaissait Sarah depuis un an, quand une jeune mère admise à la maternité de Stonehill avait fait une grave dépression et avait dû être transférée en service psychiatrique. Ces deux-là avaient tout de suite sympathisé. Elles étaient toutes les deux intelligentes et jolies, la trentaine, vivant avec des hommes plus vieux qu'elles et pas décidés à se marier. J'étais le souci de Cathy. Celui de Sarah, c'était Ben Carlson, chef du département de chirurgie cardiaque à Stonehill. On passait la plus grande partie de nos loisirs ensemble jusqu'à ce que, au bout de quelques mois, Carlson déménage subitement, et tout seul, pour un poste d'enseignant à l'université du Texas.

Une autre raison me faisait craindre que Cathy réagisse mal à la nouvelle : elle avait perdu sa petite sœur dans l'incendie de leur maison. Le souvenir de cette tragédic de son enfance ne l'avait jamais réellement quittée et remontait à la surface, désormais, chaque fois qu'elle perdait un proche.

J'ai appuyé sur le bouton « numérotation automatique » du téléphone de voiture.

— Allô ? a répondu Cathy.

— C'est moi.

— Dommage que tu ne sois pas là. Je sors de la douche.

Je l'ai imaginée toute mouillée, assise au bord du lit.

— Cathy, j'ai une triste nouvelle. Très triste.

— C'est toi qui fais la cuisine ce soir.

— Sérieusement. (J'ai pris ma respiration.) C'est à propos du meurtre.

— Un meurtre n'est-il pas toujours triste ?

Je n'ai rien répondu.

— Tu es toujours là ?

J'ai garé ma voiture.

— Ça va l'être encore plus quand tu sauras qui est la victime, ai-je dit.

Silence.

— Tu la connais ?

— On la connaît tous les deux. (Je ne savais pas comment m'y prendre.) La femme qui a été tuée, c'est Sarah Johnston.

— Non… Non, ce n'est pas possible.

— C'est bien Sarah, ai-je confirmé. Je l'ai vue. Elle est morte.

— Mon Dieu, a-t-elle suffoqué. Qu'est-ce qui s'est passé ?

— Je ne sais pas exactement. Je suis en route pour le commissariat où j'en saurai plus. (Je l'ai entendue sangloter.) Ça va aller ?

— Je n'arrive pas à y croire.

— La rumeur va se répandre au boulot. Je voulais que tu sois prévenue.

— Je te vois quand ?

— Je m'arrête à l'hôpital en sortant du commissariat.

— Promis ?

— Promis.

J'ai raccroché et regardé passer les voitures. Qu'est-ce que ça me ferait, me suis-je demandé, si on me téléphonait pour m'annoncer que Cathy avait été assassinée ? J'ai fermé les yeux et l'ai imaginée les seins arrachés. Mais j'ai rapidement chassé cette image de mon esprit et j'ai mis le pied au plancher.

Quand je suis arrivé au commissariat vers 10 heures, Emma Hancock avait déjà téléphoné au père de Sarah à San Francisco.

— Je n'ai jamais pu m'habituer à prévenir les familles, même à la millième fois, a-t-elle soupiré. (Elle était assise derrière son bureau métallique, faisant cliqueter l'un contre l'autre ses deux longs ongles rouges du pouce et de l'index.) Cet homme a perdu sa femme il y a deux ans, et maintenant son unique enfant. Il m'a dit en pleurant qu'il était sur le point de venir la voir parce qu'ils ne s'étaient pas vus depuis un an et que peut-être elle serait encore vivante s'il était venu plus tôt. Que dire à quelqu'un qui vient de perdre ce qu'il a de plus cher au monde ? Comment le saurais-je ?

Difficile question. Hancock se consacrait entièrement à son boulot, et était devenue la première femme capitaine de police de l'État. On disait qu'elle allait être nommée commissaire. La cinquantaine, cheveux bruns coupés court tournant au gris, sans mari, sans enfants, et apparemment sans autre violon d'Ingres que la collecte de fonds pour sa paroisse.

— Vous savez que vous ne savez pas, ai-je dit. C'est déjà une chose.

— Eh bien… ça m'aide beaucoup, docteur Freud. Je me sens tout de suite mieux. (Elle a secoué la tête.) Il y a autre chose que je n'arrive pas à comprendre : le monstre qu'on a enfermé là derrière est tout prêt à confesser son crime quand on voudra, mais il n'accepte pas de me donner son vrai nom. Il dit toujours s'appeler général William C. Westmoreland.

— Il préfère peut-être être connu pour génocide que pour ce qu'il est vraiment, ai-je dit.

— Profond. Vous avez réponse à tout.

Hancock s'est levée et s'est dirigée vers les cellules, puis s'est retournée et m'a fixé dans les yeux. C'était une femme solide, bien en chair, d'un mètre soixante-cinq environ, mais qui semblait prendre plus de place qu'elle n'en occupait réellement. Quand elle m'a saisi par l'épaule, elle m'a fait mal.

— Personne ici n'a oublié l'affaire Prescott. Je continue à faire appel à vous parce que je pense que vous n'étiez pas le seul fautif. Et parce que vous êtes devenu raisonnable depuis. Mais je suis dans mes petits souliers à chaque fois.

Marcus Prescott était un de mes premiers cas en médecine légale, un avocat qui avait violé une élève de terminale à Lynn. Quand Prescott avait plaidé la folie, prétendant n'avoir aucun souvenir de l'agression, j'avais attesté qu'il avait les symptômes correspondant à un éclatement de la personnalité. Il avait été déclaré non coupable et transféré à l'hôpital d'État de Bridgewater. Après quatre ans de traitement les médecins de Bridgewater l'avaient relâché, et il avait retrouvé la trace de la fille jusqu'à l'université de Brown, l'avait de nouveau violée puis étranglée.

— Ça fait longtemps, ai-je répliqué.

— Une jeune fille est morte.

J'ai serré les mâchoires.

— Alors pour quelle véritable raison continuez-vous à faire appel à moi, Emma ? Ça vous amuse de me tenir ferré à votre hameçon ?

— Tout le monde a droit à une seconde chance. Nous sommes tous pécheurs, après tout.

— Arrêtons de déconner. Prescott n'a rien à voir avec cette affaire. La vérité, c'est que vous n'avez pas envie qu'un psy libéral au cœur tendre comme moi vous attire de mauvais titres dans les journaux. Pas à quelques mois de votre nomination au grade de commissaire.

— Que Dieu vous entende !

— En ce qui me concerne, votre promotion me ferait plaisir. Sincèrement. Ce serait bon pour nous deux. Et même pour la ville. Mais je crois que le bon Dieu s'en bat l'œil.

Hancock a resserré son étreinte.

— Ne jurez pas. (Elle s'est tue pour marquer le coup, puis a souri.) Il faut se renvoyer l'ascenseur. Moi, j'ai toujours fait le nécessaire pour que vous soyez payé en temps et en heure… Bien. (Elle a lâché mon épaule.) Zangota va vous conduire au général.

Angel Zangota, un flic débutant, m'a emmené jusqu'à la cellule de Westmoreland. J'ai senti son odeur avant de le voir. Il était assis en tailleur sur le bord de sa couchette et portait des vêtements crasseux les uns par-dessus les autres. Quand on a déverrouillé la porte, il s'est levé avec effort et est allé se placer contre le mur du fond en traînant les pieds. Il paraissait avoir quarante-cinq ans environ, famélique, des cheveux emmêlés poivre et sel et des yeux d'un bleu acier profondément enfoncés dans leurs orbites.

Zangota a posé la main sur la crosse de son pistolet dès qu'il a ouvert la porte.

— Voulez-vous que je reste avec vous ? a-t-il demandé.

Je ne pensais pas pouvoir obtenir quoi que ce soit de Westmoreland en présence d'un flic en uniforme.

— Restez simplement dans le couloir, ai-je dit.

Zangota s'est retiré, je suis entré et je me suis appuyé contre un des murs latéraux ; ma première règle est de ne jamais me placer entre un prisonnier et la sortie. Westmoreland m'a jeté un coup d'œil, puis a marmonné quelque chose. J'ai remarqué qu'il lançait plusieurs regards vers un coin vide de la pièce.

— Il y a là quelque chose qui vous dérange ? ai-je demandé.

Il m'a scruté de la tête aux pieds.

Je me suis accroupi contre le mur pour lui faire comprendre que j'avais l'intention de rester là un moment.

— La police m'a dit que vous vous appeliez Westmoreland.

— William C. Westmoreland, né en 1914, a-t-il déclaré.

— Vous êtes allé au Viêtnam ?

Il est resté silencieux un instant, puis a émis un petit rire.

— J'ai tué là-bas. (J'ai hoché la tête.) Prêtre ?

Je portais un chandail noir à col roulé.

— Non. Psychiatre.

— C'est pareil, a-t-il répondu calmement. (Il s'est assis doucement. Ses yeux se sont reportés vers le coin de la pièce et s'y sont attardés.) Je le confesse, mon père. J'ai succombé.

— Succombé ?

— À l'épreuve divine. J'ai violé son dessein.

— Comment ?

— À dessein.

Les schizophrènes se servent des mots pour masquer leur pensée. Je voulais percer cette défense.

— Qu'est-ce que vous avez fait pour violer le dessein de Dieu ?

— Je l'ai violée.

— Comment ça ?

Il a grattouillé sa manche comme si quelque chose y était collé.

— De façon normale. De façon anormale. De toutes les façons.

J'ai décidé de m'y prendre autrement.

— Où est le coutelas ? ai-je demandé.

Westmoreland m'a fixé droit dans les yeux pour la première fois.

— Il n'y a pas de coutelas, a-t-il dit. Mais il y a trépas.

Faire des rimes est un autre moyen qu'utilisent les schizophrènes pour empêcher la communication.

— Avez-vous caché le coutelas ? ai-je insisté.

Il a levé les yeux vers le plafond, juste au-dessus de ma tête, puis les a ramenés sur moi. Il s'est mis debout péniblement et a fait quelques pas hésitants dans ma direction. J'étais prêt à me lever aussi quand il s'est arrêté.

— Elle aurait pu être ma femme ! a-t-il crié. Mais j'ai tué son âme avec cette lame !

Il s'est mis à déboutonner son pantalon militaire.

J'ai sauté sur mes pieds, craignant que la police ne l'ait pas fouillé à fond.

Westmoreland a laissé tomber son pantalon et a saisi son pénis.

— Je l'ai tuée avec ça ! a-t-il gueulé. C'est du granit !

Puis il s'est jeté sur moi, les mains tendues en direction de mon cou. J'ai reçu l'impact de son corps avec l'épaule, ai réussi à l'attraper par les cheveux et lui ai plaqué le visage contre le sol cimenté. Son nez et ses lèvres se sont mis à saigner. J'ai entendu Zangota arriver en courant. J'ai approché ma bouche de l'oreille de Westmoreland.

— Désolé, ai-je murmuré. Vous m'avez fait peur.

Deux secondes plus tard, Zangota l'avait menotté et je me rendais dans le bureau d'Emma Hancock.

Elle était en train de nettoyer son revolver quand j'ai franchi la porte.

— Dites-moi qu'il ne va pas y avoir de problème entre nous, a-t-elle dit sans lever les yeux. Il est assez lucide pour passer aux aveux, n'est-ce pas ?

— Vous savez que je ne dis jamais non par plaisir.

— Alors ne le faites pas.

— Il s'est exhibé et m'a attaqué.

Elle a scruté un des logements du barillet, puis a soufflé dedans.

— D'accord, vous n'êtes pas exactement mon genre, mais j'imagine assez bien qu'il ait pu avoir le béguin pour vous.

— Il délire.

Hancock a levé les yeux de son arme.

— Allons, Francis. Il n'y a pas de doute possible. Il était couvert du sang de la victime. (Elle a refermé le barillet d'un coup sec et a jeté son arme dans le tiroir du bureau.) Laissez-moi faire.

— Si je pouvais, je le ferais. Vous le savez. Mais ce type raconte n'importe quoi.

— Vous voulez me faire casquer ? (Elle a levé les mains.) Qu'est-ce que j'en ai à foutre ? Vous pouvez me facturer cinq heures. (Elle a haussé les épaules.) Même dix si vous voulez, à condition que vous vous en souveniez quand je collecterai des fonds.

J'ai failli la prendre au mot. J'avais pas mal perdu aux courses et, avec le gramme de coke à cent dollars, je galérais pour payer mon emprunt. Mais Levitsky avait dit quelque chose qui m'avait frappé.

— Je ne peux pas faire ça, ai-je répondu. Pas encore.

— Vous me chagrinez. C'est vous que je voulais sur cette affaire. Mais je vois que ce n'est pas possible.

— Vous n'allez pas changer d'expert après qu'il a rencontré l'accusé. La défense va s'engouffrer là-dedans pendant le procès.

— Cette brute peut avoir des visions ou entendre des voix ou les deux. Je ne dis pas le contraire. Mais il savait ce qu'il faisait quand il a découpé la fille. Il savait qu'il enfreignait la loi. Il le savait même suffisamment pour appeler ensuite les autorités. Il s'est senti coupable parce qu'il est coupable.

— Certaines personnes se sentent coupables pour ce qu'elles pensent, pas pour ce qu'elles font. Vous devriez le savoir ; l'Église catholique en est remplie.

Elle s'est raidie.

— Je vous ai prévenu : on ne critique pas l'Église dans mon bureau. (Puis elle s'est détendue.) Malloy m'a dit que vous connaissiez la victime.

— C'était une amie de Cathy.

— Donc je peux vous renvoyer. Vous êtes impliqué personnellement.

— Écoutez. Tout ce que je vous demande, c'est de me laisser le remettre sous Dipiperon et de le revoir demain. Il aura peut-être retrouvé un peu de raison.

— Non, merci.

— Qui allez-vous appeler ? Chuck Sloan ? Il est légèrement plus à gauche que Lénine. George Schwartz enverrait le type à l'hôpital sous le prétexte qu'il est habillé de manière bizarre.

— Je ne peux pas le garder à vue plus de soixante-douze heures sans aveux ou autorisation du juge. Et vous savez que le juge Katzenstein enverra directement notre boucher à l'hôpital d'État de Bridgewater. Je ne le permettrai pas.

— Donnez-moi deux jours.

— Pourquoi le ferais-je ?

— Parce que vous savez qu'il y a des choses que vous ignorez.

Hancock a froncé un peu plus les sourcils. Elle s'est remise à faire cliqueter ses ongles. Je l'imaginais luttant en vain pour éliminer les restes de morale acquis pendant les douze ans qu'elle avait passés à l'école des filles du Sacré-Cœur. Elle a secoué la tête, puis m'a finalement regardé.

— Je vous accorde trente-six heures.

2

Je suis arrivé à l'hôpital exactement une heure après. J'ai pris l'escalier pour rejoindre le bureau de Cathy au service d'obstétrique-gynécologie, mais elle était partie faire un accouchement. J'avais une heure devant moi et j'ai voulu en profiter. Je suis allé au service des archives.

C'était une longue pièce qui ressemblait à un immense tiroir de rangement bourré de dossiers. Ray, un petit homme noir qui dirigeait le service depuis peut-être trente ans, triait le tas de feuilles volantes qui couvraient en permanence son bureau. Je l'ai interrompu pour lui demander de bien vouloir vérifier s'il existait un dossier sur un Westmoreland soigné à Stonehill.

Il m'a examiné par-dessus ses demi-lunes.

— Qu'est-ce qu'il a fait ?

— Qui a dit qu'il avait fait quelque chose ?

— Un policier du nom de Malloy m'a appelé pour que je lui sorte le dossier. Il arrive avec un mandat.

— Donc Westmoreland a bien été soigné ici.

— Il serait très surprenant d'avoir un dossier ici sans avoir été hospitalisé, a-t-il dit sèchement.

— Puis-je le voir ?

Il s'est remis à fouiller dans ses papiers.

— Qu'est-ce qu'il a de si extraordinaire ?

— Il a peut-être tué quelqu'un.

Il m'a jeté un nouveau coup d'œil par-dessus ses lunettes.

— Ça n'a rien d'extraordinaire. Ni à notre époque. Ni à Lynn.

J'ai failli lâcher qu'il avait coupé les seins de Sarah Johnston, mais je me suis retenu.

— Ray, il me faut ce dossier.

— Je vous l'ai dit : la police vient le chercher.

— Mais ils ne sont pas encore passés, pas vrai ?

— Non, mais…

— J'en ai pour un quart d'heure.

Il m'a regardé avec méfiance.

— Je vous connais bien, toubib. Dossiers en retard. Dossiers perdus. Café renversé. Trous de cigarette…

— Je le consulte sur place. Vous pourrez me surveiller.

— Vous croyez vraiment que je n'ai rien de mieux à faire ? Toutes ces infirmières qui vous courent après vous ont monté à la tête. Je les entends à la cafétéria : « Une chevelure de star du rock. » « Des épaules de footballeur. » À les entendre vous ne ressemblez en rien à un psychiatre. (Il a sorti le dossier de sous son bureau et me l'a tendu.) Ne vous éloignez pas, m'a-t-il prévenu.

— Vous êtes mon rayon de soleil.

— N'en rajoutez pas.

J'ai emporté le dossier sur une table de lecture à l'autre bout de la pièce et je me suis mis à le lire. La feuille d'admission rédigée par le psychiatre datait du 11 décembre 1992 :

RÉFÉRENCE : *Le patient est un homme d'âge moyen, sans adresse connue, amené aux urgences par la police et enfermé en unité psychiatrique. Il a donné comme nom général William C. Westmoreland.*

ÉTAT ACTUEL : *Selon la police, M. « Westmoreland » a volé sur l'autel de l'église des Anges un buste en marbre de la Madone pendant la messe de ce jour. La police l'a retrouvé dans le parc de Lynn assis sur un banc et le serrant dans ses bras. Interrogé par les policiers il a déclaré être amoureux de la statue, vouloir lui donner la vie et se marier avec elle.*

Au moment de son admission, le patient a répété qu'il se croyait capable « d'insuffler la vie » à la madone. Il était extrêmement perturbé parce qu'on lui avait confisqué la sculpture. Son humeur passait alternativement de la rage au désespoir. Plusieurs fois, pendant l'interrogatoire, il a fondu en larmes.

M. Westmoreland n'a pas répondu aux questions relatives à ses perceptions, mais a semblé soumis à des stimuli *internes. Il était probablement sous le coup d'hallucinations auditives et visuelles.*

Le patient a nié toute idée d'homicide mais est resté muet quand on lui a demandé s'il avait eu des pensées de suicide.

Les tests de sang et d'urine pour la recherche d'alcool et de drogues se sont révélés négatifs.

Le fait que le patient ait adopté le nom d'un général célèbre laisse supposer qu'il est un ancien combattant du Viêtnam, mais il ne le confirme pas. De même qu'il ne répond pas aux questions sur son numéro de sécurité sociale, sa dernière adresse ou son véritable nom.

PASSÉ PSYCHIATRIQUE : *Inconnu. Cependant, le patient a une série de cicatrices horizontales au poignet gauche qui laissent supposer une tentative de suicide.*

PASSÉ MÉDICAL : *Inconnu.*

DIAGNOSTIC ET TRAITEMENT : *Le patient est dans un état nettement psychotique pouvant révéler une schizophrénie paranoïaque chronique ou une dépression hallucinatoire. Dans un cas comme dans l'autre, des médicaments antipsychotiques sont indiqués et seront prescrits. Des médicaments antidépresseurs seront envisagés. Il faut veiller de près à la sécurité de M. Westmoreland en raison de son refus de répondre aux questions relatives au suicide.*

Tom Klein, docteur en médecine
psychiatre de garde
Stonehill 3

Selon le suivi journalier rapporté dans son dossier, Westmoreland avait refusé de prendre les médicaments qu'on lui avait prescrits. Le Dr Klein avait présenté une demande d'ordonnance auprès du tribunal de Lynn et obtenu l'autorisation de lui injecter trois fois par jour une préparation intramusculaire de Dipiperon.

Westmoreland s'était débattu contre les injections pendant des jours, passant jusqu'à six heures attaché par une camisole de force sur un chariot dans une salle d'isolement. Mais, au bout d'une semaine, le Dr Klein notait « une grande amélioration » ; d'abord, il avait accepté les piqûres, puis il avait bien voulu prendre ses médicaments par voie buccale. Dix jours après son admission, il assurait à l'équipe médicale qu'il ne ressentait plus rien pour la statue. Il avait été orienté vers le centre d'accueil de Lynn avec une provision de Dipiperon et un rendez-vous en consultation externe dans une clinique locale. La bouteille de Dipiperon inutilisée, vieille de deux ans, trouvée sur lui sur le lieu du crime semblait indiquer qu'il n'avait pas donné suite.

J'ai eu un sourire moqueur en repensant à « la guérison spectaculaire en dix jours » d'une « réaction parano-schizophrénique » que Klein avait consignée sur la fiche de sortie de Westmoreland. Il y avait une sacrée paille dans son raisonnement : il faut environ trois semaines avant que le Dipiperon agisse sur les pensées psychotiques.

Soudain, j'ai pris conscience que quelqu'un se tenait derrière moi. J'ai levé les yeux et vu Kevin Malloy.

— Tout se tient à merveille, pas vrai ? a-t-il ricané. Il était couvert du sang de la victime. Il a été soigné dans son service. Et, votre pote Levitsky vient de nous l'apprendre, on a prélevé sur elle du sperme d'un individu du même groupe sanguin que Westmoreland. Mais, bien sûr, on n'est jamais trop attentif aux droits d'un tueur. Peut-être devrions-nous attendre pour enregistrer ses aveux que quelqu'un nous amène une putain de bande vidéo le montrant en train de la découper en morceaux.

Je me suis levé, me suis mis à trente centimètres de lui et l'ai fixé droit dans ses yeux noirs.

— Vous aimeriez sans doute visionner un film salace dans ce genre-là, n'est-ce pas ? Vous prendriez votre pied devant l'expression de panique de la femme au moment où elle se rend compte qu'on va la saigner à mort, qu'elle voit un visage pour la dernière fois. Vous rêvez d'en faire autant.

Il m'a dévisagé pendant quelques secondes.

— Vous ne savez rien de moi, a-t-il dit.

Je lui ai tendu le dossier.

— Vous pouvez toujours le croire, ai-je répliqué, et je suis parti.

J'ai trouvé Cathy dans l'espèce de grand cagibi qui sert de salle de garde aux médecins. Elle était en tunique opératoire, assise sur le lit et rédigeant son rapport d'obstétrique.

— Trois kilos huit cents, a-t-elle déclaré en me jetant un coup d'œil. Je jure que je l'ai vu sourire à sa mère quand elle l'a pris dans ses bras.

Je me suis assis à côté d'elle sans rien dire. Je faisais à peine deux kilos et demi à la naissance parce que ma mère était tellement mortifiée par l'aspect que lui donnait sa grossesse qu'elle ne mangeait rien pour préserver sa ligne. Les images de félicité maternelle ne m'ont jamais ému.

— Je suis désolé pour Sarah, ai-je dit.

Elle a glissé son stylo dans la poche de sa chemise et s'est pris la tête dans les mains.

— Qui a fait ça ? a-t-elle demandé.

— Un schizophrène s'est livré à la police.

Elle a contemplé le plafond.

— Est-ce qu'il lui a tiré dessus ?

— Il s'est servi d'un couteau.

Une larme a coulé le long de sa joue.

— Est-ce qu'il, tu sais… Est-ce qu'il… a fait autre chose ?

— Oui. Il l'a violée.

— Il l'a violée ?

Elle m'a regardé fixement, et son expression est passée de la tristesse à la surprise. Elle s'est tellement penchée vers moi que son souffle m'a caressé le visage et puis, tout à coup, elle a reculé comme si elle avait senti quelque chose de rance.

— Tu as pris de la coke !

La salle de garde donne sur le couloir principal de l'hôpital.

— Moins fort, merde, ai-je dit.

— Ne parle pas comme un petit morveux ! (Elle s'est levée.) Je n'arrive pas à y croire. Ça ne fait même pas cinq mois que tu es sorti de détox.

Je me suis levé et me suis regardé dans la glace. J'avais de la poudre blanche sous le nez. Je l'ai essuyée et me suis tourné vers elle.

— Tu ferais un bon flic.

— Sale petit con, a-t-elle bredouillé. Tu penses que je ne suis pas assez malheureuse ? Vais-je me réveiller un matin pour te trouver raide mort à côté de moi dans le lit ?

— Je ne mourrai pas allongé sur toi, Cathy.

Elle a essayé de forcer le passage.

Je me suis adossé à la porte.

— J'arrête dès que j'aurai résolu cette affaire. Promis.

— Ne gaspille pas ta salive. Je me fiche complètement de ce que tu peux raconter.

— Comme toujours.

— Oh ! Pauvre gosse incompris. C'est bien ça : tu te shootes parce que je ne fais pas assez attention à toi. (Elle a pincé les lèvres.) Quelle connerie.

J'ai fait un pas vers elle et j'ai gentiment posé mes mains sur ses épaules.

— On en reparlera à la maison.

— Je ne rentre pas à la maison. J'ai eu largement ma dose il y a cinq mois.

J'ai craqué.

— Tu as eu largement ta dose de moi, ou de Trevor Lucas ? La moitié de ce putain d'hôpital raconte encore que tu étais à la colle avec cet égomaniaque pendant que je me crevais le cul à redevenir clean.

— C'est marrant, avant que tu redeviennes clair j'aurais juré que ça t'intéressait plus de te procurer de la drogue que de coucher avec moi.

— Et tu t'es dit qu'un chirurgien plasticien pourrait s'occuper de ton cas pendant ce temps-là. Voilà qui est loyal, Cathy. Esprit pratique. Tu as une autre spécialité en vue maintenant ? Un urologue, peut-être ?

Elle a pris un air provocant.

— Au moins Trevor, lui, n'était pas trop défoncé pour se conduire en homme.

J'ai eu envie de lui en coller une, mais j'ai pensé que c'était ce qu'elle cherchait, pour substituer une douleur à une autre. J'ai inspiré profondément.

— Nos prises de bec ne ramèneront pas Sarah.

— J'ai pas besoin d'un psy pour m'apprendre que je ne ramènerai pas mon amie à la vie. Vu ? Et si tu étais moins con, tu saurais que tu es le seul que j'ai jamais voulu ramener. Mais tu es trop camé pour réfléchir.

Elle s'est approchée et a tendu la main vers la poignée de la porte.

Je me suis interposé.

— Je n'ai pas fini.

Elle a reculé de deux pas et a sorti son stylo de sa poche, le tenant comme une dague. Elle tremblait.

— Écarte-toi de mon chemin. Tout de suite.

Je connaissais assez le caractère de Cathy pour savoir que ça pouvait se terminer tout aussi bien par une facture de teinturerie que par de la chirurgie oculaire. Je me suis poussé vers le lit.

Elle m'a lancé son stylo mais elle m'a raté. Il a rebondi sur le mur.

— Ne m'appelle plus, ne me laisse plus de messages, ne me cours plus après, a-t-elle dit les dents serrées. C'est fini.

Elle est sortie en trombe.

Au fond de moi, j'avais envie de m'élancer derrière elle. Mais je me suis dit que sa colère allait retomber toute seule et laisser de nouveau place au chagrin. J'ai vérifié dans le miroir que je n'avais plus de poudre sous le nez, j'ai rentré mon pull dans mon pantalon et je suis sorti.

Les intuitions ne sont pas dues au hasard. Elles cristallisent des perceptions subtiles, des choses vues sans avoir été vues, entendues sans avoir été entendues. Comme je n'arrivais pas à me sortir de la tête une remarque de Levitsky au sujet de l'autopsie, je me suis alors écouté avec ma « troisième oreille » : Sarah, avait-il noté, ne présentait pas de traumatisme vaginal. Je suis revenu à la morgue et je me suis pointé à son labo.

Il ne m'a pas entendu entrer. Il était penché au-dessus d'un microscope, en train d'examiner des lamelles de chair qu'il avait prélevées – récoltées, comme il disait – sur la poitrine de Sarah.

— Il y a de sérieuses altérations des fibres sur les bords de la plaie, a-t-il déclaré dans son micro.

— Peut-être une tache, ai-je murmuré.

Il a levé les yeux vers moi et a fait rouler sa chaise sur le côté.

— Voyez vous-même.

J'ai jeté un œil dans le microscope, mais je ne savais pas ce que j'étais supposé découvrir. J'avais été trop content de laisser tomber la pathologie après avoir failli la rater à l'examen.

— Affreux. C'est dû à quoi ?

— À première vue, un cas grave de maladie fibrocystique. Les dégâts sont suffisamment importants pour que l'on puisse penser à une modification progressive des tissus, comme dans le cas d'une sclérodermie qui peut transformer les membranes en cuir. Mais je n'en trouve pas trace ailleurs. Son œsophage, par exemple, est souple et rose.

— Je suis sûr qu'elle serait soulagée de vous entendre, Paulson. Avez-vous déterminé l'heure de sa mort ?

— Minuit, à une heure près.

— Westmoreland a appelé la police juste après 3 heures du matin. Ça lui aurait laissé tout le temps de se débarrasser du couteau… et des seins.

— « Il les a fait bouillir à la marmite », a dit Levitsky en riant. Ce Malloy a l'air d'être une belle ordure.

— C'est une belle merde, en effet. Mais je pense à autre chose.

— À quoi ?

— Vous avez dit qu'on ne trouvait aucune trace de viol.

— Exact.

— Pas de déchirures. Pas d'hématomes. Pas de bleus. Rien du tout.

— Tout à fait.

— Et…

— Et quoi ?

— Westmoreland ne m'a pas dit grand-chose, mais il a semblé clair sur un point : il a eu un rapport sexuel avec elle. Et on m'a dit que vous aviez trouvé que son groupe sanguin correspond à celui de l'homme qui l'a pénétrée. Est-il fréquent de trouver une anatomie génitale parfaitement normale en cas de viol ? Viol et meurtre ?

— C'est rare.

Levitsky détestait plus que quiconque les incertitudes. Il a soupiré.

— Alors dites-moi : pourquoi n'y a-t-il pas de traumatisme vaginal ?

— Elle était peut-être tellement effrayée qu'elle n'a pas résisté et l'a laissé faire. Peut-être qu'elle en pinçait pour les clodos, et qu'il l'a tuée après qu'ils ont pris leur pied.

— Comment donc !

— Hé ! Ça s'est déjà vu.

— C'est votre conclusion ? Elle était consentante ?

Il a haussé les épaules.

— Qu'est-ce que vous cherchez à me faire dire ? C'est vous l'expert en comportement humain. Je note simplement ce que je vois.

— Donc l'affaire est réglée, en ce qui vous concerne. Dossier bouclé.

Levitsky a lissé un pli de sa blouse.

— Vous oubliez à qui vous parlez ? Depuis quand m'avez-vous vu laisser tomber ? Je suis un acharné, Frank. Une tête chercheuse. Parfois la réponse me vient pendant mon sommeil. J'ai littéralement rêvé d'aorte. Et d'appendice. Une fois j'ai rêvé que j'étais une bactérie, un « Clostridium difficile » pour être précis, et je perforais l'ulcère au colon de mon cadavre. Le lendemain matin, j'ai teinté mes microbes pour faire apparaître le Clostridium, et il était bien là. (Il commençait à s'exciter.) J'ai été un putain de cytomégalovirus pendant une sieste de cinq minutes sur mon canapé entre deux feuilletons, mon ami. Et ça ne m'arrive pas que pendant mon sommeil. Je peux être en train de manger des rigatonis…

J'ai levé la main.

— J'ai compris. Vous ne concluez pas.

— Non. Mais nos amis policiers aimeraient bien. Malloy m'a déjà appelé trois fois pour me demander quand mon rapport final – soulignez, final – serait prêt.

— Emma Hancock ne veut pas que des pauvres types retardent sa nomination au grade de commissaire. Elle m'a accordé un jour et demi pour lui trouver une raison quelconque justifiant que Westmoreland ne soit pas envoyé dare-dare devant un tribunal. Et ça fait déjà plusieurs heures.

— Il n'a pas ses capacités mentales ?

— Recueillir ses aveux maintenant serait comme si on recueillait un cauchemar d'enfant. Il ne sait même pas ce qui lui arrive. Il est perdu dans un brouillard de voix et de visions psychotiques.

— De telles opinions ne vont pas faire de vous le chouchou des partisans du renforcement de la loi.

— Non, ai-je reconnu. Hancock était chauffée à blanc. Je ne suis même pas sûr qu'elle va respecter notre accord.

— Vous avez beaucoup à perdre dans cette affaire. La police recommence à vous faire confiance. Elle vous donne régulièrement du boulot. Depuis un moment je n'entends plus personne dire que…

— Je sais. Je sais. J'ai besoin de travailler. Vous pouvez me croire. Et je veux qu'ils me fassent confiance, Paulson. Sincèrement. Je ne peux vous dire à quel point. (J'ai marqué une pause.) Mais il est encore plus important que mes patients puissent me faire confiance. Même quand le patient est accusé d'un crime.

Il a froncé les sourcils et hoché la tête.

— Emma Hancock ne va peut-être pas apprécier, a-t-il dit. Mais moi, oui.

La nuit tombait quand j'ai quitté le labo de Levitsky. J'ai téléphoné au poste de police depuis la Rover en donnant des instructions pour qu'on administre à Westmoreland sa dose de Dipiperon, tout en sachant que ça n'aurait guère plus qu'un effet sédatif. Et qu'il finirait par bredouiller ses aveux au lieu de les exprimer clairement. De toute façon, tout ce que je pouvais faire pour lui avant de le revoir le lendemain matin, c'était de lui permettre de se détendre pendant la nuit.

J'étais à court d'énergie et d'argent, ce qui est souvent lié quand on cherche de la coke. J'ai sniffé ce qui me restait et je me suis dirigé vers l'appartement de ma mère à Heritage Park. On avait prévu de dîner ensemble depuis plusieurs jours, et je lui avais laissé un message lui disant que j'avais besoin de liquide.

Heritage Park est un ensemble d'immeubles de quatre étages en verre et acier donnant sur la jetée de Lynn et qui était supposé rehausser le standing de la commune. Au lieu de cela, le projet, victime de la dégradation de la ville, avait été transformé en logements subventionnés pour retraités, handicapés et nécessiteux. Ma mère entrait dans la première catégorie. Elle avait soixante-dix ans. Quant à sa santé, en dépit des ravages causés par quinze ans de diabète, elle prétendait ne jamais avoir été malade de sa vie. Et elle était loin d'être pauvre ; l'assurance sur la vie de mon père lui avait rapporté près d'un demi-million de dollars.

Je me suis penché pour l'embrasser. Ses lèvres minces et fraîches ont effleuré ma joue. Elle a reculé et m'a toisé.

— Tu as l'air malade.

J'ai toujours été pâle ou malade aux yeux de ma mère. Étant gosse, je la croyais, si bien que j'ai fini par me sentir infirme. Elle avait sûrement le même effet corrosif sur mon père.

— Je vais très bien, ai-je répondu. (Je suis passé devant elle pour entrer dans le séjour.) Tes yeux te font toujours souffrir ?

Elle est restée près de la porte pendant que je m'asseyais sur le canapé. Ses yeux n'étaient plus que des fentes. Des pattes d'oie profondes partaient en éventail sur ses tempes. Avec son mètre cinquante-cinq et ses cinquante kilos, elle me faisait l'effet d'une plante bien enracinée.

— Le Dr Fine m'a parlé d'un traitement au laser pour tes rétines.

— Il a envie de se faire un peu d'argent, ton copain. (Elle a réajusté une rangée de perles qui avait glissé et a saisi son petit sein, puis s'est traînée en boitant jusqu'à la cuisine. Le diabète avait détruit la plupart des nerfs de son pied gauche.) Mes yeux vont très bien. Je vois tout ce que je veux.

J'ai souri devant cette vérité, me souvenant de l'habitude qu'elle avait de s'enfermer dans sa chambre et de monter le son de la télé quand mon père se mettait dans une de ses crises de rage.

— Tu as eu mon message ? ai-je crié en direction de la cuisine.

— Non…

— J'ai laissé un message sur ton répondeur.

— Ah ?

J'ai saisi un morceau de verre soufflé, vrillé pour ressembler à un bonbon. Ce n'était qu'un des faux-semblants qui encombraient la pièce. Le décor – livres jamais ouverts sur la table de salon, vieilles lunettes posées sur la desserte, bouquet de fleurs artificielles sur le manteau de la fausse cheminée – était la caricature d'un chez-soi. J'avais l'impression d'être dans un magasin de meubles genre Levitan.

— C'était à propos de mon emprunt, ai-je crié de nouveau.

— Celui-là ? Ah oui, je l'ai eu. (Elle a posé nos assiettes sur la table.) J'espère que tu aimes toujours le thon. Il y en avait du beau au Star Market.

Je n'ai jamais aimé le poisson, et j'étais sûr que ma mère, au moins inconsciemment, s'en souvenait.

— Du thon, c'est très bien, ai-je dit.

— Allez. Assieds-toi.

Je me suis assis à table avec elle, essayant d'ignorer l'odeur de poisson mélangée à son parfum, et j'ai mis de côté les morceaux de tomate de ma salade (ça me provoque une allergie cutanée).

— Comment va ta Cathy ? a demandé ma mère, tout en découpant son poisson en petits dés.

— Très bien.

— Elle ne m'a jamais envoyé de mot pour me remercier du bracelet que je lui ai envoyé pour son anniversaire. Depuis un mois. (Elle me dévisageait tout en mâchant un morceau de poisson.) Alors je me suis demandé si quelque chose n'allait pas.

— Elle a eu beaucoup de travail à l'hôpital.

— Tout le monde fait des gosses. Tu aurais probablement été plus heureux en étant obstétricien toi-même. Tu te torturerais moins l'esprit.

Elle a mis deux pleines cuillerées de sucre dans son thé et en a bu une petite gorgée.

— Si tu ne te limites pas en sucre, ton pied va empirer.

— Je n'ai pas de problème avec le sucre.

J'ai avalé une bouchée de thon sans mâcher ni respirer.

— Excellent poisson, ai-je approuvé. Alors, que dis-tu à propos de ma traite ?

— Quelle traite ?

— Dans mon message…

— Mais oui, bien sûr. L'emprunt.

— C'est ça. L'emprunt. Quelques billets de mille me remettraient à flot. Je te les rendrai dans un mois.

— Tu ne manges pas. Tu n'as pas faim ?

J'ai avalé une autre bouchée de thon.

Elle a lancé un regard vers les bouts de tomate que j'avais mis de côté.

— Pourquoi tu as tellement tenu à habiter Marblehead m'échappe. Franchement, à deux mille par mois tu payes l'adresse. Qu'est-ce que ça t'apporte ? Du stress.

Elle a tamponné ses lèvres avec sa serviette.

Mes traites approchaient les cinq mille dollars par mois.

— Je ne peux plus me dédire, ai-je répondu.

— Dieu merci, Cathy t'aide. Vous ne pourriez pas avoir ce train de vie avec ce que tu gagnes.

Ma mère n'a jamais travaillé. J'ai souri en repensant à l'argent de l'assurance que mon père avait souscrite.

— Ce n'est plus comme au bon vieux temps, hein ?

Elle s'est arrêtée de manger.

— Ce qui veut dire ?

— Ce qui veut dire que tu as tout à fait raison. Cathy et moi nous devons nous battre.

— De toute façon, n'ayant pas de ses nouvelles, je l'ai appelée aujourd'hui.

— Tu as appelé Cathy ?

Elle a acquiescé.

— Elle m'a dit que tu avais replongé.

— Elle ment.

— Pourquoi mentirait-elle ?

— Je ne sais pas. Demande-le-lui.

— Alors j'ai fait le rapprochement : l'emprunt et la drogue.

Sans que ce soit vraiment voulu, j'ai raclé les dents de ma fourchette sur la table en acajou. Les paupières de ma mère se sont mises à battre en voyant la fourchette rayer le vernis.

— Si tu ne veux pas m'aider, tu n'as qu'à le dire, ai-je tranquillement déclaré. Je trouverai ailleurs.

Vite dit.

— Ton père et moi avons travaillé dur pour avoir cet argent.

— C'est l'argent de son assurance. Pas le résultat de son travail. Il s'est contenté de mourir.

Elle a tendu la main pour me prendre ma fourchette, puis a mouillé sa serviette et a essayé d'effacer les rayures que j'avais causées. Ses doigts s'activaient. Ses joues se sont colorées.

— Il a fait tout ce qu'il a pu de son vivant. (Elle s'est arrêtée, a posé ma fourchette dans mon assiette et s'est servie d'un coin sec de sa serviette pour faire reluire la table. Les rayures étaient à peine visibles. Elle a soupiré et enfourné un autre morceau de poisson.) Je peux te donner quelques centaines de dollars, si ça peut t'aider.

J'ai eu envie d'enfoncer ma fourchette dans l'acajou, mais j'avais besoin d'argent, si peu que ce soit.

— La moindre somme m'aidera, ai-je dit en souriant.

— Tu prends du dessert, alors ?

— Bien sûr.

— Je sais que tu aimes le gâteau de riz.

Je déteste le gâteau de riz.

— Parfait, ai-je répondu.

Elle a semblé se détendre.

— Je pourrais peut-être aller jusqu'à trois cents.

Plus tard ce soir-là, accoudé à mon balcon, un verre de scotch à la main, regardant l'océan se briser contre la digue, je me suis senti de plus en plus mal à l'aise. Cathy m'avait menacé de partir au moins une douzaine de fois au cours des dix mois que nous avions passés ensemble, à cause de la drogue, des femmes ou du jeu, mais il était 23 heures, et mon instinct me disait qu'elle n'allait pas rentrer.

Je devais reconnaître que si elle rompait finalement les ponts, j'étais en partie responsable. On ne peut pas exiger d'une femme qu'elle reste avec vous lorsqu'elle ne vous connaît pas. J'avais essayé d'expliquer à Cathy à quel point Lynn était différent quand j'étais gamin, que la plage était propre, que les fabriques de cuir étaient florissantes et que les gens faisaient vingt kilomètres depuis Boston pour faire les magasins d'Union Street. Mais je ne lui avais pas révélé à quel point voir la ville se transformer en l'ombre grise et chaotique d'elle-même avait assombri mon existence. Je ne lui avais pas raconté que j'avais vu mon père, représentant en gros des tanneries J. L. Handbury, travailler de plus en plus dur et gagner de moins en moins. Ni qu'il ne me prêtait attention que pour me battre avec la maladresse d'un ivrogne, un souvenir que j'ai gardé à jamais dans un mélange de douleur et de plaisir.

De toute façon, elle ne m'aurait guère écouté. Elle avait toujours vite fait de réduire ma souffrance à une mauvaise excuse pour mon style de vie.

Je suis rentré avec mon verre de scotch et je me suis baladé dans le couloir, jetant un coup d'œil dans les pièces pleines de canapés capitonnés, de vieux fauteuils à oreilles en cuir usé, d'antiques coffres en bois, de vieilles peintures marines, de vases remplis de fleurs coupées, tout ce que Cathy avait choisi et arrangé. Elle semblait absente de la maison et partout présente en même temps, ce qui me rappelait un souvenir douloureux sans pouvoir mettre le doigt dessus. J'avais la gorge serrée, mais j'ai retenu mes larmes et je me suis rappelé que le départ d'une femme ressemble à un sevrage de drogue. On se sent mal et on en réclame, mais finalement le besoin s'estompe et on se sent mieux.

Ma solitude était banale, de toute manière. Un type comme Westmoreland était vraiment coupé des autres, entendant des voix que personne n'entendait et voyant des choses que personne d'autre ne pouvait voir. Une sorte d'horreur indicible l'avait enfermé dans une forteresse de pensées terrifiantes, et il aurait fallu un thérapeute exceptionnel pour l'aider, avec de la chance, à trouver la sortie. Heureusement, mon boulot consistait seulement à dire s'il était apte à comprendre ce que signifiait l'aveu d'un crime.

Je suis allé dans notre chambre et je me suis allongé sur le lit à colonnes. Cathy l'avait acheté chez Ethan Allen, puis l'avait garni avec des taies d'oreillers en dentelle et un couvre-lit en coton satiné rayé blanc sur blanc qu'elle avait trouvé chez Pierre Deux dans Newbury Street à Boston. Une vague de désespoir m'a envahi. Je me suis senti profondément seul.

Je me suis relevé et j'ai laissé un message à mon dealer sur son Alphapage, mais il ne m'a pas rappelé, probablement parce que je lui devais déjà mille dollars. J'ai essayé encore deux fois sans plus de succès.

Je n'avais pas envie de passer toute la nuit aussi déprimé. J'ai fait un saut en voiture au Surf Lounge, mais je n'y ai pas trouvé de vendeur. Alors, tout en essayant de me persuader que je bifurquerais avant, je suis retourné à Lynn dans Union Street et je me suis garé devant l'hôtel Emerson, un pucier à quarante-cinq dollars la nuit. Des tapineuses de quinze à cinquante ans faisaient les cent pas. Des maquereaux et des artistes de la carambouille traînaient autour des cabines téléphoniques. En moins d'une minute, un adolescent en survêtement de coton velouté violet avec une demi-douzaine de chaînes en or s'est approché furtivement de ma portière. Il a jeté un œil dans la voiture.

— Une caisse comme ça vaut un paquet de pognon, a-t-il remarqué.

— Cinquante-deux mille.

J'ai tendu la main vers le poignard que je gardais entre les deux sièges avant. La poignée avait la forme d'une patte de biche, et la lame mesurait quinze centimètres. Je l'ai gardé hors de vue sur mes genoux.

Il a traînassé autour de la voiture.

— Quelles roues !

Mon pouls s'est accéléré.

— Je ne suis pas là pour parler bagnoles.

Je caressais la lame avec mon pouce.

— J'ai une frangine à l'hôtel. Elle a treize ans. Elle est étroite comme une fillette, mais y a du monde au balcon. Quarante dollars et vous faites ce que vous voulez avec elle.

— Je me fous également de la baise familiale.

— Elle marchera pour trente dollars.

— Baise familiale, tu piges ?

— Hein ?

— C'est rien.

— Vingt-cinq, mais c'est le prix plancher.

— Pour tout ce qu'on veut ?

— Absolument. Elle fait ce que vous dites, ou je lui flanque moi-même une raclée.

Ma respiration s'est accélérée. J'ai levé mon poignard pour qu'il le voie.

— Je veux la regarder te trancher la gorge.

Il a valsé deux pas en arrière et a souri nerveusement.

— Arrête ça, mec, tu me fous la trouille.

J'ai rabaissé le poignard.

— T'aurais pas autre chose à me vendre que des petites filles ?

Il a regardé à droite et à gauche tout en énumérant ses autres marchandises.

— Hasch, trois biffetons. Héro, dix le paquet. De la blanche, cent le gramme. Aiguille, cinq biffetons.

— Cent soixante les deux grammes.

— C'est de la bonne came.

J'ai commencé à démarrer.

— Attends ! a-t-il crié.

Il m'a rattrapé, mais est resté à distance de la portière. Il a mis la main à la poche et m'a montré deux petits sachets de poudre blanche dans de la Cellophane.

J'ai sorti de ma poche huit billets de vingt.

— Cent soixante.

— Tu as dit cent quatre-vingts.

J'ai ouvert brusquement la portière.

— Tu me traites de menteur ? ai-je gueulé.

Il a reculé.

— Je te traite de rien, mec. Cent soixante, comme tu as dit.

J'ai tendu l'argent et il s'est rapproché juste le temps et la distance nécessaires pour faire l'échange.

J'ai roulé sur cent mètres et je me suis garé. Tout mon corps se sentait ragaillardi. J'ai respiré lentement et profondément. Lorsque mon cœur a cessé de cogner, j'ai sniffé une grande ligne sur la lame de mon poignard. C'était de la bonne et elle a chassé Cathy de mon esprit.

J'ai repris la pénétrante de Lynn et l'ai suivie de Marblehead à la Route n° 1, jusqu'à la boîte de strip-tease du Lynx Club.

Quand je suis entré, « Smooth Operator », de Sade, se déversait par des enceintes d'un mètre vingt. L'air dégageait une odeur de bière, mélangée à la sueur et à la fumée. Je me suis assis juste devant la piste – la rangée des pervers, comme ils l'appellent – et ai plié un dollar en deux que j'ai tenu comme un appât sur l'estrade devant moi. La danseuse, une jolie rouquine avec ce genre de corps souple qui me fait rêver, s'est approchée nonchalamment et s'est campée devant moi. Elle a souri et fait glisser le dollar sur la piste avec son orteil. Puis elle s'est tournée et penchée pour que je puisse contempler son entrejambe. J'ai hoché la tête, sans raison particulière, et souri involontairement. J'ai plié un billet de cinq et le lui ai montré.

— Donne-toi la fessée, ai-je dit à ce visage à l'envers.

Elle s'est relevée et s'est frappée durement trois fois, puis m'a lancé un clin d'œil et a raflé mon billet de cinq avec son pied. Je la regardais danser tour à tour devant chaque homme, pour un ou deux dollars. Quand j'ai vu qu'elle souriait et clignait aussi de l'œil à l'intention d'un soûlot de cent cinquante kilos, je suis allé aux toilettes, j'ai sniffé un petit coup, puis je suis allé au bar et j'ai commandé un scotch.

Je n'avais pas fini mon verre qu'elle se tenait devant moi, en robe moulante de satin. Je me suis dit que le billet de cinq dollars me valait après tout quelque attention particulière.

— J'ai soif, a-t-elle dit en souriant.

— Je t'invite.

J'ai désigné le tabouret à côté de moi. Sans l'apport des lumières rouges de la piste, sa peau était pâle, et ses taches de rousseur apparaissaient. Mais ses lèvres étaient pleines, et ses yeux marron doré. Je lui donnais à peu près vingt-cinq ans.

— Comment t'appelles-tu ?

— Tiffany.

— C'est ton vrai nom ?

Elle a ri et rejeté ses cheveux auburn en arrière.

— Je ne porte pas mon vrai nom ici. C'est plus prudent.

— Pour toi, ou pour les clients ?

Avant qu'elle ait eu le temps de répondre, le barman, une sorte de bouledogue, s'est approché.

— Une petite bouteille de champagne pour la dame ? a-t-il susurré.

— Une boisson au gingembre fera l'affaire, a répondu Tiffany.

— Tiffany, tu adores les bulles. Pourquoi pas un petit mousseux ? a-t-il insisté.

— Non, merci, Max.

— Ce monsieur veut te traiter comme une dame. Conduis-toi en dame.

— Vous n'y êtes pas du tout, Max, l'ai-je interrompu. Il n'y a pas dix minutes je l'ai payée pour qu'elle me montre son cul et se donne une fessée. Du gingembre me convient parfaitement.

Il m'a dévisagé.

— Tu te prends pour un caïd ? Je devrais peut-être te botter…

— Écoute, l'a coupé Tiffany, j'ai rempli mon contrat au bar il y a une heure. Alors sers-moi cette putain de boisson au gingembre.

— Je t'emmerde, toi aussi. (Il a saisi le robinet de boisson sans alcool.) Toi et ce petit connard, vous imaginez que le monde est à vous. Moi, je saurais sûrement quoi faire avec quelques dollars de plus en poche. Tu y as pensé ?

Il a posé le verre devant elle et s'est éloigné en se dandinant.

— Il prend cinq pour cent, a-t-elle dit.

— Il a l'air d'y tenir.

Elle a haussé les épaules, a sorti un paquet de Marlboro et en a allumé une. Elle avait des doigts longs et fins.

— Et toi ? Qu'est-ce que tu fais ?

— Je suis psychiatre.

— Tu n'as pas l'air d'un psychiatre, ni le comportement.

— Je prends ça pour un compliment.

J'ai posé la main sur son genou.

Elle a retiré ma main.

— Tu ne dois pas me toucher, a-t-elle prévenu. Le patron surveille de là-haut. (Elle m'a montré face à nous une rangée de miroirs en haut du mur.) Il te ferait virer.

— C'est ton ange gardien ?

— Si on veut.

— Mieux vaut tard que jamais.

— Ça veut dire quoi ?

— Qu'il t'en aurait peut-être fallu un plus tôt.

— Fais-moi plaisir. Ne joue pas au psy avec moi. D'accord ?

— Pas de problème. (J'ai fini mon verre.) Parfois je me laisse aller à m'intéresser aux autres.

Je me suis levé et je suis retourné m'asseoir au bord de la piste pour assister au numéro d'une blonde qui ne devait même pas avoir dix-huit ans. Je lui ai jeté un dollar, puis je me suis levé pour partir. Comme je passais devant le bar, Max m'a appelé et m'a donné une serviette de papier pliée.

— De la part de Tiffany, a-t-il glapi.

Je lui ai refilé mon dernier billet de dix et je suis sorti.

J'ai déplié la serviette dans la Rover. Elle y avait écrit le nom de Rachel et son numéro de bipeur. Les gens sont bizarres. Je l'ai fourrée dans ma poche et j'ai démarré. Comme je sortais du parking, j'ai aperçu dans le rétroviseur la Ferrari rouge de Trevor Lucas qui arrivait – du moins l'ai-je cru. Mais de la blanche mélangée à l'alcool peut vous jouer des tours.

Je suis rentré chez moi, j'ai avalé trois Valium et me suis mis au lit. Avant, un seul comprimé me suffisait pour tenir à distance les cauchemars, mais plus maintenant. Je suis resté tendu, ne voulant pas lâcher la bride à mes pensées. Il s'est peut-être passé une heure avant que la lutte entre sédatifs et stimulants finisse par me faire entrer de force dans le royaume intermédiaire entre le sommeil et l'éveil. Dans ce purgatoire, où je priais pour ma délivrance, je me suis entendu m'étonner qu'un homme assez brutal pour massacrer une femme puisse s'introduire en elle si délicatement qu'il ne froisse la chair ni ne déchire la moindre membrane de sa tendre intimité.

3

Mercredi, 2 h 30

Je me suis assis d'un bond, les bras repliés devant le visage pour repousser le prochain coup. Mes jambes ont pédalé sur le matelas jusqu'à ce que je sois blotti contre la tête du lit, me balançant comme un enfant. Mes yeux scrutaient l'obscurité. Je savais que j'étais sorti de mon rêve, mais je sentais encore le mélange d'alcool et de tabac qui s'exhalait de mon père. Mon nez me brûlait, mes mâchoires étaient endolories tant j'avais grincé des dents. Ma bouche était affreusement sèche.

J'ai allumé la lampe. Je ne m'étais pas déshabillé et j'avais encore mes chaussures. Cette odeur de scotch et de fumée que j'avais sentie venait de moi, et de personne d'autre. Je me suis péniblement levé, déshabillé et suis allé me désaltérer au lavabo. Le contact de l'eau froide sur mes dents était douloureux, mais ma bouche et mon gosier en ont été apaisés. J'ai allumé une Marlboro que j'ai prise dans un paquet rangé dans la pharmacie et je me suis assis dans le fauteuil à côté du lit. Je me sentais anxieux et vidé. Les nerfs à vif.

En quoi étais-je plus équilibré, vraiment, qu'un type comme Westmoreland ? À première vue, en tant que médecin, avec une Rover, habitant Marblehead avec un autre médecin, je n'avais rien de commun avec un paumé psychotique. Mais au fond de moi je savais que je n'étais pas totalement différent de lui. Il était à la rue ; je ne me sentais pas à l'aise dans ma propre maison, ni dans ma peau. Il était assailli de voix et de visions ; j'étais torturé par des souvenirs qui me privaient de sommeil et me jetaient dans les brumes de la drogue. Quel degré et quelle sorte de souffrance pouvais-je endurer, me demandais-je, avant de sombrer dans la démence ?

Plus du tiers du délai que m'avait accordé Emma Hancock était passé, et je n'en savais guère plus sur Westmoreland qu'au début.

J'étais sur le point de me verser un verre de scotch quand le téléphone a sonné. J'ai pensé que c'était Cathy, et j'ai hésité entre répondre ou la laisser se demander où j'avais bien pu aller. Il y a une séquence à la fin de *The Verdict* où Paul Newman laisse le téléphone sonner encore et encore, subodorant que c'est son ex-maîtresse qui l'a trompé qui l'appelle, et je voulais faire pareil. Mais je ne suis pas Paul Newman et j'avais vraiment envie de lui parler.

— Clevenger, ai-je dit.

— Je l'ai ! s'est exclamée la voix à l'autre bout du fil.

— Allô ?

— Je l'ai.

— Paulson, vous rendez-vous compte qu'il est trois heures du mat ?

— N'avez-vous pas entendu ? Je vous ai dit : « Je l'ai. »

On aurait cru entendre un malade mental.

— Calmez-vous. Qu'est-ce que vous avez ?

— Prêt ?

— Je n'ai rien d'autre à faire pour l'instant.

— Okay. On y va. Vous m'écoutez ?

— Paulson…

Il gloussait.

— C'était tout simple, voilà pourquoi c'était si compliqué. Comme tout ce qui est passionnant en science. J'ai eu du mal à le voir parce que je l'avais sous le nez. Jusqu'à ce que je fasse ce rêve. Je peux vous le dire parce que vous êtes un psy, donc je sais que vous en avez entendu des vertes et des pas mûres. Vous vous rappelez que Malloy, ce connard, a dit de Sarah qu'elle avait l'air d'être un bon coup, même morte ?

— Bien sûr.

— Eh bien, j'ai dû ranger ça dans un coin de ma tête. Et il devait avoir raison parce que moi… disons… j'ai profité d'elle dans le labo. Je lui ai fait l'amour après l'autopsie.

— En rêve ?

— Évidemment, en rêve. Vous me prenez pour un détraqué ?

— Continuez.

— Voilà. Je lui ai fait l'amour alors qu'elle était morte. Tout comme Westmoreland. Il ne l'a pas violée, puis tuée. Il l'a d'abord tuée puis violée. C'est pour ça qu'elle n'a pas lutté, ni ne s'est crispée là où vous savez. Elle n'a pas pu parce qu'elle était déjà morte. (Ça semblait incroyable. J'ai tiré sur ma cigarette.) Vous êtes toujours là ? a-t-il demandé.

— Peut-on faire un test qui puisse le prouver ?

— Rien de très probant, mais il y a une chose qui va dans ce sens. Normalement, de légères et involontaires contractions musculaires font remonter le sperme jusqu'au-delà du col, même en cas de viol. Chez Sarah, je n'ai pas trouvé de sperme en dehors du vagin. J'imagine qu'au moment où Westmoreland l'a violée, ses muscles n'avaient plus que des tremblements.

— Pas mal, mon ami. Pas mal du tout.

— Je me demande pourquoi je n'y ai pas pensé tout de suite.

— Vous ne pouviez pas y penser consciemment.

— Pourquoi ?

— Parce que ça relève du fantasme.

— Comment ça ?

— Notre inconscient dissimule certains aspects les plus noirs de notre libido. Et la nécrophilie en fait partie. Mais cette idée s'est insinuée dans votre esprit de façon sournoise. Par le rêve. L'inconscient est une saloperie tenace, Paulson. Vous pouvez me croire.

— Vous parlez à un pathologiste, Frank. Malgré la quantité de cerveaux que j'ai disséqués, je n'ai jamais trouvé trace de cet inconscient. Et ce que je ne vois pas, il est très difficile de me convaincre que ça existe.

— On a tous confiance en votre pensée concrète.

— Que vous inspire le fait qu'elle était rasée ?

— C'était joli… bien plus que vos diapos de ses seins fibrosés.

— Je suis ravi de vous l'entendre dire. (Il s'est éclairci la gorge.) L'ennui, c'est que je doute que ça change grand-chose pour Westmoreland.

— Peut-être. Peut-être pas.

— La dernière fois que j'ai vérifié, la condamnation pour viol, puis meurtre était la même que pour meurtre, puis viol.

Je me suis essuyé le nez et j'ai remarqué un filet de sang sur mes doigts.

— Pourquoi êtes-vous si sûr que c'est lui qui l'a tuée ?

— Je n'en suis pas sûr. Pas sûr du tout. Mais je suis réaliste. De la façon dont Malloy et Hancock manœuvrent, tout ça ne semble plus avoir beaucoup d'importance, d'autant plus que maintenant, Sam Fitzgerald est sur le coup.

Sam Fitzgerald était un psychiatre en médecine légale dont on pouvait prévoir les conclusions d'expert en fonction de qui le payait.

— Qu'est-ce que ça veut dire, Sam Fitzgerald est sur le coup ? ai-je demandé.

— Je croyais que vous le saviez. Hancock a fait appel à lui. J'y suis passé hier soir pour remettre mon rapport préliminaire et Fitz arrivait tout juste pour voir Westmoreland. Il a dit qu'il allait vous appeler dès qu'il aurait fini.

— Bravo pour l'école de filles du Sacré-Cœur.

— Sacré quoi ?

— Rien. (J'ai rejeté une volute de fumée et je l'ai regardée flotter dans l'air.) Je devrais savoir que la voie du devoir ne mène que là où quelqu'un d'autre a envie de vous conduire.

J'avais encore sommeil, mais le temps pressait. Heureusement, j'avais encore des réserves. J'ai ramassé mon jean par terre, j'ai pêché un des petits sachets de Cellophane dans ma poche et j'ai aspiré ce qui restait dedans. Puis je suis allé prendre une douche.

L'eau chaude qui coulait le long de mon dos m'a détendu. Je me suis penché contre l'un des angles du mur et j'ai laissé mon visage se reposer contre les parois de marbre frais. L'image de Rachel, assise sur son tabouret, la robe de satin fendue jusqu'en haut des cuisses, m'est venue à l'esprit. J'étais troublé. Ma main s'est attardée sur mon corps comme si c'était le sien que je frôlais. Je l'imaginais me suppliant de lui faire l'amour…

— Je t'en prie, je t'en prie…, murmurait-elle.

À présent c'était elle qui guidait ma main, c'était elle qui m'implorait. La puissance de mon désir était au rythme de ses supplications.

— Viens, disait-elle, viens…

Je me suis appuyé contre le mur et j'ai fermé les yeux puis, tout doucement, j'ai éloigné Rachel de mon esprit.

Je me suis remis sous le jet de la douche et j'ai rejeté mes cheveux en arrière. La coke faisait son effet, et mes pensées devenaient plus claires et plus rapides. Il fallait que je rentre dans la tête de Westmoreland. Je n'avais pas cinq ans devant moi pour le psychanalyser et déterrer les racines de sa psychose. Je ne disposais même pas des quinze jours nécessaires pour que le Dipiperon calme ses voix. Emma Hancock n'accepterait jamais, mais je savais que le Penthotal était le seul moyen.

Le Penthotal dissout les défenses mentales et libère les souvenirs traumatisants. Je m'en suis servi pour la première fois en tant qu'interne en psychiatrie au centre médical des anciens combattants de Boston. Nous étions un des trois centres nationaux vers où étaient orientés les patients atteints des troubles nerveux post-traumatiques les plus graves, les « incurables » laissés par le Viêtnam, des gens qui avaient vu des atrocités telles qu'ils ne pouvaient même pas se les rappeler, et encore moins les raconter. Le signe le plus évident de ce par quoi ils étaient passés était leurs tentatives de suicide. Chaque jour il y en avait un qui essayait de se détruire avec n'importe quoi : une fourchette en plastique, un bout de fil de fer, un pantalon avec un nœud coulant accroché à une cabine de douche. Comme un chirurgien donnant un coup de bistouri dans un abcès, on leur injectait du Penthotal et on les écoutait, tandis que leurs horreurs refoulées suintaient. C'était une méthode comme une autre pour les dépouiller de leur camouflage ; on savait ainsi quels spectres nous combattions.

Administrer à Westmoreland une injection de Penthotal ne guérirait pas sa schizophrénie, mais ça pouvait vaincre sa résistance à raconter ce qui s'était passé dans les bois de Lynn.

J'ai coupé l'eau chaude et retenu mon souffle. Chaque fois que Cathy et moi prenions notre douche ensemble, c'était à qui tiendrait le plus longtemps sous l'eau froide. Elle gagnait presque toujours parce que le seuil de tolérance de la douleur était plus élevé chez elle que chez moi ; plus élevé, en fait, que chez aucune autre de mes connaissances. Je ne l'avais jamais vue prendre ne serait-ce qu'un comprimé d'aspirine, même le jour où elle avait donné un coup de poing dans le mur après une de mes fredaines et s'était cassé deux doigts. Je me suis adossé au marbre et j'ai essayé de l'imaginer nue devant moi, riant d'un rire espiègle tandis que je grelottais. Où, me suis-je demandé, allait-elle prendre sa douche ce matin ?

J'étais au commissariat à 6 h 15. Tobias Lucey, une autre nouvelle recrue, était de garde derrière le guichet à l'entrée des cellules. Il lisait le *Boston Herald*.

— Je suis le docteur Clevenger, ai-je annoncé, le psychiatre de M. Westmoreland.

Il m'a jeté un coup d'œil et a repris sa lecture.

— Il me faut un laissez-passer du capitaine Hancock pour vous permettre d'entrer.

Il était plutôt gringalet pour un flic, avec une certaine arrogance dans la voix.

— Je sais que vous êtes débutant, ai-je dit en souriant. Je rends sans arrêt visite aux suspects.

— Je n'ai pas été prévenu.

Il a tourné sa page.

— Vous croyez que je suis venu si tôt juste pour vous casser les couilles ?

Il m'a finalement regardé dans les yeux.

— Westmoreland est interdit de visite. Il est sous haute surveillance. Il a attaqué quelqu'un hier.

— Je le sais. Et vous savez pourquoi ? (Il n'a rien répondu.) Parce que c'est moi qu'il a attaqué. Et il peut piquer une nouvelle crise si je ne lui donne pas son médicament.

J'ai montré ma fiole de Penthotal.

— Je ne peux vous laisser voir personne tant que le capitaine Hancock n'est pas arrivée. Pas d'exceptions. (Il a regardé sa montre, puis repris la lecture de son journal.) Elle sera là à 7 h 30.

— Très bien. Je vous laisse ça, ai-je dit. (J'ai glissé le Penthotal sous la vitre du guichet.) Vous n'aurez qu'à dire à tata Emma que je suis venu pour lui faire sa piqûre à 6 h 30 comme convenu. Si Westmoreland perd les pédales et se fracasse la tête contre le mur, je ne veux pas que ça me retombe sur la poire. J'aurais fait ce que j'aurai pu.

Je me suis dirigé vers la sortie.

— Euh, docteur…

Je me suis retourné.

— Clevenger. Frank Clevenger.

— On est à une heure près ?

J'ai fait semblant de me calmer.

— Ça, officier Lucey, c'est difficile à dire. Westmoreland peut rester tranquille jusqu'à 7 heures. Peut-être jusqu'à 7 h 30. Ou même jusqu'à 8 heures. Mais, encore une fois, il peut se sectionner un doigt d'un coup de dent ou s'arracher un œil dans vingt minutes.

— Je ne savais pas, a-t-il dit en haussant les épaules.

— C'est un premier pas.

— Pardon ?

— Un premier pas vers la compréhension. Vous savez que vous ne savez pas.

— Évidemment… (Il m'a regardé comme on regarde un fou.) Filons-lui son médicament.

Westmoreland n'avait pas pris son Dipiperon avant minuit et il était pelotonné sur le sol de sa cellule, dormant d'un sommeil à la fois profond et agité, vêtu seulement d'un T-shirt et d'un short souillé. Le reste de ses vêtements était étendu sur sa couchette de façon à simuler un corps allongé. Le soleil se levait, et les barreaux de sa fenêtre projetaient sur lui des lignes d'ombre. Ses membres s'agitaient par saccades.

— Il pue comme une poubelle, a dit Lucey.

Il a attrapé son trousseau de clés et en a fourré une dans la serrure.

J'ai pris son poignet et l'ai serré vigoureusement.

— Doucement, ai-je dit.

Il a tressailli et a essayé de se dégager.

— Doucement, ai-je répété.

Je l'ai lâché et j'ai mis un doigt sur mes lèvres. Il m'a dévisagé, mais a ouvert la porte en silence.

Je suis entré seul et je me suis agenouillé devant Westmoreland. Ses yeux s'agitaient sous ses paupières. Il respirait en haletant. J'ai rempli une seringue de Penthotal et je lui ai fait avec précaution un garrot au bras. Une de ses veines a gonflé. J'y ai enfoncé l'aiguille. Westmoreland a grimacé mais ne s'est pas réveillé. J'ai doucement vidé la seringue.

Le Penthotal donne une sensation de brûlure et, comme je terminais l'injection, Westmoreland a ouvert les yeux. Il a fixé pendant quelques secondes la petite goutte de sang sur sa peau, puis la seringue dans ma main. Son visage a pris une expression de terreur. Sans un mot, il s'est frappé le visage.

— Tenez-le ! ai-je crié à Lucey.

Westmoreland s'est mis à se frapper sauvagement. Je n'ai pu immobiliser qu'une de ses mains. Il s'est donné un coup de poing sur le nez.

Lucey restait debout, l'air effrayé.

Je l'ai saisi par la ceinture et l'ai obligé à se baisser.

Ensemble on a lutté pour maîtriser les bras de Westmoreland, mais pas avant qu'il ne se soit fendu une lèvre et ouvert l'arcade sourcilière. Il continuait à se battre contre nous… ou contre lui-même… tant qu'il pouvait.

— Qu'est-ce qui lui arrive ? a demandé Lucey. Quelle merde lui avez-vous refilée ?

— La merde c'est la sève ! a gueulé Westmoreland. L'arbre c'est moi !

— Ça va s'arrêter, ai-je dit tranquillement.

Westmoreland a réussi à se dégager de la poigne de Lucey et s'est donné un grand coup de poing dans l'oreille.

— Il est devenu cinglé ! s'est écrié Lucey.

— Fermez-la et tenez-le.

— Bon Dieu de merde !

Lucey s'est jeté sur le bras de Westmoreland et l'a maintenu au sol.

— La Sainte Vierge est venue, venue, venue à moi, a craché Westmoreland.

Il a arqué le dos dans une dernière tentative pour se dégager, puis s'est affaissé sur le sol.

— S'il est mort, c'est vous qui l'aurez dans le cul, a dit Lucey.

— Il n'est pas mort.

Il m'a regardé avec méfiance.

— Je vais immédiatement informer le capitaine Hancock.

— Vous seriez plus utile ici.

— Ne lui faites plus rien, a-t-il prévenu. (Il s'est relevé et s'est dirigé vers la sortie. La porte de la cellule s'est refermée à clé.) Enfoiré de dingue, a-t-il marmonné.

Même avec des filets de sang dégoulinant sur son visage, Westmoreland semblait plus apaisé. Il restait couché sans bouger, les yeux fermés. J'ai gardé le silence une bonne minute, puis je lui ai pris la main. Il avait la peau sèche et calleuse.

— Monsieur Westmoreland, ai-je dit, je suis psychiatre. Je m'appelle Frank Clevenger. Vous souvenez-vous m'avoir parlé hier ?

Pas de réponse.

— Le médicament que je vous ai administré va vous aider à me parler, ai-je indiqué. On l'appelle le sérum de vérité. (Il a remué silencieusement les lèvres.) Ça va vous aider.

— D'accord, a-t-il murmuré.

Je voulais commencer par des choses simples.

— Savez-vous où nous sommes ?

— Oui.

— Où ça ?

— En enfer, mon père. Dans les tripes de l'univers. Je suis un excrément de l'humanité.

— Et comment vous appelez-vous ?

Westmoreland a grimacé sans répondre.

Je ne voulais pas perdre le contact en l'entraînant sur un terrain où il ne voudrait pas céder.

— Pourquoi êtes-vous là, mon fils ? ai-je demandé.

— Dieu me l'a donnée, a-t-il dit en commençant à pleurer. La plus pure entre les pures.

— Vous avez reçu un cadeau de Dieu ?

— C'est la Vierge Marie qui m'a été livrée dans les bois. (Il a ouvert les yeux et son regard m'a transpercé.) Je l'ai détruite. Le fils de Dieu ne reviendra plus jamais sur la terre.

Je me suis souvenu des hallucinations de Westmoreland avec la statue de la Madone qu'il avait volée à Notre-Dame-des-Anges.

— Comment avez-vous détruit la Vierge ? ai-je demandé.

Il est resté silencieux un instant.

— Le serpent, a-t-il dit finalement. J'ai introduit le serpent en son sein.

— Elle a essayé de vous résister ?

— Elle n'a rien fait contre moi.

— A-t-elle crié ?

— Elle ne s'est pas réveillée. Mon ange dormait sur un nuage de feuilles.

— Sur un nuage de feuilles…

— Elle m'a seulement tendu la main. Mais je ne me suis pas contenté de sa main, mon père. Non, non. Même si c'était la plus sainte des mains. J'ai dénudé ses jambes et sa féminité. Je suis un pécheur qui mérite Sa colère. Je suis le démon le plus méprisable jamais venu sur terre. Je dois être jugé.

— Comment vous êtes-vous aperçu que la Madone était morte ?

Westmoreland s'est mis à respirer fort.

— Je l'ai soulevée dans mes bras… Dieu avait laissé Sa marque terrible… du sang… poisseux… mouillé… partout.

— Quelle marque a laissée Dieu ?

— Il a pris… il a pris son lait.

J'ai entendu la porte de la cellule s'ouvrir.

— Assez discuté, Frankenstein, a dit une voix. Vous avez abusé de notre hospitalité.

J'ai levé les yeux et vu Malloy campé les mains sur les hanches, jambes écartées. Lucey l'accompagnait.

— Vous avez vraiment charrié cette fois, a ricané Malloy. Le capitaine Hancock va servir votre tête sur un plateau. Elle a demandé que vous l'attendiez dans son bureau.

— Il faut le surveiller, ai-je dit en désignant Westmoreland. L'effet du Penthotal ne dépassera pas vingt minutes.

— Vous voulez que je vous dise ? D'ailleurs je vous l'ai déjà dit : j'en ai ras-le-bol de votre baratin psychologique de merde. Sortez de là.

— Qui va le surveiller ?

Il a posé ses doigts grassouillets sur sa matraque.

— Vous voulez peut-être que je vienne vous chercher ?

Je me suis levé.

— Venez me chercher, lui ai-je dit en le regardant droit dans les yeux. Ou est-il vrai que vous n'aimez la bagarre que lorsque l'adversaire a déjà les menottes ?

Il a soutenu mon regard une seconde ou deux puis a détourné les yeux.

— J'ai dit « sortez ! »

Je suis sorti lentement de la cellule et suis allé droit vers lui.

— Maintenant écoutez-moi bien, Malloy. Vous ou l'officier Lucey feriez mieux de rester auprès de M. Westmoreland. S'il a l'impression que quelqu'un lui a volé ses pensées, il peut complètement paniquer. Compris ?

Il s'est tourné vers la cellule.

— Hé, général ! a-t-il crié, tout va bien ?

Westmoreland n'a pas bougé.

J'aurais facilement pu venir à bout de Malloy d'un bon coup de genou dans son ventre mou, mais Lucey n'était pas loin, et on ne sait jamais comment peut réagir un flic débutant avec son arme. J'ai respiré un bon coup et secoué la tête.

— Je ne sais pas ce qui vous est arrivé pour que vous soyez aussi con, mais vous feriez mieux d'y réfléchir.

— J'en tremble de peur.

— Continuez. C'est un début, ai-je dit en passant devant lui. Maintenant vous pouvez m'emmener chez Emma.

Il m'a poussé pour repasser devant moi.

— Encore une ou deux séances, et vous n'aurez plus besoin ni des bottes ni de l'insigne, ai-je dit.

Trois heures de sommeil ne m'avaient pas suffi. J'avais envie de piocher dans mon second gramme, mais je me suis dit que le commissariat n'était pas le bon endroit pour ça. J'ai fait les cent pas dans le bureau d'Emma, regardant les photos d'elle avec les personnalités locales. On la voyait avec le maire McGinnis, le député DeTuleo, le superintendant des collèges Coughlin, le conseiller municipal Caldwell, le commissaire Rollins. C'était elle qu'on remarquait sur chaque photo, d'une part parce qu'elle tenait de la place et d'autre part parce qu'elle était la seule femme. J'ai souri amèrement. L'attendre me rappelait un peu le temps où, petit garçon, je restais dans ma chambre de Sheperd Street qui me rendait claustrophobe, à lire des albums de BD de Spider Man pour essayer de ne pas penser à mon père. Celui-ci, après son cinquième bourbon, arpentait la salle de séjour en gueulant des ordres qui dataient de la guerre de Corée, un souvenir dont il ne parlait jamais à jeun. Je l'entendais qui commençait à monter, et je passais en revue une liste de solutions foireuses. Je pouvais me planquer sous le lit ou dans l'armoire, mais il me battrait encore plus fort après m'avoir trouvé. Je pouvais me précipiter vers la fenêtre et l'escalier de secours, mais j'étais persuadé qu'il me rattraperait. Je pouvais appeler ma mère, mais je savais qu'elle se cachait probablement déjà de son côté. Alors j'attendais en silence, attentif aux pas lents de mon père dans l'escalier de bois. De plus en plus proches. Par instants j'arrivais presque à me convaincre que Spider Man était en train de grimper sur le mur extérieur, prêt à me lancer une toile sur laquelle je m'évaderais. Mais, comme une mécanique bien huilée, lorsque mon père atteignait la quatorzième marche, j'entendais se détacher sa boucle de ceinture, suivi du frottement horrible du cuir glissant dans les passants. Le pire, c'était l'expression de mon père quand il franchissait la porte. Il n'avait pas l'air en colère. Il avait l'air fatigué et désabusé, comme quelqu'un qui doit faire le ménage. Je ne comprenais pas son détachement et j'étais terrifié. Je sais maintenant qu'il n'avait rien contre moi, qu'il ne savait même pas d'où lui venait cette violence, et c'est sans doute pourquoi ça durait tellement longtemps.

Je terminais mon tour des murs d'Hancock quand elle est entrée. Elle était en pétard. Son visage rougeaud était devenu écarlate.

— Bonjour, Frank, a-t-elle dit sans me regarder.

— Désolé de vous compliquer la vie.

Elle est allée à son bureau et a ouvert sa serviette.

— Je suis arrivée aussi vite que j'ai pu après l'appel de Malloy. Mais je suis contente que vous ayez pu rester seul ici un moment. (Elle a posé une liasse de papiers sur son sous-main, puis a sorti une série de dossiers qu'elle s'est mise à ranger dans son armoire.) Ce n'est pas vraiment un bureau, rien à voir avec celui d'un docteur ou d'un avocat, mais j'en suis assez fière, malgré tout. (Elle a refermé son armoire, est venue se mettre devant son bureau et s'est assise sur le rebord. Elle a fait un signe de tête vers les photos au mur.) J'ai plaisir à me dire qu'en regardant ces photos on se rend compte que chacun de ceux qui travaillent dans une ville, du flic au professeur, dépend des autres. Il est très important que personne ne se considère comme indépendant. Parce que sans travail d'équipe cette ville, toute ville d'ailleurs, disparaîtrait.

J'ai levé les mains.

— Je comprends ce que vous voulez dire.

— Je n'en doutais pas, a-t-elle répondu, mais je n'en suis plus aussi sûre. Sauf erreur, vous avez injecté derrière mon dos un narcotique à mon prisonnier. Si vous appelez ça travailler en équipe…

— Laissez-moi vous expliquer.

— Je vous en prie. (Elle a gratté ses ongles les uns contre les autres. Un éclat de vernis rouge a sauté en l'air.) Expliquez-moi.

— Écoutez, il fallait faire vite. Les gars comme Westmoreland, les vrais paranoïaques schizophrènes, s'imaginent constamment attaqués. Ils pensent qu'on veut s'insinuer en eux, espionner leurs pensées, leur imposer des idées. Il faudrait qu'on le bourre de Dipiperon pendant des semaines pour espérer venir à bout de sa paranoïa. Et on a besoin des réponses tout de suite.

— C'est sans doute que vous n'êtes pas d'accord avec nos propres réponses. Mais ce n'est pas vous qui dirigez ce service. C'est moi. Et je vous ai posé une seule question : si je pouvais enregistrer les aveux de mon prisonnier. Est-ce que je vous ai jamais demandé de mener votre propre enquête ?

— Emma, il y a quelque chose qui me gêne dans cette affaire, et le Penthotal est le seul moyen de voir ce qu'il y a dans la tête de Westmoreland. Si c'est lui qui a tué Sarah, il peut nous dire où trouver l'arme du crime et… (Emma se tapotait le pied.)… et les seins. Si ce n'est pas lui le meurtrier, il l'a peut-être vu. Ce qu'il m'a raconté signifierait qu'il est tombé par hasard sur Sarah couchée sur un tas de feuilles. Il a eu des relations sexuelles avec son cadavre.

— Quelle horreur. C'est tout ?

— Elle était déjà morte.

— Elle était déjà morte. Savez-vous combien d'assassins m'ont juré qu'ils avaient trouvé le corps ? Et le sang dont il était couvert ?

— Il n'a pas vu tout de suite les blessures de Sarah. Pas avant de l'avoir violée et de l'avoir soulevée dans ses bras. Il a cru que c'était la Madone. Quand il a appelé ici d'une cabine, il n'a pas braillé à propos d'une vierge ; il a braillé en parlant de *la* Vierge. La Sainte Vierge. Un don de Dieu.

— Un don de Dieu… Il ne manquerait plus que ça vienne aux oreilles du *Boston Evening*. (Elle a secoué la tête.) Avez-vous remarqué combien de psychopathes se revêtent des habits du Seigneur ? C'est le déguisement favori du démon.

J'avais envie de demander à Hancock ce qu'elle-même masquait derrière sa religion.

— Westmoreland n'est pas le diable, ai-je dit. Ni même un criminel de droit commun. Ce n'est qu'un clodo cinglé qui s'est trouvé au mauvais endroit au mauvais moment.

— Il s'est livré lui-même à la police. Depuis il n'a pas arrêté de déclarer qu'il voulait faire des aveux. Et maintenant vous concoctez tous les deux une autre version pendant qu'il est drogué par le Penthotal. Vous me surprenez. J'aurais pensé qu'après que Prescott a tué cette étudiante, vous feriez vraiment attention. Mais vous n'avez pas changé.

— Lâchez-moi un peu, avec Prescott… (J'ai senti que j'allais perdre mon sang-froid et j'ai attendu une seconde pour me reprendre.) Le Penthotal est une technique fiable pour faire remonter les souvenirs traumatisants.

— Fiable ? Je croyais qu'ils n'utilisaient plus cette saloperie depuis dix ans. Vous pouvez faire avouer à quelqu'un tout ce que vous voulez avec ça.

— Pas quand l'entretien est mené…

— Par vous. Le maître. Je vois. Eh bien, les tribunaux ne vous suivent pas. Et moi non plus. Tout ce que Westmoreland a pu dire dans ces conditions ne peut être retenu. Mais ce n'est pas encore ça qui me déplaît le plus. Ce qui me fait vraiment mal, c'est que vous ayez agi dans mon dos.

J'ai eu une poussée d'adrénaline.

— Dans votre dos ? Pourquoi agirais-je dans votre dos ? Nous faisons équipe. Non ?

— Ne tournez pas autour du pot. Je sais que votre ami le Dr Levitsky a vu le Dr Fitzgerald ici. Et alors ? J'ai le droit de demander un deuxième avis quand je veux. Je vous ai dit que vous aviez trente-six heures avant que la porte ne se referme sur Westmoreland et c'était vrai. Ça ne signifie pas que je renonce à agir en attendant. (Elle a pointé le doigt vers moi.) Attention, Frank. Je devrais vous signaler à l'ordre des médecins. Vous n'aviez pas de mandat judiciaire pour faire cette injection à Westmoreland, et vous n'aviez sûrement pas son consentement.

— Combien donnez-vous à Fitz ?

— Moins que ce que je vous donnais pour me poignarder dans le dos. Vu ?

— Je ne vous poignarde pas dans le dos. Je sais qu'un meurtrier en cavale ça fait de mauvais titres dans les journaux, mais imaginez les dégâts si l'homme que vous avez arrêté n'est pas le bon et que vous vous retrouviez avec un autre cadavre sur les bras. Vous pourriez dire adieu au grade de commissaire.

— Croyez-moi sur parole : je n'ai pas besoin de conseils pour ma carrière. Tout est réglé.

— Je n'en doute pas. À moins qu'il n'y ait un autre cadavre. Et alors tout s'écroule.

— C'est évident. Mais croyez-moi : ça n'arrivera pas. Je fais ce métier depuis un certain temps… bien plus longtemps que vous. Westmoreland sera jugé pour le crime qu'il a commis et reconnu coupable.

— La défense me fera convoquer et je témoignerai. Ce sera moi contre Fitz. Westmoreland n'est pas en état de faire des aveux. Et je déclarerai que je ne pense pas qu'il en a fait.

— Vous n'aurez peut-être plus l'autorisation d'exercer dans cet État au moment du procès.

Mon pouls battait à cent à l'heure. J'ai pris une profonde inspiration.

— Arrêtez de me menacer, Emma. Je réagis mal quand je suis poussé à bout.

— C'est peut-être à cause de vos emplettes nocturnes devant l'hôtel Emerson, s'est-elle moquée. Le manque de sommeil rend nerveux. Votre jugement peut être troublé. Encore une chose dont je devrais avertir le conseil de l'ordre.

— Qu'est-ce que vous…

— Ne vous fatiguez pas, Frank. Ça fait des mois qu'on a placé des caméras de surveillance devant l'Emerson. Vous devriez être plus discret.

C'est alors que l'officier Lucey est entré précipitamment. Il avait l'air affolé.

— Nous avons besoin d'aide. Westmoreland se remet à dérailler.

J'ai couru jusqu'à la cellule avec les deux autres. Westmoreland était collé au mur du fond, Malloy face à lui. Il avait sorti sa langue et il la mordait. Le sang coulait sur son menton et son cou.

Malloy agitait les mains.

— Relax, disait-il.

Westmoreland s'est mis à hurler, postillonnant du sang. Il a de nouveau pris sa langue entre ses dents et s'est mordu sauvagement.

— Merde, a dit Malloy.

Il avait l'air d'essuyer le sang sur son visage.

— Quelqu'un peut-il m'expliquer ? a réclamé Hancock.

Malloy ne s'est pas retourné.

— Je lui ai posé une simple question, et il a piqué sa crise.

Je me suis dirigé vers Malloy.

— Quelle question ?

Il a haussé les épaules.

— Son vrai nom. Voilà.

— Il vous l'a dit ? a demandé Hancock.

— Pas tout de suite. Il a fallu que je lui demande une douzaine de fois pour lui faire cracher George La-quelque-chose. Et là il a pété les plombs.

Westmoreland a serré les mâchoires. Le sang a coulé encore plus fort.

— George, vous vous faites du mal, a dit Hancock.

C'était idiot de dire ça et Westmoreland s'est remis à crier, puis s'est remordu encore plus fort. Mais ça m'a donné une idée. J'ai pensé que la seule personne à qui Westmoreland voulait faire mal, c'était à lui-même. Je me suis éloigné de Malloy et me suis mis contre le mur à trois mètres environ de Westmoreland. J'ai sorti un petit canif en argent dont je me sers pour couper la coke et je l'ai ouvert.

— Virez-moi ça, a gueulé Hancock.

J'ai regardé Westmoreland. Ses yeux ont rencontré les miens. J'ai levé mon arme pour qu'il la voie et je l'ai appuyée contre mon poignet.

— Ta souffrance est ma souffrance, ai-je murmuré. Dis-moi quand on s'arrête.

Westmoreland gardait les mâchoires serrées.

J'ai fait courir la lame sur ma peau, provoquant l'apparition d'une ligne blanche en travers de mon poignet.

Ses yeux se sont agrandis, mais ses mâchoires sont restées serrées.

J'ai grincé des dents et appuyé la lame juste assez pour fendre la peau. Une ligne claire s'est dessinée, qui est devenue rouge de sang.

— Oh ! Bon Dieu, a murmuré Malloy.

Westmoreland a contemplé mon poignet, puis le sien.

J'ai ramené la lame au début de la coupure, fermé les yeux, et enfoncé la pointe de quelques millimètres. J'ai ressenti une vive douleur pendant une seconde, puis une sensation douloureuse profonde qui gagnait toute ma main. Je me tortillais contre le mur.

Westmoreland s'est mis à sangloter.

J'ai regardé et j'ai vu qu'il n'avait pas relâché sa langue.

J'ai enfoncé un peu plus la lame.

Il est tombé à genoux. Ses mâchoires se sont finalement relâchées.

— Assez, mon père, a-t-il plaidé. Mes péchés sont assez grands.

Je me suis appuyé contre le mur quelques instants, puis j'ai retiré la lame de mon poignet et je suis allé vers lui. Je lui ai tendu la main. Il l'a prise et m'a laissé le guider jusqu'à sa couchette.

— Faites-le examiner aux urgences, ai-je dit à Hancock une fois sorti.

— Quelle démonstration, Frank, a-t-elle dit. Comment saviez-vous qu'il allait arrêter ?

— Parce que ce n'est pas un tueur.

Elle s'est raidie.

— Vous n'avez pas transformé beaucoup d'essais, ces derniers temps.

— Quand il s'agit de la vie des gens, je ne compte pas les points, ai-je répliqué.

Je suis passé devant elle et j'ai quitté le commissariat.

4

Après m'être traîné jusqu'au parking, je me suis affalé dans ma voiture. J'ai laissé tourner le moteur et je suis resté là, les yeux fermés. J'étais épuisé, et sur la corde raide. Si Hancock donnait suite à sa menace de me dénoncer à l'ordre des médecins, mon autorisation d'exercer pouvait être suspendue. Dans ce cas je ne pourrais pas garder la maison, ni sans doute la Rover, juste au moment où mes relations avec Cathy battaient de l'aile. Mais je n'allais pas renoncer à cause de ça. J'étais la seule chance de Westmoreland, et je ne pouvais pas encaisser qu'on laisse un homme attaqué sans défense. Impossible d'imaginer les horreurs qui, dans sa captivité, devaient tourbillonner dans sa tête. À ses yeux, les barreaux de sa cellule pouvaient être des rasoirs affûtés pour le déchiqueter, et les policiers des fous l'utilisant pour pratiquer des expériences bizarres. J'avais vu un prisonnier psychotique se fendre le crâne en se jetant contre le mur de sa cellule, convaincu que des asticots pullulaient dans son cerveau. Et l'enfermement de Westmoreland n'était qu'une partie du problème. S'il était emprisonné à tort, ça voulait dire que le vrai tueur avait le champ libre pour récidiver.

J'ai déchiré le second sachet de coke et j'en ai aspiré à peu près un quart de gramme. J'avais des élancements dans le poignet et le sang coulait sur ma main. J'ai attrapé un bout de tissu sur la banquette arrière pour l'appuyer sur la blessure. La partie superficielle s'est cicatrisée au bout d'une minute, mais le point où j'avais enfoncé le couteau plus avant continuait de saigner. La cocaïne est un puissant anesthésique et un vasoconstricteur acceptable. J'ai essuyé la plaie pour la nettoyer et saupoudré la coupure. La sensation de brûlure a disparu et le saignement s'est ralenti, mais seulement pour un court instant. Il me fallait quelques points de suture. J'ai démarré et pris la direction du service des urgences de l'hôpital de Stonehill.

Nels Clarke, un médecin généraliste qui ressemblait à un bûcheron, était de garde. Je l'ai trouvé en train de consulter des résultats d'analyses sur un ordinateur. Il a levé les yeux et vu le tissu ensanglanté.

— Qu'est-ce qui t'est arrivé ? a-t-il demandé.

— Ce n'est rien. Une petite coupure. Mais qui n'a pas l'air de vouloir se refermer toute seule.

— T'es-tu présenté à l'accueil ?

— Me suis-je…

— Présenté. Tu n'espères pas que je vais tout laisser tomber pour m'occuper de ton égratignure au bras ?

Je n'avais même plus la force de me fâcher.

— Je vais le faire moi-même. Où y a-t-il une aiguille et du Nylon de 5 ?

— Frank.

— Je vais trouver tout seul.

J'ai fait demi-tour.

— Frank !

— Quoi ?

— C'était pour rire. (Il a froncé les sourcils.) Ça va ?

— Rude journée.

— Rude journée ? Il est 8 h 15.

— Du matin ou du soir ?

Il m'a lancé un clin d'œil.

— Suis-moi. (Il m'a emmené dans un box fermé par des rideaux, m'a fait asseoir et a attrapé un plateau de chirurgien.) Voyons voir ça. (Il a recouvert la table d'un linge vert et posé mon poignet dessus.) Je pense pouvoir sauver la main, a-t-il plaisanté.

Il a aspergé ma peau de Betadine, puis d'alcool. J'ai sursauté.

— Ça pique, a-t-il souri.

— Merci de me prévenir.

Il a reposé mon bras.

— Tu veux un peu de Lidocaïne avant que j'y aille ?

— Non.

— Ah ! Un stoïque.

Ça m'a forcé à rire.

— J'en veux pas un peu. Mais une bonne dose. Si je ne me trompe pas, tu as étudié la médecine générale, pas la chirurgie.

Il a ri sincèrement, et j'ai compris à nouveau pourquoi ses patients l'adoraient. Il n'avait que la trentaine, mais avait la chaleur d'un vieux médecin de campagne. Il a rempli une seringue et adroitement piqué autour de la blessure. La peau s'est gonflée puis aplatie, tandis que l'anesthésiant se diffusait. Quand il a fait le premier nœud, ça a juste tiré un peu.

— Qu'est-ce qui s'est passé ? a-t-il demandé. Une beauté t'a attaché trop serré ?

— Je ne dirai pas *beauté*.

Il a de nouveau enfoncé l'aiguille.

— Des noms ?

— Pourquoi pas ? Le général William Westmoreland.

— Je ne te savais pas à voile et à vapeur. Et tu as tombé un militaire. Félicitations.

— En réalité, il s'agit d'un schizophrène paranoïaque. Je faisais son bilan à la prison, et on s'est battus avec des objets tranchants.

— Routine, j'imagine. La tienne, en tout cas. (Il a fait un deuxième nœud.) Ce n'est pas celui qui a tué Sarah Johnston…

— Les rumeurs vont vite.

— Première page du *Boston Evening* hier soir. Je ne la connaissais pas, mais j'ai dû l'apercevoir une ou deux fois à la cafétéria. Tant mieux qu'ils aient pris ce salaud. (Il a aspergé mon poignet de sérum physiologique pour nettoyer le sang.) Il paraît que la moitié des infirmières en psychiatrie se sont fait porter pâles. On a des absentes ici aussi. Je n'imagine même pas où on en serait si le type était encore en cavale.

— Espérons que ça va s'arranger.

— C'est un vrai dingue, hein ? Le journal dit qu'il l'a découpée en morceaux.

Je n'avais pas envie de continuer.

— Nous n'avons parlé que quelques minutes.

— Oh !

Il a levé la tête, puis baissé à nouveau les yeux. Il a fait un autre point de suture, puis un nœud, et a coupé le fil.

— Cela étant un accident du travail, je suppose que je n'ai pas à poser les questions habituelles.

J'ai regardé l'aiguille percer à nouveau ma peau.

— Les questions habituelles ?

— Tu sais bien. Il y a tout un protocole en cas de lacération du poignet. Je devrais même demander une consultation psychiatrique. Mais puisque tu es psychiatre… et un copain… j'imagine que tu me le dirais si tu avais un problème.

— Problème ? Tu ne me crois pas suicidaire ?

— Question de routine.

— Nels, je n'ai pas essayé de me foutre en l'air. Je suis trop narcissique pour seulement y penser. J'essayerais plutôt de me cloner.

Il a souri et coupé le fil de Nylon au dernier nœud. Il m'avait fait cinq points de suture.

— Je voulais seulement être sûr, à cause de Cathy et tout ça. (Il a jeté l'aiguille sur un plateau en plastique et a retiré ses gants.) Encore que vous ayez déjà eu des hauts et des bas ensemble.

— Je ne savais pas que les ragots circulaient aussi par ici.

— Trevor est aussi discret qu'un pétard.

— Trevor ? Vieille histoire.

Il a replié les linges opératoires, les a jetés dans le panier et est allé se laver les mains au lavabo.

— Quel enculé, celui-là.

— Nels…

Il s'est retourné et m'a regardé.

— Si on allait se prendre un café ? m'a-t-il proposé.

— Pas le baratin pour parents éplorés. La simple vérité.

— La vérité. (Il a soupiré bruyamment, puis s'est adossé au lavabo.) Très bien. J'ai pris le tour de garde à la place de Buck Berenson hier soir. Un gosse est arrivé avec une mauvaise coupure au visage, il était passé à travers une porte vitrée. Alors j'ai appelé Trevor pour de la chirurgie plastique. Il se trouve que je ne l'aime pas. À mon avis il est cinglé. Mais c'est un chirurgien adroit, on ne peut pas dire le contraire.

Si j'étais blessé, je le réclamerais. Toujours est-il qu'il s'est pointé vers 20 heures ou 21 heures et a commencé à me bousculer… Tu ne veux vraiment pas un café vite fait ?

— Non, merci.

— Très bien. (Il a regardé le sol.) J'ai appelé Trevor, et quand il est arrivé ça a été pour me dire qu'il voulait se débarrasser rapidement du gosse parce que…

— Crache le morceau.

— Parce que Cathy l'attendait chez lui.

Il m'a regardé comme s'il venait de m'annoncer que j'avais un cancer.

— J'aurais dû voir venir le coup.

— Je me sens merdeux, a-t-il dit en secouant la tête. C'était pas à moi de te le dire.

— Je préfère le savoir.

— Tu veux qu'on en parle ?

— Y a rien à dire. Cathy était une amie intime de Sarah Johnston. Elle trouve du réconfort où elle veut.

J'ai redescendu ma manche et me suis levé pour partir.

— Je ne peux rien faire pour toi ?

— Si, une chose.

— Vas-y.

— Préviens-moi si tu vois arriver quelque chose d'anormal. Des griffures. Des morsures. Des traces de lutte.

— Voilà qui est inquiétant de la part de quelqu'un qui travaille sur le dernier crime de Lynn. Ils ont bien le coupable, au moins ?

— On risque de le savoir bientôt.

Je suis allé aux toilettes et j'ai tiré le verrou. Je me suis aspergé le visage à l'eau froide, encore et encore. Il fallait que je reste éveillé et maître de moi, mais des images de Trevor et de Cathy ensemble virevoltaient dans ma tête. Même en tenant compte de la disparition subite de Sarah, je ne voyais pas pourquoi elle faisait encore un tel foin à propos de la cocaïne. Quelle sorte de rempart contre un univers chaotique espérait-elle trouver en passant la nuit avec un playboy ? À moins que le chaos – la vie et la mort aléatoires des relations amoureuses – soit exactement ce qu'elle voulait rejouer. Mais je délirais probablement. Nels se trompait peut-être ; Trevor avait peut-être enjolivé un coup de fil de Cathy en rendez-vous avec elle. Je n'étais pas en condition pour la voir, mais il fallait que j'entende l'histoire de sa bouche. J'ai ouvert mon sachet, réparti une pincée sur mes gencives et je me suis fait une ligne sur ma clé. Puis j'ai foncé jusqu'au quatrième au service d'obstétrique-gynécologie.

Le bureau de Cathy se trouvait avec six autres derrière un comptoir de réception semi-circulaire. La secrétaire, Kris Jerold, une jeune homosexuelle militante avec des cheveux blonds décolorés coupés en brosse, m'a fait signe d'attendre qu'elle ait fini de répondre au téléphone.

— Elle n'est pas encore là, a-t-elle dit en raccrochant. (Elle a tripoté ses trois boucles d'oreilles en or.) Elle m'a appelée pour me dire qu'elle arriverait à 9 heures.

— Je vais l'attendre dans son bureau.

Elle a hoché la tête, hésitante. J'ai pris la mouche.

— Est-ce que ça pose un problème que je l'attende ici ? ai-je demandé.

— Aucun auquel je puisse penser.

— Bon, y en a-t-il un auquel vous ne puissiez pas penser ?

— J'adore les psychiatres, a-t-elle souri, puis elle a marqué une pause. Ça ne pose aucun problème que vous l'attendiez dans son bureau. Je voulais juste vous demander comment allait le Dr Singleton après la perte de son amie.

— C'est la question que je me pose. Comment vous semble-t-elle ?

— Je l'ai très peu vue. Elle est partie tôt hier. Et là elle manque la moitié de ses consultations matinales. (Elle a secoué la tête.) Elles étaient presque comme des sœurs…

— Oui. (J'ai repensé à l'incendie qui avait coûté la vie à la sœur de Cathy.) Je crois que c'est vrai.

— Je ne lui passerai pas de communications quand elle sera là.

— Merci.

Je suis entré dans le bureau de Cathy et me suis affalé dans son fauteuil. Son parfum flottait dans l'air. J'ai souri en regardant ma photo dans un cadre perlé en argent que je lui avais donné pour Noël. Je paradais sur une Harley Davidson noire que j'avais achetée quelques semaines après notre rencontre, devant un boui-boui de Lynn qui s'appelait l'Irish Mist. J'ai rigolé en me souvenant que j'avais payé la moto avec l'argent que j'économisais pour recommencer une analyse.

— Vous feriez mieux de savoir où vous voulez aller avant de vous exciter sur la façon d'y aller, m'avait conseillé mon psychiatre, Ted Pearson, quand j'avais annulé les rendez-vous que nous avions pris.

— Je pense m'en sortir tout seul, lui avais-je dit.

— C'est que vous allez encore plus mal que je ne le supposais. Appelez quand vous aurez besoin de moi.

Il y avait bien eu quelques moments depuis un an où j'avais été tenté d'aller voir Pearson et d'admettre combien je me sentais perdu, mais il avait pris la direction du programme d'État en faveur des médecins en difficulté, dont le but était d'identifier et de soigner les médecins en proie à l'alcoolisme, à l'abus de drogues et à la maladie mentale, et je n'avais pas envie de pointer mon nez par là-bas.

Au mobilier hospitalier standard de son bureau, Cathy avait ajouté sa touche personnelle. Son canapé en tissu ruché était disposé en face de son bureau. Des poupées en porcelaine étaient alignées sur une bande de dentelle couleur ivoire étalée sur une crédence. À la place de la collection habituelle de diplômes et récompenses, les murs étaient couverts de peintures à l'huile représentant des enfants qui jouaient. Un vitrail ancien masquait la vue des habitations en vis-à-vis et projetait des lumières jaunes, orange et rouges sur le tapis gris.

J'ai remarqué un cheveu blond de Cathy enroulé dans un coin de son sous-main, je l'ai pris et déroulé entre mes doigts. Les muscles de mon cou et de mes épaules se sont détendus. Je me suis renversé dans le fauteuil et j'ai fermé les yeux. Si j'étais ému par un seul de ses cheveux, ai-je pensé, pourquoi ne pas sauter le pas et me marier avec elle ? De quoi avais-je peur ?

Je me suis endormi un moment, et c'est la main de Cathy me massant doucement l'épaule qui m'a réveillé. Je baignais dans son parfum. J'ai gardé les yeux fermés et je n'ai pas bougé. Si c'était le prolongement d'un rêve, je n'avais pas envie de le faire s'évanouir.

— Frank, a-t-elle murmuré.

J'ai pris une grande inspiration, mais j'ai gardé le silence.

Elle a repris sèchement :

— Frank. Tu t'es endormi.

Elle a frotté la jointure de ses doigts sur ma clavicule.

— Ha ! Merde ! ai-je juré en me dégageant.

J'ai levé les yeux et l'ai vue qui me dominait, l'air mi-amusé, mi-ennuyé. Elle portait une tunique bleue qui accentuait l'éclat de ses yeux. Ses cheveux étaient humides.

— Qu'est-ce que tu fais là ? a-t-elle demandé.

— Bon Dieu !

Je me frottais l'épaule.

— Qu'est-ce que tu fais là ?

— Je te cherchais. C'est bon ?

— Pourquoi ?

— Tu m'as manqué cette nuit.

— Vraiment. (Elle s'est assise sur le canapé.) Pourquoi ?

Je me suis redressé dans le fauteuil.

— Oh ! J'en sais rien, Cathy. À force de dormir avec quelqu'un, on en prend l'habitude.

Elle a haussé les épaules.

— Est-ce que j'arrive avant ou après la cocaïne dans la liste de tes habitudes ? (Elle a remarqué mon poignet.) Qu'est-ce qui t'est arrivé ?

J'ai regardé le bandage. Il était taché de sang.

— Ce n'est rien. J'avais un entretien avec l'homme qui… C'est arrivé à la prison.

— L'homme qui a tué Sarah, a-t-elle dit d'une voix sans timbre. Tu peux en parler. Je ne vais pas m'effondrer. J'espère qu'ils vont l'électrocuter. Je serais prête à pousser la manette.

— L'effondrement est permis, ai-je dit. La rage aussi.

— Tu en sais quelque chose. Montre-moi ton poignet.

— Tout va bien. Nels m'a fait une suture.

Elle a pris un air ennuyé.

— Hier soir ?

J'ai souri.

— Normalement, Nels est plutôt de permanence le matin. Je viens de le quitter. Mais c'est exact. Il était de garde hier soir, à la place de Buck Berenson. Je crois qu'il était gêné de t'avoir dérangée.

— Moi ?

— Toi et Trevor.

Elle s'est redressée.

— Tu veux que je te dise. Je n'apprécie pas d'être questionnée… ou critiquée… surtout par quelqu'un d'aussi digne de confiance que toi.

— Tu as couché avec lui ?

— Si j'ai… ? (Ses yeux se sont remplis de larmes.) Je n'arrive pas à croire que tu me demandes ça.

— Oui ou non ?

Elle a pris un air de petite fille incomprise.

— Non.

— Vous vous êtes juste rendu visite ? Je dois croire ça ?

— Crois ce que tu veux.

— Tu n'es pas rentrée chez nous.

— Je n'ai pas de chez-nous.

— Où as-tu dormi ?

— Chez ta mère. (Elle a essuyé une larme.) Elle m'a montré les rayures que tu as faites sur sa table de salle à manger.

— Vous vous entendez de mieux en mieux.

Je me suis levé, j'ai saisi sa tunique pour l'attirer vers moi et l'ai embrassée dans le cou.

— Lâche-moi, a-t-elle exigé.

Je la tenais serrée contre moi. J'ai défait la ceinture de sa blouse de chirurgien et j'ai caressé ses seins. Elle s'est amusée à me repousser comme pour attiser notre désir. Sa respiration s'est accélérée et elle a commencé à se laisser aller. Puis tout à coup son corps s'est contracté et elle m'a planté ses ongles dans le bras.

— Non, a-t-elle dit.

J'ai tenté de la retenir.

Mais elle m'a échappé.

Elle avait l'air troublée, en colère et elle était très, très belle. J'ai balayé les cheveux de son visage.

— J'en ai envie, Frank. Tu le sais. Mais je ne veux plus tant que tu n'accepteras pas d'être aidé. Je ne veux pas vivre avec quelqu'un qui peut mourir demain.

— N'importe qui peut mourir demain.

— Eh bien ! Imagine ce que ça fait. (Elle a fourré le haut de sa tunique dans son pantalon et pris la direction de la porte.) Mes patientes m'attendent. Appelle-moi quand tu te seras débarrassé de cette merde. Si tu te mets à faire un peu plus attention à toi, j'en ferai peut-être autant.

— Où seras-tu ?

— Dans un endroit plus sûr.

J'ai quitté l'hôpital et je suis parti pour Boston, espérant que le centre médical des anciens combattants d'Huntington Avenue aurait des informations complémentaires sur Westmoreland. À mi-chemin, mon regard s'est fixé sur le lévrier géant en néon rose à l'entrée du champ de courses de Wonderland.

Je savais qu'il ne fallait pas que je m'arrête. Un pari gagnant serait une autre sorte de drogue et je n'avais pas de temps à perdre à m'éclater. Mais clairvoyance n'est pas synonyme de maîtrise de soi. Parfois ça ne sert qu'à être lucide sur sa propre autodestruction. J'ai quitté l'A1, garé ma voiture au milieu de quelque mille autres et acheté le programme pour deux dollars sur le chemin des guichets.

Je ne savais pas si Cathy avait couché avec Trevor. Je ne savais pas si elle allait revenir avec moi. Je ne savais pas si Emma Hancock allait faire un rapport sur moi au conseil de l'ordre. Je ne savais même pas avec certitude si j'étais officiellement dessaisi du cas Westmoreland. Je ne savais pas du tout où trouver les 4 815 dollars pour la traite que je devrai payer en septembre à l'Eastern Bank. Je savais en revanche que Pompano Beached, dont le nom m'avait tout de suite plu, était engagée dans la quatrième, et se jouait gagnante à vingt-cinq contre un.

Le visage de Manny, l'employé du guichet, s'est éclairé à ma vue.

— Besoin d'aide, toubib ?

C'était un petit homme obèse, aux épaules voûtées, avec des dents en or qui étincelaient quand il parlait.

— Toute aide est bienvenue, lui ai-je répondu en lui adressant un clin d'œil.

— Vous m'avez manqué, samedi. Trifecta est sorti. Vingt-trois mille dollars de gains pour vingt de mise.

— Ne me dites pas : une petite vieille de Revere qui vit dans un trois pièces et parie sa chemise.

— Pas du tout. Le type se promenait avec une Rolex en or et diamants. On ne gagne jamais quand on en a vraiment besoin.

— Ne dites pas ça, Manny. Moi, j'en ai besoin.

— Alors retournez à votre voiture.

— Je mets cinquante biffetons sur Pompano Beached gagnante.

— Hum… Pompano ? (Il a passé ses doigts sur sa tête chauve comme s'il avait encore des cheveux.) Cinquante ?

— Mauvaise idée ?

— Il n'y a pas de mauvaises idées, a-t-il gloussé. Pas ici, au « Pays des Merveilles ». (Il a jeté un coup d'œil derrière moi, à droite et à gauche.) Je dois avoir mieux que ça.

J'ai glissé un billet de cinq dollars sous la vitre. C'était le tarif habituel de Manny. Il a tendu la main vers une série de boutons mais n'a appuyé sur aucun.

— Si j'en avais cinquante à jouer, a-t-il dit en tapotant sa bague de diamant rose sur le guichet, je les mettrais sur Belle Dango. (Ses yeux se sont mis à briller.) J'ai observé cette chienne à l'entraînement ce matin. Je n'ai jamais vu un lévrier pareil. Chaque muscle semble sculpté dans la pierre, toubib. Un poème en mouvement. (Il a secoué la tête.) Pompano est bien bâtie, mais elle a une trop jolie tête. Une jolie chienne n'a pas besoin de courir, et elle le sait.

— Ça c'est bien vrai. Quels sont les rapports sur Belle ?

— Quatre contre un.

Je n'allais pas négliger un tuyau de ce gnome aux dents en or, mais je n'avais pas non plus envie de me foutre des baffes pour avoir laissé passer un vainqueur.

— Vingt-cinq sur Belle gagnante, vingt-cinq sur Pompano placée.

— Je ferais trente-cinq et quinze, a-t-il insisté.

— Vendu.

Il m'a retourné le billet de cinq dollars.

— Dix pour cent pour moi.

— Ça marche.

Manny a enregistré les paris juste avant le départ. J'ai entendu le coup de pistolet du starter et me suis avancé face aux écrans de télévision près des guichets. Le lapin s'est enfui sur la piste. Pompano était distancée dès le premier virage. Belle était coincée au milieu du peloton.

— Coincée, ai-je murmuré.

— Elle règle son allure depuis le milieu, a dit Manny avec confiance. Elle cache son jeu. J'adore. Superbe petite chienne. (Je lui ai jeté un coup d'œil et me suis aperçu qu'il ne parlait qu'à lui-même.) Attends… attends… attends… attends… maintenant ! Vas-y !

Le poitrail tacheté de Belle a commencé à dépasser les autres levrettes. Mon cœur s'est mis à battre. Mes paumes étaient moites. Elle a atteint la deuxième position, a perdu un peu de terrain, puis s'est rapprochée. Les deux chiennes semblaient n'en faire qu'une. Elles ont pris le virage à l'entrée de la dernière ligne droite.

Du coin de l'œil j'ai vu que Manny ne regardait plus les écrans, mais le programme.

— Dernière ligne droite ! lui ai-je crié.

— Belle est imbattable dans la dernière ligne droite. Venez chercher l'argent.

Je n'ai pas bougé. Belle a pris la tête et l'a gardée. Pompano Beached a fini avant-dernière. Mon pouls me battait les oreilles. J'ai attendu que les quelques parieurs en aient fini avec Manny, puis je suis retourné à son guichet.

— Bon Dieu, quelle chienne ! J'ai pensé qu'elle allait paniquer au milieu de la mêlée. Elle ne semblait pas pouvoir s'échapper.

— Vous et moi, on se serait effrayés au milieu de cette cohue, a dit Manny en secouant la tête. Une chienne comme Belle anticipe toute la course avant le départ. Je sais que c'est difficile à croire, mais elle voulait se trouver là où elle était à chaque moment de la course. (Il a compté sept fois vingt et les a glissés sous la vitre.) Je prendrais cette chienne pour épouse.

J'ai repoussé un billet vers lui.

— Votre cadeau de fiançailles.

— C'est trop.

— Vous l'avez mérité. Et ensuite ?

— Ensuite vous devriez vous en aller, a-t-il plaisanté. Achetez-vous un joli sweat-shirt ou ce que vous voudrez à la boutique cadeaux.

— La chienne suivante.

— J'aime bien Maiden Voyage.

J'ai glissé sous la vitre mes six billets plus quatre tirés de mon portefeuille.

— Gagnante.

— Vous êtes sûr ?

— Pas trop.

— Jouez-la placée. Elle a du mal à franchir la ligne. La peur du succès.

— Heureusement que je ne cours pas après les lapins. Je crois que j'ai encore plus peur qu'elle.

— Tout le monde court après des lapins, toubib. Deux cents placés ?

— Quel est le rapport ?

— Onze contre un.

— Deux cents.

J'ai repris ma place devant l'écran. Maiden Voyage a mené depuis le début puis, à vingt mètres de la ligne, a donné deux longueurs à Silly Puppy.

Manny et moi avions gagné et perdu selon les jours, mais cette fois il était assurément en veine. J'avais gagné dans les douze cents. Pas question de m'arrêter.

— Encore un coup, ai-je dit en revenant au guichet.

— Vous êtes accroché.

Manny m'a fait un clin d'œil.

— J'ai besoin…

Il s'est bouché les oreilles.

— Taisez-vous.

— Vous avez raison. Désolé.

— Vous devriez rentrer chez vous.

— Encore une fois. Et ce sera tout.

— Nénette.

— Nom de Dieu, Manny. Une dernière.

— Eh bien, Nénette. Placée. À neuf contre un.

J'ai regardé le programme.

— On dirait une marque de tampons hygiéniques.

— Ouais, bon. Écoutez : deux fois favorite, pas de victoire. Je dis qu'elle a sa chance.

— Pourquoi ne pas la jouer gagnante ?

Il a levé les yeux au ciel.

— Voilà que vous avez des idées par vous-même. Vous feriez mieux de m'appeler chaque matin pour savoir quoi mettre.

— Très bien. On le joue placé. Un billet de mille.

— Un billet ?

— Vous croyez vraiment qu'elle a sa chance ?

Il a hoché la tête.

— Alors d'accord.

Mettre autant de fric sur une chienne avait rejeté Westmoreland, Cathy et Hancock loin, très loin de mes pensées. Je les avais tous semés. J'ai respiré à pleins poumons l'odeur de moisi du « Pays des Merveilles ». Au coup de feu du starter, je me suis senti incroyablement confiant.

Nénette a pris la tête et l'a gardée tout du long. J'avais la chair de poule. J'avais l'impression que ma chance n'était pas due au hasard, qu'elle était *avec* moi. Je sentais que Belle Dango, Maiden Voyage, Nénette et les autres chiennes qui avaient couru ou allaient courir ce jour-là, Manny et moi, tous, nous étions sur la même longueur d'onde. Ça faisait partie des nombreuses fois où j'avais trouvé Dieu dans des lieux bizarres.

J'ai ramassé trois mille dollars et j'en ai refilé trois cents à Manny.

— Ça nous aurait fait neuf mille si on l'avait misée gagnante, ai-je dit.

— Ouais, à moins qu'elle perde.

— Encore une ? lui ai-je demandé.

— Rentrez chez vous.

— C'est une chienne ?

— Non, c'est un conseil. On a déjà joué à ça. Vous vous souvenez ?

Ça m'a refroidi. Manny et moi avions eu trois mille dollars en main une douzaine de fois et n'en avions jamais gardé plus du quart. Et j'avais vraiment besoin de cet argent. Je lui ai refilé deux cents de plus sous la vitre.

— Pour le tuyau, ai-je dit. Merci.

— Ce n'est pas nécessaire.

— Je sais. C'est pour ça que je le fais. Salut, Manny.

5

J'ai repris l'A1 en direction du pont de Tobin vers Boston. J'étais de meilleure humeur. Un dépôt de deux mille à la banque allait probablement les calmer pendant quelques semaines, et il allait me rester assez de liquide pour ne pas me trouver à court de coke. Je pouvais peut-être même donner un petit quelque chose à Hancock pour qu'elle oublie la vidéo filmée devant l'Emerson. Je me disais que quelqu'un qui parle sans arrêt de religion comme elle s'en sert d'une certaine façon comme d'une drogue. À un feu rouge, je me suis fait une petite reniflette.

Il m'a fallu une demi-heure pour atteindre le centre médical des anciens combattants. Le bureau d'information médicale et sociale n'avait pas changé de place depuis que j'avais été interne et Cliff Pidrowski, un alcoolique repenti qui avait perdu ses jambes au Viêtnam, dirigeait toujours le service. Il m'a reconnu immédiatement.

— Oh ! Bon Dieu, a-t-il dit en riant, planquez la monnaie.

Il est sorti avec sa chaise roulante de derrière son bureau.

— Je ne vous ai pas coûté grand-chose, les gars, ai-je répondu, riant avec lui en lui serrant la main.

J'étais content de voir qu'il avait gardé les cheveux longs, réunis en tresse dans le dos.

— Ah non ? Merde. Tous les anciens combattants fauchés du pays ont dû se refiler votre nom. « Pointez-vous au service des urgences avec une petite dépression ou un stress post-traumatique et attendez que le docteur vous fasse attribuer une aide sociale en un tour de passe-passe. » *Passe-passe*, c'est toujours comme ça qu'on vous appelle ?

— Vous êtes le seul à m'avoir jamais appelé comme ça. (J'ai pris un siège.) Et je me suis juste contenté de vous convaincre de donner ce que vous aviez envie de donner dès le départ.

— Ah oui ? Je dois avoir refoulé ça au fin fond de mon subconscient. Je crois me souvenir avoir sué sang et eau pour vous faire entrer dans le crâne qu'être à la rue ne donne pas forcément droit à une aide. Vous pouvez être complètement barjo avant d'aller faire la guerre.

— Dans ce cas vous ne devriez pas y aller. L'Oncle Sam doit soigner ses victimes telles qu'elles sont.

Il s'est bouché les oreilles.

— Refrain connu. Ne me dites pas que vous êtes là pour le boulot.

— Vous croyez que le gouvernement marche la tête complètement à l'envers ? Je m'occupe encore de litiges au North Shore.

— Vous avez toujours raffolé des vrais dingos, a-t-il dit en riant. Je dois reconnaître, malgré tout, que vous pouviez les assagir. Ils devaient sentir que vous étiez quelqu'un d'aussi dangereux qu'eux.

— Je suis inoffensif.

Il a levé les yeux au ciel.

— Je ne veux pas abréger l'évocation du passé, mais si vous avez déjà un boulot bien payé, pourquoi êtes-vous venu ?

— Pour vous demander une faveur…

— Bien sûr. Si ça ne doit pas coûter à l'Oncle Sam un chèque tous les mois.

— J'ai besoin de consulter un dossier.

— C'est confidentiel.

— C'est donc une faveur.

Il a roulé son fauteuil jusqu'à un terminal d'ordinateur.

— Tout le monde peut le dire, je ne vous ai jamais fait de fleur, a-t-il dit.

— Personne n'imaginerait une chose pareille vous connaissant.

— Toujours aussi con. Quel nom ?

— Prénom George. Nom commençant par « La ».

Il a tapé *L* et *a*.

— Ça réduit la recherche à une population équivalente à celle de Rhodes Island. Avec *George*… je descends à quelques centaines. Quelle guerre ?

— Viêtnam.

— On avance. A-t-on un diagnostic ?

— Schizophrénie.

— Couleur des yeux ?

— Bleue.

— Taille ?

— Environ un mètre quatre-vingts.

— J'ai un schizophrène aux yeux bleus, un mètre quatre-vingt-deux, du nom de George LaFontaine. Né le 5 avril 1949. Service militaire le 16 avril 1969. Passé en cour martiale le 28 novembre 1970. Relaxé.

Réformé le 1er décembre 1970. Diagnostic : schizophrénie.

— Passé en cour martiale ? Est-il fait mention de ce qui lui est arrivé, et de quoi il était accusé ?

— Ça ne peut pas être sur l'ordinateur. (Il s'est retourné vers moi.) Mais il a été soigné ici au 13B après sa libération. Et encore une douzaine de fois depuis. Les dossiers doivent être aux archives.

— Comment les consulter ?

— Avec une autorisation d'accès donnée par le patient.

— Aucune chance.

— Alors vous êtes dans la merde. Les dossiers médicaux ne dépendent pas de moi. Ils sont pointilleux sur le règlement. Style Quatrième amendement.

— J'ai déjà examiné le type, Cliff. Il serait d'accord pour que je consulte son dossier, mais il est en taule. Je ne peux pas le joindre sur-le-champ.

— Désolé.

J'ai soupiré.

— Je ne voudrais pas abuser, mais je crois que je vais vous rappeler votre dette envers moi.

— Dette ?

— Helena.

— Appelez-moi Clarisse, si ça vous fait plaisir. Ça ne vous mènera nulle part.

— Pas Helena, Helga. Cette interne au service social. Rouge à lèvres très vif. Jupes moulantes. Je vous ai laissé en tête à tête avec elle dans ma chambre de garde. Vous m'avez dit que vous me revaudriez ça… pour de bon.

— Ça fait des siècles. Dix ans au moins.

— Vous avez de la chance que je ne demande pas d'intérêts.

— C'était pas un super coup.

— Assez bon pour la baiser pendant trois heures dans ma chambre au milieu de la nuit.

J'ai souri.

— Je crois que je l'ai dans le baba, a-t-il dit en secouant la tête. Vous avez vraiment absolument besoin de…

J'ai fait signe que oui.

Il a attrapé le téléphone.

— Rusty, c'est Cliff. J'espère que tu peux m'aider. J'ai besoin qu'on sorte tous les dossiers qu'on a sur George LaFontaine, *L* majuscule *a, F* majuscule *o*. Première admission au 13B, 3 décembre 1970. Numéro de sécurité sociale 010-16-3024. Je t'envoie un psy… le Dr Clevenger… Non… Pas de décharge… Il fait une étude sur les aides sociales pour handicaps mentaux. J'ai oublié de lui faire faire une autorisation. (Il m'a lancé un clin d'œil.) Merci, Rusty. Je te revaudrai ça.

Il a raccroché.

— J'apprécie.

— Ce n'est rien. Rusty devrait vous les avoir sortis d'ici à dix minutes. C'est au sous-sol.

— J'ai été content de vous revoir.

Il a hoché la tête.

— Moi de même, Passe-passe. Ne faites pas de bêtises, d'accord ?

— Promis.

J'ai trouvé Rusty, qui s'est révélée être une femme nerveuse et maigre d'environ cinquante ans, en train de déjeuner au milieu des mille mètres carrés remplis de dossiers qui formaient le centre de documentation sur les patients. Elle était assise en tailleur à même le sol, appuyée contre l'une des rangées de classeurs qui s'étendaient du sol au plafond.

— Vous ne pouvez pas l'emporter, a-t-elle dit en me tendant avec difficulté un épais dossier de vingt centimètres.

Elle m'a tourné le dos, a mordu le bout d'une carotte et l'a avalé sans mâcher.

— *Vous ne pouvez pas l'emporter*, ai-je répété en plaisantant. C'est facile à retenir. Vous devriez l'écrire.

— Bien sûr, on rigole... jusqu'à ce qu'on égare quelque chose. Et alors quelqu'un se ramène pour le chercher, et tout d'un coup, on ne rigole plus. (Elle avait l'air très sérieux.) C'est la catastrophe.

— Ouais. Bon, je m'excuse.

Je me suis assis contre une étagère en face d'elle.

Elle a continué à me dévisager.

— Ici, je ne dérange pas ? ai-je demandé.

— À condition de ne pas me regarder manger.

On apprend beaucoup sur le caractère des gens à la façon dont ils mangent. J'ai dû me rappeler à l'ordre car je n'avais pas le temps de m'amuser à ça avec elle.

— Pas de problème, ai-je dit.

J'ai ouvert le dossier. Il y avait une photo en noir et blanc de George LaFontaine collée sur la page intérieure de la chemise. Il était bel homme, même avec des cheveux coupés en brosse. Il avait un large sourire optimiste. J'ai scruté les yeux, essayant d'y retrouver Westmoreland. Ça n'a rien donné. J'ai feuilleté les pages du dossier et me suis arrêté sur une photo couleur, datée de 1985. Je n'en revenais pas.

LaFontaine était devenu Westmoreland. Ses joues s'étaient creusées, et son sourire s'était transformé en une grimace. Ses cheveux avaient poussé et étaient emmêlés comme un nœud de serpents. La terreur s'était installée dans ses yeux. J'avais l'impression d'être un cambrioleur explorant la maison de quelqu'un. Ou bien est-ce que j'exhumais un cadavre ? Westmoreland avait voulu ensevelir LaFontaine, et je l'avais déterré. La morale aurait peut-être voulu que je remette le dossier sur l'étagère et que je le laisse dormir en paix dans ce caveau, comme Westmoreland avait voulu le faire. Est-ce que je ne justifiais pas sa paranoïa en violant ses secrets ?

Peut-être est-ce ma propre curiosité morbide qui m'a convaincu à ce moment-là qu'il y avait une raison pour que j'aie ce dossier en main ; que ce n'était pas par hasard qu'il avait laissé filtrer une partie suffisante de son nom pour que l'on ouvre la porte de son passé.

Je suis revenu sur le début du dossier et j'ai lu la page de garde. Il y était indiqué la date à laquelle Westmoreland avait été réformé et sa date d'admission à l'hôpital. L'adresse de sa famille était 12 Warren Avenue, à Charlestown, une banlieue ouvrière juste au nord de Boston. Son père s'appelait John LaFontaine. J'ai tourné la page pour lire le premier de deux feuillets manuscrits intitulés *« Premiers éléments psychiatriques » :*

George LaFontaine est un Blanc de vingt-deux ans réformé de l'armée pour raison médicale suite à l'apparition, après une action militaire, de paranoïa et d'hallucinations auditives. Ces symptômes psychotiques sont jugés responsables de la conduite récemment étrange de M. LaFontaine, qui a provoqué sa comparution en cour martiale. Toutes les charges ont été abandonnées, et le patient nous est renvoyé pour une évaluation psychiatrique et un traitement définitif.

Le 21 novembre, M. LaFontaine, décoré précédemment pour bravoure, a participé en tant que membre d'un groupe d'élite à un raid sur le camp de prisonniers de Son Tay près de Hanoi, une opération minutieusement préparée. On pensait que le camp renfermait des prisonniers de guerre américains mais on l'a trouvé abandonné. Le patient a passé plusieurs heures à fouiller des bâtiments vides, dont certains étaient piégés. Un ami intime, qui participait à la fouille avec lui, a été tué par une mine.

J'ai relevé la tête et tenté d'imaginer les bouffées confuses d'espoir, de peur, de haine et de pure panique qui avaient envahi LaFontaine chaque fois qu'il avait fait irruption dans une des salles vides du camp abandonné. Je me le représentais soutenant son copain agonisant, foutu en l'air par un ennemi invisible au cours d'une mission qui n'avait libéré personne.

— Arrêtez, a grogné Rusty.

— Quoi ?

— Vous me regardiez manger. Je vous ai demandé de ne pas le faire.

— Je ne vous regardais pas. Je réfléchissais.

— C'est ça. À mon côté truie. (Elle a rassemblé ses sachets de légumes et s'est levée. Debout, elle ressemblait encore davantage à un sac d'os.) Je ne me prêterai pas à votre jeu.

Je ne pouvais pas laisser passer ça. Je n'ai jamais pu rester indifférent à la souffrance.

— Le vrai problème, Rusty, c'est que vous n'êtes jamais rassasiée, parce que vous avalez trop vite.

Elle a fait un pas vers moi.

— Pour qui vous prenez-vous à me chercher des poux dans la tête avec votre analyse merdique ? Vous vouliez un dossier. Je vous l'ai donné. Je ne crois pas vous avoir demandé une putain de séance de divan.

J'ai approuvé. Je me rendais compte que je m'étais déjà trop insinué dans un des replis de l'inconscient de Rusty.

— Vous avez raison. Je vais juste terminer ma lecture.

J'ai ostensiblement penché la tête sur le dossier pour ne pas être accusé de la regarder.

— Aller dire que j'ai manqué de nourriture ! Encore un de ces putains de psys qui croient tout savoir.

J'ai jeté un regard sur ses pieds. Ils ne bougeaient pas. Elle avait envie du divan. Au plus profond de soi, chacun a envie de se confesser.

— Vous êtes probablement né avec une cuiller en argent dans la bouche, toubib, a-t-elle continué. Mon père faisait trois jobs à la fois pour nourrir sa famille.

J'ai fermé les yeux, espérant qu'elle allait me lâcher les bretelles.

— Papa cuisinait, aussi. On mangeait très bien. À profusion, même. (Aucun mouvement.) Alors quelle est votre conclusion ? Ou n'en avez-vous aucune ?

Je l'ai regardée à regret.

— Est-ce que votre mère travaillait ?

J'avais capitulé.

Elle a paru surprise.

— Hein ?

— Votre mère. Est-ce qu'elle travaillait ?

— Elle n'était pas là. Mais…

— Pourquoi ? Où était-elle ?

— Pourquoi vous le dirais-je ?

— Je ne sais pas. Vous n'êtes pas obligée. (*Ça te démange*.)

— Et puis merde. Puisque vous voulez tellement le savoir, elle est tombée malade… mentalement… juste après ma naissance. Elle s'est suicidée dans cet hôpital. (Elle a posé ses mains sur ses hanches.) Content ?

J'ai courbé les épaules sous le poids de sa révélation. J'ai soupiré.

— Sacré boulot, ai-je dit doucement, que de remplir l'espace qu'elle a laissé. Surtout pour une enfant unique.

— Comment avez-vous…

— Une supposition. Mais je vois bien à quel point ça vous a compliqué la vie.

Elle a haussé les épaules.

Ce que j'avais encore à dire s'est frayé un passage en force, comme un bébé sort du ventre de sa mère.

— Il ne pouvait pas vous donner assez à lui tout seul. Je parle de votre père. Aucun homme n'aurait pu… quoi qu'il fasse. Et vous ne pouviez pas le lui dire. C'est ce que je suggérais en disant que vous n'étiez pas rassasiée. Je voulais dire émotionnellement. L'amour d'une mère. (Je l'ai fixée dans les yeux.) Je regrette que vous ayez fini par vous sentir coupable de vos besoins inassouvis.

— Je me sens coupable tout le temps. À propos de tout. Même si…

— C'est évident. C'est pourquoi vous croyez que tout le monde vous observe quand vous mangez. Vous ne vous sentez pas le droit d'avoir de l'appétit, surtout s'il est grand.

Elle a crispé la main sur ses légumes.

— Je n'en sais trop rien.

Elle est allée jusqu'au bout de la rangée et a disparu.

J'ai regardé dans sa direction pendant quelques secondes, touché par sa personnalité profonde, ce besoin d'être aimée et comblée, qu'elle ne voulait montrer à personne. J'ai respiré un grand coup et j'ai repris ma lecture sur LaFontaine :

Selon les fiches succinctes communiquées sur le patient, il présentait ses symptômes le 23 novembre quand il est allé trouver un officier supérieur et lui a dit que des assassins le poursuivaient pour « crimes de lâcheté contre l'humanité ». On lui a donné des calmants et mis en observation à l'infirmerie du camp, pour une apparente réaction aiguë au stress. Les symptômes se sont atténués, et il a été autorisé à reprendre une vie normale.

Le 25 novembre, pourtant, M. LaFontaine, se servant d'un bistouri qu'il avait apparemment dérobé à l'infirmerie, a pris en otage une infirmière qui l'avait soigné, déclarant qu'elle était impliquée dans le complot pour le capturer et l'exécuter. Après l'avoir retenue dans un hangar pendant quatre heures, il l'a relâchée. Il lui avait fait de profondes entailles horizontales au coin des yeux, probablement pour vérifier ses soupçons et voir si elle était équipée de systèmes de surveillance robotisés.

J'ai relu trois fois la dernière phrase. J'avais la nausée. Il avait déjà fait ça. Tout y était : la femme, le couteau, la recherche de ce qui est caché. J'ai rejeté la tête en arrière. Avais-je pu ne pas comprendre le drame que vivait Westmoreland ? Éprouvait-il le besoin de savoir si sa maîtresse, sa madone, était un robot sous ses douceurs féminines ? Éprouvait-il maintenant du repentir parce qu'il n'avait trouvé que de la chair et du sang ? Même sous Penthotal, il ne pouvait peut-être pas me dire ce qu'il avait fait parce qu'il craignait que je fasse partie du complot. Je n'avais pas envie de continuer ma lecture, mais il le fallait :

M. LaFontaine a été arrêté et enfermé. Il est passé en cour martiale le 28 novembre, mais les poursuites ont été abandonnées quand il est apparu qu'il souffrait de désordres mentaux. Le patient a été réformé pour raison médicale et acheminé ici. Selon l'examen établi au moment de son admission, le patient est un Blanc de sexe masculin, d'allure soignée, musclé, à l'élocution rapide, parfois à la limite de l'incohérence. Son affect était instable. Le patient a dit que son humeur était « horrifiante ». Il était complètement paranoïde, continuant à croire que les autres le poursuivaient pour exercer leur revanche sur ses « crimes de lâcheté ». Il niait toute hallucination auditive, visuelle, olfactive ou tactile (bien que ses déclarations ne soient pas fiables). Il reconnaît les personnes et les dates, mais prend cet hôpital pour un « laboratoire expérimental » où son cerveau va être « analysé pour émetteurs radio ». Le thème des robots et de la mécanisation est là encore prééminent.

C'est la première admission connue du patient en psychiatrie. Il nie des antécédents psychiatriques.

Le passé historique est marqué par de sévères corrections de la part des deux parents. On ne sait pas s'il y a eu des traumatismes crâniens ou des pertes de conscience.

J'ai fermé les yeux. Toutes les personnes violentes que j'ai soignées ont subi de mauvais traitements dans leur enfance. J'ai pris mon sachet de coke, reniflé ce qui restait et repris l'étude du dossier.

On ne lui connaît pas de graves maladies, ni de tendance à l'alcoolisme ou à la toxicomanie.

M. LaFontaine va recevoir un traitement antipsychotique, probablement par Vesadol. Le but du traitement doit être d'éradiquer ses hallucinations paranoïdes et tout autre symptôme psychotique, et, en conséquence, ses pulsions violentes. Du fait de l'agression récente commise par le patient, nous envisageons un long séjour.

Bruce Rightwinder, docteur en médecine
psychiatre traitant, 13B

La première hospitalisation de LaFontaine avait duré cinq mois. Le Vesadol n'était pas venu à bout de sa paranoïa et le Dipiperon ne s'était pas montré plus efficace. Le Dr Rightwinder s'était demandé si les symptômes du patient n'étaient pas dus à une dépression psychotique sous-jacente. Il avait perdu un ami, après tout. Après l'insuccès d'un traitement de six semaines au Tofranil, un antidépresseur, Rightwinder avait prescrit douze séances d'électrochocs.

L'état du patient s'était nettement amélioré. Il avait repris confiance. Il avait cessé de parler de robots et d'émetteurs. Mais les traitements de choc provoquaient un effet secondaire significatif. « Le patient n'a aucun souvenir des événements antérieurs à son hospitalisation », avait écrit Rightwinder. « Il ne se rappelle plus avoir participé au raid sur Son Tay. Il nie qu'un de ses proches soit mort. Bien que nous en soyons évidemment préoccupés, nous pensons que cette perte de mémoire est un phénomène temporaire. »

Ça me donnait l'impression qu'ils avaient temporairement refoulé le traumatisme de LaFontaine au plus profond de son cortex. Mais les conflits psychiques remontent toujours à la surface. Il avait été hospitalisé pour hallucinations paranoïdes dix fois en dix ans. À chaque fois, on lui avait redonné des médicaments antipsychotiques et refait une électrothérapie, et il s'était graduellement stabilisé. Notant les rechutes, un autre psychiatre de l'hôpital avait décidé que M. LaFontaine devait revenir à l'hôpital tous les deux mois pour des électrochocs *d'entretien*. Mais le patient avait cessé de venir en novembre 1985 :

> *M. LaFontaine ne s'est pas présenté pour sa séance d'électrochocs d'entretien. Étant donné son passé violent et ses récidives d'intense paranoïa au cours de ces dernières années, une demande d'internement en vertu de l'article 12 a été déposée devant la cour. La police de Boston a reçu l'ordre de localiser le patient et de l'amener en salle des urgences. Son adresse à Charlestown et sa description leur ont été communiquées.*

La police ne l'avait apparemment pas retrouvé… jusqu'ici. J'ai refermé le dossier et contourné la rangée pour retrouver Rusty. Elle était en train de travailler deux allées plus loin. Je lui ai tendu le dossier.

Elle ne s'en est pas saisie.

— Vous en faites une tête, a-t-elle dit. Ça ne va pas ?

— Fatigué. C'est tout.

— Je ne suis pas sûre d'avoir compris tout ce que vous m'avez dit, mais à bien réfléchir, ça se tient.

J'avais du mal à prêter attention à ce qu'elle disait.

— Où pratiquez-vous ? Avez-vous une carte de visite ? (Elle a attendu quelques secondes.) Vous m'avez entendue ?

J'aurais pu lui dire *ma* vérité, que le maximum que j'étais capable de faire c'était dix minutes d'analyse à la volée, guère plus que ce que vous pourriez obtenir d'un psychologue de comptoir. J'aurais pu lui expliquer qu'il lui fallait quelqu'un de meilleur et de plus honnête que moi pour la faire revenir dans les feux de l'enfer qui avaient consumé l'enfant en elle. J'aurais pu lui expliquer que je la décevrais probablement, la laissant seule et perdue quelque part dans son passé, incapable de finir le voyage jusqu'au cœur de sa souffrance et de l'en ramener.

— Je ne reçois plus de patients, est tout ce que j'ai trouvé à dire.

Les gens blessés se reconnaissent entre eux. Sa voix s'est transformée en un murmure de sympathie.

— Vous ne recevez plus de patients ? Mais pourquoi ?

— C'est une longue histoire. (Je me suis forcé à sourire.) Pensez plutôt à la vôtre.

J'ai posé le dossier sur une étagère vide et je suis sorti.

6

Mercredi, 16 h 25

Le ciel était devenu gris après une pluie passagère. J'avais envie de filer chez moi, de m'éclaircir les idées, mais je ne pouvais que passer d'un embouteillage à l'autre. J'ai pesté contre mes essuie-glaces, usés presque hors d'usage, et je me suis penché en avant pour voir à travers le pare-brise. En vain. Tout était déformé. J'ai baissé ma vitre pour pouvoir me diriger dans Longwood Avenue.

Longwood longe quatre hôpitaux universitaires d'Harvard. J'ai dû baisser à nouveau ma vitre pour me faufiler à côté de deux grues qui empiétaient sur la rue devant l'institut de recherche contre le cancer Dana-Farber. Les bâtiments avaient triplé de volume depuis le temps où j'y travaillais comme assistant du Dr Hyman Weitzman pendant l'été de ma seconde année à l'université du Massachusetts. Je me spécialisais en neurologie et Weitzman, un cancérologue, faisait équipe avec des chirurgiens en neurologie pour expérimenter l'introduction de disques radioactifs directement dans les tumeurs cérébrales glioblastomiques dans le but de ralentir leur croissance.

Même à l'époque je m'étais senti en dehors du coup. Les autres étudiants qui travaillaient sur ce programme étaient fascinés par les formes aléatoires des cellules malignes sous le microscope électronique, la technique d'implantation des disques dans le cerveau, les changements dans les réflexes et la vision quand le cancer progressait, puis se résorbait. Rien de tout ça ne m'excitait. Je restais tard le soir à l'institut pour demander aux patients ce que ça leur faisait d'abriter un intrus mortel, comment ils se figuraient l'origine de leur maladie, ce qui, d'après eux, pouvait les guérir.

À la fin de l'été, Weitzman, un homme à lunettes passionné qui avait survécu à Auschwitz, m'avait appelé dans son bureau. Il m'avait remis une lettre de recommandation mentionnant la qualité de mes analyses statistiques pour le programme.

— Vous avez fait un travail exhaustif et approfondi, m'avait-il dit. Je vous suis reconnaissant de vos efforts. (Il a regardé par la fenêtre de son bureau spartiate.) Puis-je vous faire part d'un souci ?

J'adorais Weitzman en ce sens que j'adorais tous les hommes âgés qui me témoignaient le soupçon de gentillesse dont mon père m'avait toujours privé. J'avais peur qu'il ait appris que je jouais tous les midi à la bête à deux dos avec son assistante Lisa dans le studio qu'elle avait au bas de la rue.

— Un souci ? ai-je demandé.

— Disons plutôt… (Je me faisais tout petit.)… un conseil.

— Bien sûr.

Il s'était penché vers moi.

— Il y a des années que je travaille comme chercheur, Frank. J'en ai connu de grands. Mountcastle, Snyder, DePaulo, Coyle. Ces hommes sont passionnés de biochimie, d'anatomie et de physiologie.

Structure et fonction. Cause et effet. (Sa voix s'était élevée et sonnait comme une musique germanique.) Ils sont perpétuellement obnubilés par le corps. Ils découvrent tout l'univers dans une simple cellule. (Il avait levé les mains en l'air comme un chef d'orchestre.) Un homme dans leur genre se sent vivre dans la contraction d'une seule fibre musculaire du cœur d'un autre.

J'étais subjugué par son ton passionné.

— Oui ! avais-je dit.

Il avait secoué la tête et s'était rejeté en arrière dans son fauteuil.

— Vous n'êtes pas comme eux.

— Non ?

— Je vous ai observé, écouté. Ce qui vous intéresse, c'est la philosophie, le sens des choses. Les grandes questions. Votre souci, c'est l'âme.

Je m'étais senti comme désavoué.

— Ben, ce n'est pas que je ne…

Il avait levé la main pour m'arrêter.

— Une suggestion.

J'avais attendu en silence.

— Avez-vous pensé à entrer dans un séminaire, devenir pasteur ?

— Pasteur ?

— Un guide spirituel. Un précepteur moral de la communauté. On en manque terriblement aujourd'hui.

— Je n'ai jamais pensé à ça.

— Êtes-vous croyant ?

J'avais envisagé de lui avouer mon mépris pour toute religion établie, pour tout ce qui est établi, mais je savais qu'il était un juif dévot.

— Je pense que je crois en Dieu, avais-je dit.

— Vous pensez… (Il avait hoché la tête et soupiré.) Je vois.

Longwood se terminait par un feu au croisement avec Storrow Drive. La voiture devant moi n'a pas bougé quand le feu est passé au vert. J'ai attendu quelques secondes, puis j'ai klaxonné. La voiture a finalement démarré, mais au ralenti. J'ai appuyé sur l'accélérateur et l'ai contournée.

Le conseil de Weitzman m'avait semblé curieux, mais il m'en était resté quelque chose parce que, à l'automne, j'étais retourné à l'université du Massachusetts pour une double licence en neurologie et en philosophie. Et après quatre ans passés à étudier, farfouiller, disséquer chaque organe du corps à l'école de médecine de Tufts, j'avais choisi une spécialité sur la thérapie de l'âme. Du moins jusqu'au jour où les compagnies d'assurances et les laboratoires pharmaceutiques l'avaient fait disparaître.

Maintenant, avec ce Westmoreland qui ressemblait de plus en plus à un tueur, je me demandais si j'avais tellement fait le bon choix. Peut-être aurait-il mieux valu que je m'oriente vers les reins ou la rétine, dont la pathologie peut se mesurer en millilitres d'urine ou en degrés d'acuité visuelle. Parce qu'il y avait perpétuellement un terrible problème entre la psychiatrie et moi. Emma Hancock aimait bien déterrer Prescott, mais ce n'était pas la première fois que je me plantais.

En 1988, alors que je consultais dans le privé, j'avais commencé à traiter un adolescent qui s'appelait Billy Fisk. Billy avait été abandonné par ses parents biologiques à quatre ans et élevé par une succession de familles d'accueil. À douze ans il buvait. À quatorze il avait volé sa première voiture. Après six arrestations pour vols qualifiés on me l'avait envoyé. Il venait d'avoir seize ans et il purgeait sa peine dans un centre de détention pour mineurs.

— Il faut arrêter de voler, lui avais-je dit lors de notre premier entretien.

Il était déjà aussi grand que moi et même plus large d'épaules. Une cicatrice due à une bagarre de rue lui balafrait la joue gauche depuis le coin de la bouche.

— Pourquoi dites-vous ça ? avait-il ricané.

— Tu me prends pour un couillon ? avais-je ricané à mon tour. Tu n'en as rien à branler de ce que je te dis ?

Il avait haussé les épaules mais il m'avait regardé dans les yeux pour la première fois.

— Tu devrais arrêter de voler parce que tu t'y prends comme un con. Tu te fais prendre à chaque fois.

— Pas à chaque fois, avait-il souri en coin.

— D'accord, disons *plutôt* comme un con.

— Qu'est-ce que vous en savez ? Vous n'avez jamais rien volé.

— Tu crois ?

Il a roulé les yeux.

— Vous êtes docteur.

— Voyons… Un vélo, un cageot d'oranges. Plus de panneaux de signalisation que je ne pouvais trouver où les cacher. Une stéréo. Un chariot élévateur, une fois, quand j'avais ton âge.

— Vous avez piqué un chariot élévateur ?

— Je n'en voulais pas. Je veux dire : qu'est-ce que je pouvais bien foutre d'un chariot, d'accord ? Mais je voulais *quelque chose*. Simplement je ne savais pas trop quoi.

Il avait hoché la tête et dit :

— C’est comme quand on a faim et que ça ne s’arrête pas en mangeant.

— Ça empire.

Après lui avoir présenté mes références comme voleur, j’avais vu Billy deux fois par semaine pendant presque un an : une centaine d’heures à taper dans un ballon près de mon bureau, à parler de solitude, de peur et de rage, à partager d’énormes steaks au fromage au Sunrise Subs au coin de la rue. Puis il avait fini de purger sa peine. On l’avait envoyé dans une autre famille d’accueil, les Worth, dans l’ouest de l’État.

— Dommage que je ne puisse pas vivre avec vous, avait-il dit avec un petit rire.

J’y avais pensé, mais pas sérieusement. Cela aurait fait des histoires avec les services de la jeunesse à propos de mes « devoirs déontologiques ». Et surtout, il aurait fallu que je renonce à mon indépendance chérie.

— Tout ira bien, lui avais-je dit.

Deux mois après, Billy s’était remis à boire. Sa « famille » voulait s’en débarrasser. Il m’avait appelé et demandé de venir le voir, mais je lui avais dit que je ne voulais pas interférer dans sa relation avec les Worth.

— Accroche-toi, et je te rappellerai dans quelques jours, lui avais-je dit.

Il sanglotait.

— D’accord ?

— D’accord, avait-il réussi à répondre.

Le lendemain, Anne Sacon, une responsable des services de la jeunesse, m’avait appelé à mon bureau.

— Docteur Clevenger, avait-elle dit, j’ai de mauvaises nouvelles concernant Billy.

J'avais imaginé qu'il avait encore volé une voiture et avait été mis au trou. D'un certain côté, ça me faisait plaisir d'avoir une nouvelle occasion de travailler avec lui.

— Où est Billy le Kid ? En isolement ? avais-je demandé.

J'entendais sa respiration.

— Billy est mort. Il s'est suicidé.

— Suicidé ?

— M. Worth l'a retrouvé dans le garage. Il s'est servi d'une corde accrochée à une poutre.

— Quand ?

— Tôt ce matin.

— Qu'est-ce qui s'est passé ? A-t-il laissé un mot ?

— Quelque chose d'étrange, avait-elle dit. Il a écrit : « Accroche-toi. »

Je tremblais.

— Vous êtes toujours là ?

— Mais oui, avais-je répondu.

— Puisque vous en aviez déjà terminé avec lui, nous allons finir de remplir les papiers, y compris le rapport sur l'incident.

Quel curieux mot pour dire au revoir à Billy, avais-je pensé : *terminé*.

— Avez-vous quelqu'un d'autre à contacter ?

— Il n'avait personne d'autre.

Après avoir raccroché, je m'étais dit que Billy ne m'avait jamais vraiment eu non plus. J'avais été disponible, pour les honoraires, deux heures par semaine. Quand il avait eu besoin d'être épaulé et qu'il lui avait fallu un vrai père, je n'avais pas été capable de faire plus pour lui que mon propre père vis-à-vis de moi. Pas même quand il avait été au bout du rouleau. Je n'avais pas perçu le fatal désespoir qui devait transparaître dans sa voix quand il m'avait appelé.

Je me reprochais de plus en plus de n'être capable que d'effleurer l'histoire des vies, au lieu de les étudier sérieusement, et je risquais encore de survoler une autre page décisive. Trois mois après la mort de Billy, j'en avais terminé avec le reste de mes patients et j'avais fermé mon cabinet de psychothérapeute.

Deux BMW roulaient côte à côte sur les deux voies vers l'est de Storrow Drive, comme un barrage roulant. Je collais à celle de gauche, mais sans résultat. Je me suis rabattu sur la voie d'arrêt d'urgence et je les ai doublées en un éclair.

J'avais espéré que la médecine légale s'appliquerait plus aux faits qu'aux sentiments, reposerait plus sur les preuves que sur moi. Ça ne s'était pas passé comme ça. Quelque chose en moi continuait de me rendre aveugle à la capacité destructrice des gens ; comme Prescott, et maintenant comme Westmoreland.

J'ai franchi un feu orange à Belle Circle à Revere et j'ai essayé de traverser deux voies pour attraper l'entrée de l'A1. Quand j'ai tourné le volant, la voiture a continué tout droit.

— Nom de Dieu, ai-je murmuré, pas maintenant.

J'ai laissé la Rover déraper et j'ai pompé sur les freins. Juste au moment où je sentais les pneus accrocher à la route, une vieille Mustang rouge a essayé de me doubler. J'ai rétrogradé et appuyé plus fort. J'ai réussi à éviter la portière du conducteur mais j'ai heurté l'aile arrière.

J'ai repris le contrôle de la Rover et continué de suivre le rond-point. Au fond de moi, j'avais envie de filer sur Boston. Mon assurance était résiliée pour non-paiement, et j'avais six contraventions pour stationnement interdit dans ma boîte à gants. Si la police rappliquait, ils mettraient ma voiture à la fourrière et me retireraient mon permis. J'ai regardé dans mon rétroviseur et j'ai vu que la Mustang entrait dans le parking du Dunkin' Donuts à la sortie du rond-point. J'ai secoué la tête. Il ne fallait surtout pas que j'ajoute un délit de fuite à mon dossier. Je l'ai suivie jusqu'au parking et je me suis garé.

Le conducteur de la Mustang, un jeune gars courtaud et trapu d'une vingtaine d'années, allait et venait devant la tôle froissée, se tenant la tête à deux mains. Je me suis approché et j'ai regardé la voiture. L'aile et les feux arrière étaient enfoncés, l'un des enjoliveurs de roue était déformé et le pare-chocs, tordu, pendouillait.

Il a fixé son regard sur moi. Il tirait nerveusement sur son T-shirt à l'effigie des Grateful Dead.

— Espèce de sac à merde ! a-t-il hurlé.

Le meilleur moyen d'épuiser la rage de quelqu'un est de la précéder.

— Qu'est-ce que je suis con ! ai-je bafouillé. À quoi est-ce que je pensais ?

Il m'a regardé.

— Putain, a-t-il dit presque calmement. (Il a fait deux ou trois pas, puis a remis ça.) Putain, vous avez vu à quelle vitesse…

— Je suis une vraie tête de nœud, je n'en reviens pas. (J'ai jeté un coup d'œil circulaire pour m'assurer qu'il n'y avait pas de flic à l'horizon.) Quelle année, 67 ?

— 64 et demie.

C'était bien ma chance, j'avais tamponné une voiture de collection.

— En parfait état.

— Jusqu'à cet instant. On dorlote…

— Je n'en reviens pas d'avoir fait ça.

— J'ai dû aller dans le Vermont pour trouver cet enjoliveur, a-t-il dit d'une voix brisée. (Il a secoué la tête. Il mettait les pouces.) Faisons un constat et n'en parlons plus.

Je n'avais aucune envie de faire un constat.

— Pourquoi est-ce que je ne m'en chargerais pas plutôt que de passer par les compagnies d'assurances ?

— Vous en charger ?

— De la réparation. (J'ai sorti de ma poche la liasse de billets de cent qui venait de Wonderland.) Qu'est-ce qui vous semble raisonnable ?

Il a regardé les billets.

— Je ne sais pas trop. Je préférerais qu'on fasse les choses régulièrement.

— Régulièrement ? Avec une 64 et demie ? (Je suis allé à l'arrière vérifier sa plaque d'immatriculation.) Elle n'est même pas enregistrée comme modèle de collection. L'assurance ne voudra jamais rembourser des pièces d'origine.

Il a blêmi.

— Rien que les feux arrière valent quatre à cinq cents dollars, quand on en trouve.

— Vous allez en trouver. Disons mille cinq cents, en tout.

— Je viens de vous le dire, le feu arrière vaut déjà cinq cents. Je ne sais pas ce que vaut le pare-chocs, sans parler de l'aile. L'essieu est peut-être faussé.

J'ai failli lui faire remarquer que sur sa plaque d'immatriculation était inscrit le code des gens qui doivent porter des lunettes pour conduire – il ne les avait pas –, mais je ne pouvais pas me permettre de l'envoyer balader.

— Bon, combien ça vaut ?

— J'en sais rien. Vingt-cinq, au moins.

— Vingt-cinq ? (Du coin de l'œil, j'ai aperçu une voiture de patrouille qui entrait dans le rond-point. On ne peut pas rester dix minutes à un Dunkin' Donuts sans voir arriver un flic.) Ça marche, ai-je dit. J'ai compté les billets.

Le gamin a pris mon fric, et je me suis traîné jusqu'à ma Rover. Le coin avant droit était enfoncé, et le phare antibrouillard arraché. Il fallait probablement compter un billet de mille pour arranger ça, et je n'avais plus un rond. Je me suis échoué dans la bagnole, j'ai pris le téléphone et j'ai appelé l'hôpital de Stonehill. La standardiste m'a mis en attente pendant qu'elle recherchait Cathy.

— Dr Singleton, a-t-elle répondu.

Au son de sa voix, j'ai compris qu'elle n'allait pas me remonter le moral, mais je n'ai pas raccroché. Je ne voulais quand même pas reconnaître à quel point je me sentais seul.

— Cathy, c'est Frank, ai-je réussi à dire.

Pas de réaction.

Ma gorge s'est serrée.

— Je, euh…

J'ai respiré un grand coup.

— Qu'est-ce qui ne va pas ? Où es-tu ?

— Au Dunkin'Donuts.

— Et alors, y a plus de beignets au miel ?

Je me suis forcé à rire.

— J'ai eu un accident de voiture. C'est tout. Je me suis garé là.

— Es-tu blessé ?

— Non.

J'ai repris ma respiration.

— Tu es choqué ?

— Ça va, ai-je menti.

— Frank, dans trois minutes j'ai ma prochaine intervention. Pourquoi, exactement, m'as-tu appelée ?

— J'ai dit à Emma Hancock qu'elle avait coffré un innocent, et maintenant il semblerait que ça pourrait bien être lui.

— Bon, il est toujours enfermé, pas vrai ? C'est pas comme si tu l'avais fait relâcher.

— Effectivement.

— J'espère qu'on…

— Je sais. Je sais ce que tu espères. L'ennui, c'est que ce n'est toujours pas évident pour moi. Et même si Westmoreland est coupable, ça ne veut pas dire qu'il est assez sain d'esprit pour faire des aveux. Il plane dans la stratosphère. Si on me laissait lui donner un des nouveaux antipsychotiques, comme du Clopixol, il en dirait peut-être plus.

— Tu te casserais la tête pour aider le meurtrier de Sarah ?

— Il a été maltraité la moitié de sa vie.

— Maltraité comment ?

— Battu.

— Lâche-moi. Encore un tueur transformé en victime.

— Je n'ai pas encore rencontré de tueur qui n'en soit pas une.

— Pas même Marcus Prescott ?

Je l'ai pris dans les narines.

— Pourquoi es-tu…

— Pas même lui ?

J'ai fermé les yeux.

— Non. Pas même Prescott.

— Tu veux que je te dise ? Si tu as l'intention de continuer à te poser en messie des psychopathes, c'est ton problème. Mais ne mêle pas Sarah à ça. *Elle* est la victime. (Elle a marqué une pause.) En vérité, Westmoreland n'est pour toi qu'une drogue parmi d'autres.

— Hein ?

— Pour toi, c'est la même chose. La coke, la bouteille, les filles, une branlette intellectuelle à l'occasion avec un patient. Moi, quand tu n'as rien d'autre.

— Tu n'es pas une drogue. Et Westmoreland non plus.

— Oh, merci. Me voilà en bonne compagnie. Écoute-moi : tu as besoin d'une désintoxication.

— Il faut que je termine cette affaire.

— Tu es trop atteint pour être utile à qui que ce soit.

— Je n'en sais rien. Mais je sens qu'il y a un truc qui cloche, dans cette histoire. La coke n'a rien à voir.

— Dans ce cas, tu n'apprendras qu'à tes dépens. En touchant le fond. Mais ne compte pas sur moi pour recoller les morceaux.

— Tu crois vraiment que je dois me faire désintoxiquer ? Tout de suite ?

— Je t'ai dit ce que je pensais.

— Je peux m'arrêter tout seul.

Elle a ri.

— « La drogue n'est pas un problème. Je peux m'arrêter tout seul. » Parole de camé.

Je parlais comme un camé.

— Je vais réfléchir au fait de retourner voir McLean.

— Ne réfléchis pas trop longtemps.

Elle a raccroché.

Je suis resté sans bouger pendant quelques minutes, pour décider de ce que j'allais faire. Je ne me sentais pas capable de suivre une thérapie de groupe chez McLean pendant que les banquiers saisiraient ma maison et ma voiture. J'ai roulé jusque chez ma mère. J'ai dû appuyer cinq fois sur l'Interphone avant qu'elle ne réponde.

— Allô ! a-t-elle chanté.

Sa voix avait un son grêle et distant.

— C'est Frank.

J'attendais, la main sur la poignée, qu'elle déclenche l'ouverture automatique.

— Oh !

— La porte ne s'ouvre pas.

— Tu viens encore me demander des sous ?

Je n'avais pas la force de mentir. Et je n'avais pas le courage de lui dire que j'attendais d'elle bien plus que de l'argent. Des choses qu'elle n'avait jamais été capable de me donner.

— Les trois cents que tu m'as donnés ne suffisent pas à boucher les trous. J'ai ma traite et…

— Cathy m'a prévenue que tu allais revenir à la charge.

— Laisse-moi entrer.

— Non.

J'ai respiré un grand coup et je me suis penché vers le mur pour approcher ma bouche du micro.

— Tu peux envoyer les chèques directement aux banques si tu préfères. J'ai des ennuis. Je risque de tout perdre.

— Tu choisis toujours la solution de facilité, Frank. C'est le problème.

Très drôle. Je ne me souvenais pas d'avoir choisi la solution de facilité pour échapper aux raclées de mon père pendant qu'elle était enfermée dans sa chambre.

— Cathy dit que je dois arrêter d'être un de tes… Je ne sais plus comment elle a dit. Destructeurs ?

J'ai souri malgré moi.

— Protecteurs, pas destructeurs. Et la seule façon de me protéger serait de me garder un toit et une voiture.

— Je suis désolée. Il faut que je sois ferme.

— Tu ne veux pas m'aider.

— Pas en te donnant de l'argent.

— Pas même, disons, mille balles ?

— Non.

— Cinq cents ?

— Pas un sou.

Je me suis penché davantage pour me coller au micro. Mais ce que j'avais à dire était grossier et méchant et, malgré la haine qu'elle m'inspirait sur le coup, je n'ai pas pu me décider à le lui dire. Je suis parti.

Je ne suis pas rentré chez moi avant que le crépuscule ait enveloppé la maison de ses ombres. Le téléphone sonnait. J'ai laissé le répondeur s'enclencher.

— Allôôô ? Vous êtes là ? Décrochez !

J'ai attrapé le téléphone sans fil sur la table roulante et je me suis affalé sur le canapé.

— Paulson.

— Vous filtrez vos appels. Vous êtes paranoïaque ou quoi ?

— Absolument.

— J'imagine pas assez paranoïaque…

J'ai pris une Marlboro dans un coffret en forme d'œil de tigre posé sur la table basse.

— Qu'est-ce que vous voulez dire ?

— Malloy m'a dit qu'on vous avait viré. Pour être précis, il a dit : « Ce suceur de bite de psy l'a dans l'os. »

Mon visage s'est illuminé.

— *Suceur de bite* et *dans l'os* dans la même phrase, hein ? Je suis de plus en plus persuadé que sa rage prend racine dans une homosexualité refoulée.

— J'aimerais explorer ça au scalpel.

— Sa matraque serait peut-être plus efficace.

— Je suis prêt à essayer n'importe quoi. (Il a marqué une pause.) Vous êtes vraiment débarqué ?

— Ça en a l'air. Hancock et moi on s'est méchamment accrochés ce matin.

— Elle va peut-être se calmer.

— Ça ne changera plus grand-chose. Elle m'avait laissé trente-six heures pour travailler sur Westmoreland. Même si elle tenait parole, le délai est déjà presque épuisé.

— J'ai entendu dire que Fitzgerald a estimé Westmoreland apte à être entendu et jugé.

— Naturellement. On le paye pour ça. (J'ai regardé l'océan par la fenêtre. Il restait juste assez de lumière pour souligner l'écume des vagues lorsqu'elles se brisaient contre la digue.) Je ne suis pas sûr d'avoir eu moi-même une vision claire du cas.

— Ça ne me regarde pas, mais peut-être êtes-vous allé trop vite. (Il s'est tu un instant.) Vous êtes-vous vraiment tailladé le poignet pour que Westmoreland cesse de se mordre ?

J'ai tiré sur ma cigarette et j'ai rejeté la fumée en une fine bouffée.

— Malloy vous a aussi raconté ça ?

— Alors c'est vrai. Incroyable.

— Je savais que Westmoreland m'arrêterait à temps. (J'ai secoué la tête en repensant à ce qu'il avait fait à l'infirmière qu'il avait prise en otage.) Du moins je le croyais. Mais ce soir, je ne suis plus sûr de rien.

— On dirait que c'est un cas d'espèce.

— Je vous le dirai quand j'aurai l'esprit un peu plus clair.

— Vous n'êtes pas le seul à être en plein brouillard. Ça devient de moins en moins évident ici au labo.

— Comment ça ?

— Vous vous souvenez que je vous avais dit que Sarah avait des altérations fibromateuses au bord de ses blessures ?

— Bien sûr.

— J'ai pensé qu'elle avait une affection fibrocystique.

— Ou une sclérodermie.

— Non. Pas une sclérodermie. J'ai spécifiquement exclu la sclérodermie.

— Admettons. Que pensez-vous maintenant ?

— Ce n'est pas *admettons*, Frank. Je n'ai jamais sérieusement envisagé une sclérodermie. Je vous ai dit que son œsophage était trop rose et trop humide pour une sclérodermie. La sclérodermie donne aux tissus un aspect de cuir. Je ne veux pas…

Je me le suis représenté chez lui en chemise empesée à col boutonné, bien installé dans son bureau, entouré par des centaines de bouquins et de journaux médicaux rangés avec précision sur des étagères allant du sol au plafond.

— Je ne vous accusais pas de vous tromper dans votre diagnostic sur le cadavre, l'ai-je rassuré. J'espérais simplement vous voir arriver au fait.

— Patience, docteur. Vous vous rappelez notre discussion. Nous étions au microscope.

— Je m'en souviens. Je m'en souviens.

— Donc vous vous rappelez que je n'ai jamais officiellement envisagé un diagnostic de sclérodermie.

— Bien sûr, me suis-je forcé à dire.

— Je ne me suis jamais laissé embarquer dans cette direction.

J'avais envie de balancer le téléphone par la fenêtre.

— Vous avez totalement raison. Jamais.

— J'ai déclaré que je ne connaissais pas l'étiologie spécifique de la fibrose. Et vous pouvez me croire, ça me tracassait.

— J'imagine bien.

— Exactement. Vous imaginez. Parce que, ne le prenez pas mal, votre science n'est pas exacte. Un ensemble de théories. Quand toutes les réponses doivent être concrètes, quand rien ne compte qui ne soit vérifiable, un homme peut mettre genou à terre sous le coup d'un doute.

— Remarquablement dit. Surtout de la part d'un scientifique pur et dur. Je parie que vous savez comment rester debout.

— Bien entendu. J'ai envoyé des photos des lèvres de la blessure à Ed McCarthy au John Hopkins. Ed est le meilleur pathologiste que je connaisse.

— Et qu'en pense-t-il ?

— Il n'est sûr de rien.

— Paulson, j'ai eu une dure journée, ai-je plaidé. Qu'est-ce que ce Ed a trouvé ?

— *Ce Ed ?* C'est comme si vous appeliez DiMaggio *ce Joe*. (Il s'est marré.) Toujours est-il qu'il n'était pas absolument certain, mais qu'il avait sa petite idée.

— Je promets de ne pas le prendre au mot.

— C'est gentil. Il pense que les tissus ont été attaqués par une toxine.

— Une toxine ? Quel genre ?

— On n'en sait rien. Ed m'a obtenu la possibilité d'envoyer un échantillon au laboratoire de criminologie du FBI à Quantico, en Virginie. Ils ont vu de tout.

— Je serais curieux de savoir ce qu'ils vont conclure. (J'ai regardé une photo de Cathy sur la table basse. Elle était perchée sur les rochers derrière chez moi en petite robe d'été blanche, se tenant les genoux et faisant la moue. La nymphette absolue.) Je serai peut-être difficile à joindre pendant une semaine.

— C'est vrai ? Bravo. Il est grand temps.

— Grand temps de quoi ?

— D'arrêter de vous empoisonner. Vous avez le même tic de la paupière qu'avant votre dernière désintoxication.

— Ça se voit tellement ? Est-ce que j'ai l'air déjanté ?

— Si vous aviez l'air déjanté, je vous aurais moi-même enfermé à double tour jusqu'à ce que vous soyez débarrassé de ce poison. Dans vos pires moments, vous avez l'esprit plus incisif que n'importe quel psychiatre que j'ai rencontré. Je n'ai pas connu vos meilleurs moments.

— C'était quand ?

— Bientôt, j'espère.

J'ai souri.

— Merci.

— Soignez-vous, mon ami.

J'ai raccroché. Je savais que Cathy et Paulson avaient raison. J'étais comme un bateau qui prend l'eau, et rapidement. J'ai fouillé dans mon portefeuille et j'en ai sorti la serviette en papier que Rachel m'avait donnée. Je l'ai appelée sur son Tatoo. Si j'allais en détox, ce serait après une dernière ribouldingue. Le téléphone a sonné une minute plus tard.

— Rachel ?

— Qui est-ce ?

— Frank.

— Très drôle.

— C'est involontaire. (J'ai tiré sur ma cigarette et rejeté la fumée par le nez.) C'est le psychiatre qui t'a offensée au Lynx Club hier soir.

— Désolée, a-t-elle dit en riant. Tu ne m'as jamais dit ton nom.

— J'ai trouvé le tien sur une serviette de table.

— Il a connu de pires endroits. J'ai dû refiler vingt dollars à Max pour qu'il te passe la serviette.

— Et je lui en ai filé dix.

— Il s'en est bien tiré, ce crétin.

— Il a fait son boulot.

— Tu es trop bon.

Je marchais de long en large comme un écolier.

— J'appelle pour savoir si on peut dîner ensemble, ce soir.

— Toi et Max, ou toi et moi ?

— Je ne sais pas. Je n'ai pas eu l'occasion de le voir danser.

— En vérité, ce soir tu n'as pas le choix. Je travaille.

— Oh !

— Mais si tu viens me voir au club, on pourra prendre un verre après la fermeture.

Je n'aurais pas refusé une invitation comme celle-là même quand Cathy dormait à la maison, et en plus je ne comptais pas sur elle cette nuit. Il y avait peut-être une faiblesse en moi qui méritait réflexion, mais ce n'était pas le moment. J'ai dit à Rachel que je passerais au Lynx Club vers vingt-deux heures.

J'avais du temps à perdre. Je suis allé dans mon bureau, j'ai allumé le lampadaire ancien et je me suis laissé tomber dans le fauteuil au cuir usé. La cigarette m'avait un peu détendu. J'en ai pris une autre dans la coupe de cristal sur le guéridon et je l'ai allumée. J'imaginais les pièces vides de la maison formant comme un labyrinthe autour de moi. C'était bien trop grand pour deux personnes, et encore plus pour une seule. Quinze cents mètres carrés. Vu comme ça, la question de ma mère sur l'utilité d'un tel espace était pertinente, même si elle avait joué un rôle dans la création de ce besoin. Je ne pouvais nier que cette maison était en partie ma réaction contre ma peur d'être inexistant.

Cathy n'avait pas voulu voir cette peur en moi, ou bien je l'avais cachée, et cela expliquait pourquoi ma dépendance à la coke ne soulevait que sa colère et jamais sa compassion.

J'ai jeté un œil vers la bibliothèque contre le mur du fond. C'était un meuble anglais ancien avec des griffons sculptés à chaque coin. L'étagère du haut était remplie par la collection de Cathy des aventures de Trixie Belden. Elle m'avait souvent répété que ces histoires, les aventures d'une adolescente qui résout des mystères, étaient ses préférées quand elle était petite. Elle était angoissée dans l'obscurité, et ces récits la détendaient assez pour lui permettre de s'endormir. Je n'avais jamais pris le temps d'en lire un seul.

Je me suis levé, je suis allé à la bibliothèque et j'ai pris un des volumes. C'était le troisième d'une série de trente-neuf, *Le Mystère de la maison du gardien*. Je suis retourné m'asseoir dans le fauteuil et je l'ai ouvert. Sur la page de garde, il y avait, écrit au crayon, le mot *Souris*. Des moustaches sommaires sortaient de la majuscule, et le *s* final se prolongeait par une queue. Est-ce que cela avait été le surnom de Cathy ? me suis-je demandé. Elle n'avait rien d'une souris aujourd'hui. J'ai commencé à lire le premier chapitre :

— Oh ! Maman, se lamentait Trixie, tout en enroulant une de ses courtes boucles blondes autour du crayon qu'elle avait coincé derrière son oreille. Dois-je vraiment écrire à Brian et Mart ? Ils seront à la maison samedi, et je pourrai tout leur raconter.

Mme Belden leva les yeux du chandail qu'elle était en train de tricoter pour Bobby, le jeune frère de Trixie.

— Justement, dit-elle en souriant. Tes frères aînés ont passé tout l'été en camp de vacances et tu ne leur as jamais rien envoyé d'autre que quelques cartes postales gribouillées.

— Je n'ai pas eu le temps, dit Trixie, contemplant la feuille de papier sur laquelle elle avait hâtivement griffonné : Ferme de la Pomme-Sauvage, Bras-mort-de-l'Hudson, New York, mardi soir, 22 août.

L'idée d'une Cathy assez jeune pour se perdre dans les aventures de Trixie me plaisait. J'ai regardé la longue série de volumes jaune canari sur l'étagère et j'ai repris ma lecture.

7

Ma dernière grande soirée ne pouvait pas se dérouler sans cocaïne. Je n'allais pas risquer un nouvel achat devant l'Emerson, ou une livraison à domicile, et je me suis pointé au Pug, un troquet à la limite de Lynn. Willie Hightower, l'un de mes contacts, y travaillait parfois. Il passait le reste de son temps à jouer de la batterie dans un groupe de hard rock qui s'appelait Camisoles de force, un nom que j'avais inventé. Par chance, il était là.

Je n'avais pas besoin de dire à Willie pourquoi je venais, c'était comme si je venais prendre mon café crème habituel au bistrot du coin. J'ai simplement jeté mon paquet de Marlboro sur le bar.

— Comment va la musique ?

— Hard et speed, a-t-il répondu. (Il s'est raclé la gorge et a rejeté en arrière ses longs cheveux teints en noir. Il a regardé à droite et à gauche tout en me servant une bière.) Malloy est passé tout à l'heure. Il m'a demandé si tu te fournissais ici. (Il a posé la chope devant moi et a pris le paquet de Marlboro. Les battements de mon cœur se sont accélérés.) Bien sûr, je n'ai pas moufté. Pas de problème. Mais je voulais te prévenir.

Le paquet de Marlboro a disparu derrière le bar.

— Merci.

— Faut pas oublier que je refile à cette grosse merde trois cent cinquante biffetons chaque mois depuis un an et demi pour être peinard. (Il s'est de nouveau éclairci la gorge. Un tic nerveux.) Je pense que tu n'as rien à craindre. Il voulait probablement me faire comprendre que je devais être discret, vu que tu travailles pour la ville. Avec Hancock qui se présente à la mairie, ils n'ont pas envie d'être dans une situation embarrassante.

Il a allumé une cigarette et remis le paquet de Marlboro sur le bar.

— Hancock ? Maire ?

— Tu sais bien, une femme impitoyable dans sa lutte contre le crime. Tout ce baratin. Elle se prend au moins pour Isis. (Il s'est retourné et a attrapé le *Lynn Evening.)* Regarde toi-même.

En gros titre, on pouvait lire : *Hancock candidate au poste de maire*. J'ai lu les premières lignes :

> *Emma Hancock, membre des services de police de Lynn depuis longtemps et première femme de l'État à avoir obtenu le grade de capitaine, a annoncé qu'elle était candidate au poste de maire, actuellement occupé par l'honorable William McGinnis. Hancock, qui s'est plainte que son service soit étranglé par les coupes budgétaires de la municipalité, s'est engagée à faire reculer de manière significative le trafic de drogue et la violence si elle était élue.*

Pas étonnant qu'elle veuille boucler l'affaire Sarah Johnston.

— Elle aura le sabre et le goupillon. L'alliance immémoriale. (J'ai jeté le journal sur le comptoir.) On sait ce qui l'aiguillonne. Mais on ne sait pas ce qui la fait fuir.

— Ça, c'est ton domaine. Moi, je me contente de verser à boire.

J'ai souri.

— As-tu donné pour sa campagne ?

— Bien sûr. C'est l'autre raison du passage de Malloy. Il doit trouver des fonds pour la campagne d'Emma.

J'ai bu la moitié de ma bière et me suis levé.

— Sur mon compte.

— Comme a dit Bogart : « Au bar, on préfère la monnaie. »

— Je m'en doutais. (J'ai poussé vers lui cinq billets de vingt.) Dépense-les bien. Je rentre en détox demain.

— Toujours heureux de perdre un client. Tu le sais. Bonne chance.

Le parking du Lynx Club était presque plein quand je suis arrivé. J'ai pris mon sachet dans le paquet de Marlboro, fait une ligne épaisse sur la lame de mon poignard et aspiré. Dans les trente secondes une bienfaisante insensibilité avait imprégné mes fosses nasales et ma gorge. J'ai fermé les yeux. Je n'éprouvais rien. « Emma Hancock maire » ne signifiait rien. Tous mes soucis s'évacuaient de mon conscient. J'ai sniffé une autre ligne épaisse et je suis entré.

Le rythme de « Hit Me With Your Best Shot » m'a submergé. Des flashes de lumières rouges et bleues ont envahi mes yeux. Je me suis abreuvé des courbes généreuses de deux blondes dansant nues sur des estrades rondes à chaque bout de la piste, accrochées au plafond par des chaînes. Comme la musique montait, elles se sont hissées au-dessus des estrades, jambes écartées, et ont tournoyé en l'air comme des figurines de coffrets à bijoux. J'ai pris un siège sous celle qui portait un collier à chien en cuir rose et j'ai respiré profondément l'air vicié du Lynx Club. Tout reste d'anxiété m'a abandonné. Peu de choses dans la vie me calment. Mon lien primaire à cette chair tendre en fait partie.

J'ai commandé un Black Label, allumé une Marlboro, puis j'ai mis la main à ma poche et j'ai jeté un billet d'un dollar sur l'estrade. La danseuse, qui avait peut-être vingt ans, a lâché la chaîne et s'est accroupie devant moi comme un crabe. Elle était belle, mais un peu sévère, avec des pommettes saillantes et un menton en galoche. Pendant une seconde nos regards se sont croisés. Elle a rougi, l'air embarrassé de ne rien porter d'autre qu'une paire de chaussures à talons aiguilles et un porte-jarretelles qui rehaussait la nudité de son bas-ventre orné d'un anneau d'or. Cela me fit penser à une sorte de rituel amoureux ou érotique. Elle a pris mon billet et l'a frotté contre elle, puis l'a glissé dans sa jarretière. Elle s'est remise sur ses pieds, s'est retournée et s'est penchée en avant. J'ai regardé à nouveau ses yeux, me sentant d'autant plus stupide que les siens étaient à l'envers. Elle m'a fait un clin d'œil, s'est relevée sur ses hauts talons et est partie en se dandinant vers l'autre bout de la piste.

Mon scotch était servi. J'en ai avalé une gorgée, puis la moitié du verre. J'ai balayé la salle du regard à la recherche de Rachel mais je ne l'ai pas repérée. La rangée des pervers le long de la scène et les grandes tables étaient remplies du mélange habituel d'hommes d'affaires, de travailleurs du bâtiment et de loubards.

Je me suis retourné et j'ai inspecté le bar qui longe le mur opposé à la piste. Mon regard a d'abord survolé, puis est revenu se poser sur un individu assis sur le tabouret le plus près de la porte. Il me tournait le dos.

— Ça ne peut pas être lui, ai-je murmuré.

Je l'ai étudié en détail pour me persuader qu'il n'était pas l'homme que je connaissais. Et pourtant, je ne pouvais nier que la chevelure ondoyante poivre et sel et le costume bleu nuit de bonne coupe ne pouvaient appartenir qu'à Trevor Lucas. J'ai serré les mâchoires et mon cœur s'est mis à battre. Il a rejeté la tête en arrière pour finir son verre et, bien entendu, sa montre Cartier et son bracelet sont apparus. Il s'est retourné vers la scène.

Je l'ai rapidement imité, prétendant regarder les danseuses. Mais je ne regardais rien du tout. J'avais les yeux fermés. La rage me prenait aux tripes. J'ai avalé le reste de mon scotch et reposé tout de suite le verre pour éviter de l'envoyer dans la gueule de ce crétin satisfait. Je ne pouvais pas me permettre de perdre mon sang-froid et de provoquer une bagarre, surtout dans une boîte de strip-tease. J'ai respiré un grand coup, rouvert les yeux et j'ai essayé de concentrer mon attention sur la fille au collier de chien. Et, juste au moment où je jetais un autre dollar sur la piste, j'ai senti une main sur mon épaule. J'y ai jeté un regard : poils noirs sur les doigts, ongles faits, chevalière en or. Pas moyen d'y échapper. Je me suis levé. Poings serrés.

— Frank Clevenger. J'ai pensé que c'était vous, a souri Lucas en me tendant la main. (Sa voix était aussi mélodieuse que celle d'un présentateur. Même dans la semi-obscurité, ses dents étincelaient.) Heureux de voir que je ne suis pas le seul médecin pervers au nord de Boston.

Je restais là, scrutant ses yeux perçants. Pourquoi n'était-il pas parti quand il m'avait repéré ?

Il s'est penché et a saisi mon verre vide. Il l'a senti, puis a levé le verre.

— Peggy, a-t-il crié à la matrone qui tenait le bar, un autre Black pour mon psychiatre, et un autre double Bourbon Manhattan pour moi ! (Il s'est assis à côté de moi et m'a regardé.) Je ne vous dérange pas, au moins ? Je sais qu'il y a des gars qui aiment la solitude dans la foule.

— Je ne savais pas que vous étiez du genre à vous soucier de l'espace vital des autres, ai-je dit en reprenant mon siège.

Il a jeté un billet de dix sur la piste et a adressé un signe à la danseuse.

— Jolis tétons ! lui a-t-il lancé.

Je me suis fait tout petit.

Elle a ri et s'est passé la langue sur les lèvres. Puis elle s'est agenouillée et a attrapé le billet en pressant ses seins l'un contre l'autre.

— Merci, a-t-elle souri.

L'anneau d'or apparaissait et disparaissait au rythme de la danse à laquelle elle se livrait.

La serveuse a posé les verres devant nous. Trevor lui a donné un billet de vingt et lui a laissé la monnaie. Il m'a jeté un regard, puis a reporté son attention sur la fille. La chanson était maintenant « Ride Like the Wind », et elle faisait semblant de chevaucher une moto.

— C'est terrible ce qui est arrivé à Sarah Johnston, a-t-il dit. Une sacrée bonne infirmière.

— Oui.

— Drôlement bien foutue, en plus.

J'ai avalé une gorgée de scotch sans répondre.

— Elle était au mauvais endroit au mauvais moment, hein ? Manque de pot.

— On dirait.

— Il paraît que vous avez été personnellement en contact avec le taré qui l'a violée.

Est-ce que Nels Clarke lui avait parlé ? Ou Cathy ?

— Personne n'est formellement accusé pour l'instant, ai-je dit, regardant toujours droit devant moi.

— Les journaux n'ont pas l'air de se poser de questions. (Il a bu un coup.) Auriez-vous l'ombre d'un doute ?

J'en avais marre d'être poli.

— Pas sur vous.

Je l'ai fixé dans les yeux.

Il a pincé les lèvres et secoué la tête.

— Pourquoi me faire la gueule, Frank ? Personne ne force Cathy à jouer sur les deux tableaux.

— Je ne doute pas que ce soit un jeu pour vous.

— Celui du chat et de la souris, a-t-il répliqué avec un sourire narquois.

Souris. S'il avait voulu me mettre en boule en faisant allusion au surnom de Cathy, je n'allais pas tomber dans le panneau. Je me suis détourné et j'ai jeté un billet d'un dollar sur la piste.

Il a pris une autre gorgée de son Manhattan.

—Je n'ai jamais pensé à elle que comme un bon coup, mais je crois qu'elle est bien accrochée.

Mes doigts serrés autour de mon verre sont devenus blancs. J'ai regardé son visage, assombri par une barbe d'un jour et je me suis imaginé un tesson de verre déchirant son nez grec et son menton bosselé.

— Ça ne résoudra rien, a-t-il dit en regardant mon verre.

— Hein ?

Il s'est penché vers moi. Son visage avait l'air d'onduler sous les lumières rouges et bleues.

— Vous pourriez le faire. Vous êtes plus grand et plus fort que moi, et j'ai entendu dire que vous êtes capable de tout quand vous êtes en rogne. Mais votre problème, ce n'est pas moi. C'est Cathy.

Il me rendait furieux mais me fascinait.

— Vous ne vous sentez pas coupable ?

Il a ri.

— Bien au contraire. Je me sens pleinement responsable. C'est pourquoi je suis venu m'asseoir avec vous. J'aurais pu m'éclipser.

Du coin de l'œil, j'ai aperçu Rachel qui sortait des loges et se dirigeait vers le bar. Je l'ai suivie des yeux. Elle portait des collants et un gilet blanc qui enserrait ses seins mutins.

— Plate, a dit Trevor.

— Pardon ?

— La fille que vous reluquez. Elle est plate.

Je l'ai regardé.

— Elle vous exciterait peut-être plus si vous la saviez maquée avec un autre.

— Probablement. Vous vous la faites ?

J'ai saisi mon verre en grimaçant. Trevor a levé un bras pour protéger son visage. J'ai rejeté la tête en arrière et j'ai bu la moitié de mon scotch.

— Vous êtes un pauvre con. Vous confondez rivalité et passion parce que personne ne s'est jamais vraiment intéressé à vous.

Il a souri.

— Intéressante théorie. Mais alors quelle serait votre explication si Cathy m'aimait vraiment et se contentait de baiser avec vous ? Vous ne pourriez pas le lui reprocher, Frank. Je suis plus proche d'elle que vous n'avez jamais osé l'être. Je la connais mieux qu'elle ne se connaît elle-même.

J'ai mis la main à ma poche.

— Vous devriez partir tout de suite, ai-je dit d'une voix blanche.

Il a hoché la tête pour lui-même.

— La nuit dernière, on s'est bien marrés. Elle a été phénoménale. Mais dites-moi une chose, vous qui avez l'air de toucher votre bille en psychanalyse : pourquoi crie-t-elle « Papa ! » pendant l'amour ?

J'ai ouvert mon canif avec mon pouce et l'ai maintenu caché sous le comptoir.

— Plus exactement : « Papaaa ! »

D'un geste du poignet j'ai sabré le renflement de son pantalon avec juste assez de force pour fendre le tissu. De l'autre main j'ai renversé mon verre.

Il a bondi et est presque tombé en arrière.

— Nom de Dieu ! Vous êtes dingue ?

— Ça coupe comme un rasoir, l'ai-je prévenu. (J'ai souri pour rassurer les autres consommateurs et j'ai épongé le liquide renversé avec ma serviette en papier.) Si vous avez l'intention de passer la nuit ailleurs que sur une table d'opération, vous feriez mieux de dégager.

Il a reculé de deux pas.

— Vous avez probablement raison. Je ne voudrais pas louper Cathy. Elle est furieuse quand je rentre tard.

Il m'a tourné le dos et s'est dirigé vers la porte.

J'aurais pu lui courir après, mais je ne l'ai pas fait. Quelque part, malgré le scotch, la cocaïne et la nicotine, dans un coin de mon cerveau qui fonctionnait encore correctement, je savais qu'il avait dit la vérité. Il était hors de cause. Mon problème, c'était Cathy.

M'avait-elle menti ? Est-ce qu'elle couchait vraiment de nouveau avec lui ? Ça en avait tout l'air. Mais aussi narcissique que je sois, je n'osais quand même pas la juger de là où j'étais : assis dans la rangée des pervers, à attendre pour tirer mon coup avec une danseuse nue aux taches de rousseur qui se faisait appeler Tiffany.

J'ai fini d'assécher mon verre et je suis allé aux toilettes. Ma vision n'était pas très nette. Trop d'alcool, pas assez de coke, me suis-je dit. Il fallait que je me concentre pour marcher normalement, en me rappelant que je devais balancer les bras et poser le talon par terre avant les orteils. J'ai franchi la porte et je suis passé derrière un ou deux mecs raides comme des soldats devant les urinoirs, les yeux fixés droit devant moi. Je me suis enfermé dans une cabine pour uriner. Ensuite, j'ai sorti mon sachet, introduit une pincée dans chaque narine et aspiré. La tête a immédiatement cessé de me tourner dans la minute. Je suis sorti.

Une nouvelle fille aux boucles d'un noir brillant s'était mise à danser sur l'air de Bonnie Raitt, « Chargin' by the Hour ». Elle était vêtue comme un cow-boy, avec étuis et revolvers, mais ne portait rien sous ses jambières.

Rachel était assise avec un vieux au bar. Elle avait posé sa main sur son genou. J'ai pris un siège dans leur angle de vue et j'ai commandé un café. Peggy, la serveuse, une femme léthargique qui devait avoir cinquante ans et cinquante livres superflues, l'a posé devant moi sur une serviette en papier.

— Cinq dollars, mon lapin, a-t-elle dit.

Sa voix était chaude.

— Cinq billets pour un café ?

— Vous voulez une goutte de Kahlúa ou de Baileys dedans ? C'est le même prix.

— Vaut mieux pas.

Je lui en ai filé six.

Elle a tiré sur son sweater ras du cou en polyester pour me montrer sa gorge.

— Admirez le paysage, a-t-elle rigolé.

J'ai bu une gorgée et regardé Rachel. Ses yeux ont croisé les miens, et elle a souri, mais son attention restait fixée sur ce que lui disait l'homme. J'ai remarqué une bouteille de champagne sur le bar. Elle s'est penchée, a remonté sa main jusqu'en haut de la cuisse de l'homme et lui a murmuré quelque chose à l'oreille.

La fille en scène avait largué son attirail et était à genoux, les yeux fermés, le canon d'un revolver dans la bouche. Elle l'enfournait complètement, puis le ressortait. J'imaginais la panique qui éclaterait si le revolver était chargé et qu'elle le retourne sur la foule. Ne serait-ce pas un meurtre collectif poétique, une belle manifestation de rage ? Je me demandais si je pourrais l'en sortir en plaidant la démence.

J'ai senti deux mains se poser avec légèreté sur mes yeux. Elles étaient délicates et douces et, bien que plongé dans l'obscurité, je me suis senti réconforté.

— J'aurai de la peine si tu regardes les autres filles, a dit Rachel.

Elle m'a lâché et s'est assise sur le tabouret voisin.

Elle s'était coiffée avec une queue-de-cheval. Son large front et ses yeux couleur d'ambre m'impressionnaient davantage que la première fois.

— Je commençais à me sentir seul, ai-jc dit.

— Trevor est parti ? (Elle a jeté un regard vers l'endroit où nous avions été assis.) Je me suis dit que c'était la soirée des médecins.

Était-ce un cauchemar ?

— Comment ça se fait que tu connaisses Trevor ?

— Tout le monde le connaît. C'est un habitué. Candy, la fille à l'anneau, le connaît de… hum, professionnellement.

Ainsi Trevor s'était aussi payé des passes. Je me demandais comment Cathy réagirait en apprenant qu'elle avait en elle des traces de Candy… et probablement de la moitié de Revere.

— Et toi, tu le connais bien ? ai-je demandé.

— Juste bonjour-bonsoir. (Elle a souri.) Tu n'as certainement pas pensé que je le voyais professionnellement.

J'ai réfléchi une seconde.

— Non, ai-je dit, bien sûr. (J'ai avalé une autre gorgée. Le café était infect.) Comment s'appelle ce vieux ?

— Joe Smith.

— Ah ! C'est original.

— Peu importe s'il ment. Je crois que c'est plus facile pour lui de se confier en me cachant son vrai nom.

— De quoi a-t-il parlé ?

— Je ne peux rien dire.

— Je serai muet comme une tombe.

— Sous serment ? (Elle m'a fait un clin d'œil.) Est-ce que vous prêtez toujours serment ?

— Absolument. (J'ai levé la main.) Je jure sur mon serment d'Hippocrate. « Je ne divulguerai rien de ce que je verrai et entendrai dans l'exercice de ma profession, considérant que le secret de ces choses est sacré. »

— Tu l'as gardé en mémoire ?

— « Je m'abstiendrai de toute malfaisance et préjudice, et notamment de tout dommage au corps de l'homme et de la femme. »

— Ça, on en reparlera plus tard. Pour l'instant, tu peux peut-être m'aider, à propos de Joe.

— Volontiers.

— Okay. Il y a trois mois, on l'a opéré d'un cancer de la peau au niveau de la cuisse, près de l'aine. Ça fait une vilaine cicatrice et je devine qu'une partie de la plaie ne s'est pas refermée. (Elle m'a jeté un regard en coin.) Ça peut être si long que ça ?

— À son âge, oui, surtout s'il y a eu infection.

— D'accord, a-t-elle dit avec un haussement d'épaules. Toujours est-il qu'il affirme que c'est toujours en partie ouvert. Alors il ne veut pas que sa femme le voie nu, et encore moins le touche. Il pense qu'il est monstrueux à cet endroit.

— C'est ce qu'il est venu te raconter ? À toi ? Ici ?

— C'est probablement moins cher qu'une conversation avec toi. Et tu ne lui caresserais pas la jambe.

— Je croyais que c'était interdit.

— Ça l'est. Mais ça lui fait du bien, et il commande le champagne (ce n'est pas comme certains) alors Peggy a dit au directeur d'aller se faire foutre.

J'ai jeté un coup d'œil au type.

— Les gens obtiennent ce qu'ils veulent.

— Vraiment ? Je n'en suis pas sûre. Je crois qu'il y a des gens qui souffrent tellement qu'ils sont incapables d'acccpter ce dont ils ont besoin, même quand on le leur offre.

Vous croyez parler à une strip-teaseuse et elle se révèle être une guérisseuse. Dieu est en vedette au Lynx Club.

— Qu'est-ce que je dois lui dire ? a-t-elle demandé.

— Il se prend pour une victime, quelqu'un de diminué. *A priori*, c'est pour ça que ça ne cicatrise pas. Il faut l'aider à se considérer comme un survivant. Il a vaincu le cancer, regardé la mort en face. Sa blessure est la marque de son courage. Demande-lui pourquoi il croit qu'il est encore en vie quand tant de gens meurent de maladie. Demande-lui comment il a résisté à la douleur.

— Ça va l'aider ?

J'ai haussé les épaules.

— Peut-être. En fait, tout ce que tu lui diras l'aidera tant que tu voudras bien lui caresser la jambe.

— Bien, a-t-elle souri. C'est ce que je pensais. (Elle s'est levée.) Ça va être à moi. Je dois finir de me préparer.

— Je t'attends ici.

— Pourquoi pas au premier rang ?

Je n'avais rien à répondre. J'ai repris un siège dans la rangée des pervers, à côté de deux jeunes types en chemises à rayures et cravates club qui parlaient de vente de Porsche et de Mercedes.

— L'ennui avec les acheteurs de Porsche, était en train d'expliquer mon voisin, c'est que ce sont des frimeurs. C'est l'enfer pour leur trouver un financement parce qu'ils n'ont pas vraiment les moyens. Ils font ça pour leur ego. (Il a sorti cinq billets d'un dollar de sa poche et les a posés sur le comptoir.) Tandis que l'acheteur de Mercedes a les moyens. Il n'a pas *besoin* de valoriser son image. Il n'a besoin que d'une bonne voiture.

— Et ceux qui ont des Range Rover ? ai-je glissé.

— Des snobs sans un sou, a-t-il dit en se tournant vers moi.

— Beaucoup de reprises pour non-paiement, a ajouté son copain.

— Oh ! ai-je dit.

— Vous avez une Rover ? a demandé le premier.

— Ouais.

— Désolé, a-t-il rigolé.

— C'est pas grave.

— C'est pourtant vrai. Si vous avez besoin d'une camionnette, achetez une camionnette. Un Trafic ou un Combi. À quoi ça rime de faire semblant d'être au milieu de la jungle ?

— J'y réfléchirai.

Il m'a donné sa carte : « Jerry Stein, gérant, Mel's Autoworld ». On a tout un choix de camionnettes d'occasion. On peut vous trouver la bonne occase.

— Très bien.

Diagnostiqué comme du toc par un vendeur de voitures.

La musique de Rachel, « Purple Rain », de Prince, avait commencé. Elle est apparue en petite culotte de dentelle blanche et blouson en cuir noir, avec fermetures Éclair en argent et boucle chromée. Je ne savais pas si l'étiquette m'imposait de mettre un billet de cinq sur la table ou de m'abstenir. J'ai mis les cinq. Elle a avancé en roulant des hanches et s'est arrêtée devant moi, mordillant sa lèvre inférieure. Ses cheveux auburn lui retombaient sur les yeux. Sans prendre mon argent, elle est allée danser à l'autre bout de la scène.

Le mec des voitures avait le regard fixé sur les cinq dollars.

— Vous la connaissez, sans doute ? a demandé Stein.

Je me suis senti important. Élu. Parce que je connaissais la strip-teaseuse. Ils pouvaient essayer d'imaginer ce que ça pouvait vouloir dire. Je leur ai adressé un clin d'œil.

Quand la serveuse s'est approchée, je lui ai demandé de m'apporter un autre Black Label, presto.

Elle me l'a apporté sur-le-champ. J'ai mis la main au portefeuille.

— Tiffany nous a dit que ce soir vos boissons sont pour la maison, a-t-elle crié par-dessus la musique.

Ma vie de couple était brisée. Je n'avais pas d'argent à la banque. Ma voiture était esquintée, et en plus elle faisait chiqué. L'affaire Westmoreland avait tourné au vinaigre. Je n'aurais peut-être plus jamais de boulot avec la police de Lynn, qui m'avait procuré l'essentiel de mes revenus depuis un an. J'avais besoin d'une désintox. Salement besoin. Mais, en cet instant, assis à la rangée des pervers, avec encore un peu de cocaïne en poche, un scotch gratis devant moi et une strip-teaseuse à ma disposition, je pouvais me faire croire que j'allais bien. Mieux que bien. Le monde était à moi.

8

Rachel avait été la dernière danseuse de la soirée, et le temps que je l'accompagne de Revere à Chelsea, un quartier pourri au nord de Boston, il flottait une odeur de sexe dans la Rover. Je la regardais monter devant moi à son appartement, situé au-dessus d'un entrepôt sur les quais. Son jean était déchiré au ras des fesses. À chaque pas je pouvais voir la chair rose entre les derniers fils de denim.

Mon cerveau n'était pratiquement plus qu'adrénaline et testostérone le temps que Rachel entrouvre la porte de fer de son appartement et y pénètre. Je l'ai attrapée et plaquée contre le mur. On s'est embrassés, jouant de nos langues et nous mordillant la bouche et les lèvres. J'ai essayé de la déshabiller mais elle m'a tapé sur la main.

— Relax, a-t-elle murmuré.

J'ai reposé ma tête sur son épaule et j'ai fermé les yeux. À partir de cet instant, c'est elle qui a pris les directives. Elle m'a entraîné jusqu'à sa chambre, m'a allongé sur son lit et je me suis laissé faire, de crainte qu'elle cesse – pour se jouer de moi – de me caresser. Très rapidement, un violent orgasme a secoué tout mon corps malgré la cocaïne qui, d'habitude, m'anesthésie.

— As-tu aimé ? a-t-elle roucoulé.

La mélodie de sa voix m'était familière. Je me souvenais à dix ans, en culotte courte et T-shirt, m'être trouvé assis avec ma mère dans une causeuse, tandis qu'elle tentait maladroitement de me parler des réalités de la vie. On m'avait surpris en train de batifoler avec les boutons de rose de Kim Daney, une gamine de neuf ans, blonde aux yeux verts, qui habitait deux maisons plus loin.

— Quand un petit garçon aime bien une petite fille, parfois son petit pénis durcit, avait dit ma mère sur le même ton mélodieux. (Elle avait jeté un œil vers mon entrecuisse.) Ça ne t'est pas arrivé avec Kimmy, n'est-ce pas ?

Je ne savais pas dans quel guêpier j'allais me fourrer.

— Non, ai-je dit.

— Non ?

— Si, ai-je reconnu.

— Ne sois pas embarrassé, Frankie. (Son ton était devenu sévère.) Et ne me mens pas. (Elle avait marqué un temps.) As-tu aimé ça ? Que ton truc soit dur ?

— Non… oui, ai-je dit en haussant les épaules.

J'essayais de donner le change.

— Quand on est plus vieux, plus vieux que toi, l'homme introduit son pénis durci dans la femme, dans… une fente qu'elle a entre les jambes. Il le fait entrer et sortir et il se trouve que ça lui procure du plaisir. (Elle observait ma réaction.) Tu n'as pas fait ça avec la petite Kimmy, de lui mettre ton truc dur entre les jambes, dis-moi, Frankie ?

Je n'avais rien fait d'approchant. Ça avait l'air intéressant, mais je me posais une question pratique.

— Qu'est-ce qui se passe si on a envie de faire pipi pendant qu'il est dedans ? avais-je demandé.

— Si on a envie de quoi ?

Elle avait éclaté de rire.

J'avais essayé de me rattraper.

— Non. Je ne voulais pas dire…

Trop tard. Elle secouait déjà mon père pour le réveiller de son sommeil d'ivrogne sur le fauteuil articulé et lui raconter ce que j'avais dit.

Je m'étais mis à pleurer.

Mon père avait secoué la tête en écoutant, jeté un regard vers moi, et giflé ma mère d'un revers de la main, si violemment qu'elle était tombée par terre.

— Ne te moque pas de mon gosse de cette façon, avait-il murmuré. Il m'avait regardé, adressé un hochement de tête – du style : entre hommes on se comprend – puis était retombé dans sa torpeur.

Rachel m'a pincé les couilles pour rire, et mes parents ont disparu. J'étais de nouveau près d'elle.

— Je t'ai demandé si ça t'a plu, a-t-elle susurré.

Son front contre le mien m'a soudain paru oppressant. Je l'ai prise par les épaules et l'ai repoussée.

— Alors, réponds-moi ?

J'ai pensé lui dire de ne pas trop se vanter, que j'avais déjà couché avec des filles plus belles, ce qui était vrai. Mais, au fond de moi, je savais qu'elle ne me voulait aucun mal.

— Oui, ai-je dit, j'ai aimé.

— Et tu as aimé quand je me suis fessée au club.

Je n'ai rien répondu.

— Oui ou non ? a-t-elle insisté.

— Oui.

— Tu aimerais me la donner toi-même. Sur tes genoux.

J'ai haussé les épaules. Mon souffle court me trahissait.

— Tu devrais exprimer tes désirs, Frank. Il n'y a pas de tabou.

— Dis-moi ce que tu désires, toi, ai-je réussi à articuler.

— Mais tu te fiches de ce que je désire.

— Non, pas du tout.

Elle a souri et s'est pressée contre moi pour m'embrasser sur la joue.

— Menteur.

Elle s'est dégagée de mes mains et est allée vers la cuisine américaine. Je me suis senti exposé aux regards, et seul. J'ai enfilé mon caleçon.

— Un scotch ? a-t-elle demandé.

J'étais mal à l'aise dans mon sous-vêtement humide. Je me suis éclairci la gorge.

— Du scotch, ai-je grogné, ça va toujours.

On aurait dit une caricature de John Wayne. J'ai refermé la porte d'entrée avec tellement de force qu'elle a rebondi le long de son rail.

— La porte n'est pas facile, m'a-t-elle lancé.

Je l'ai fermée plus doucement.

— Tu peux visiter.

— Merci.

J'étais content de pouvoir remettre en marche mes jambes et mon cerveau.

L'appartement de Rachel était un loft avec piliers, poutres et briques apparents. Un lit-bateau en acajou, recouvert d'un couvre-lit en patchwork de velours, trônait sur une estrade d'un mètre de haut, placée contre le mur qui faisait face à la porte. Les autres murs étaient couverts d'agrandissements de photos en noir et blanc représentant des gens malheureux. Des hommes aux visages désespérés se pressaient devant un marchand de soupe à l'enseigne du « Pain quotidien ». Un enfant noir qui n'avait pas plus de huit ans marchait en courbant les épaules devant un mur couvert de graffitis. Une vieille femme en fauteuil roulant grimaçait de douleur. Je me suis tourné en direction de la cuisine.

— C'est toi qui as fait les photos ? ai-je demandé.

— Je les ai toutes prises à Chelsea. Tu veux de la glace ?

— Sec. (J'ai regardé à nouveau la vieille femme. Un tube en plastique transparent enfoncé dans ses narines l'alimentait en oxygène depuis un réservoir fixé à son fauteuil.) Personne n'ira t'accuser de romantisme.

— Non ? Je trouve que leur désir de vivre est merveilleux. Tout comme mon client et son cancer. « Regarder la mort en face », comme tu l'as dit.

Elle s'est approchée avec nos verres.

Mes yeux ont glissé jusqu'aux animaux naturalisés qui servaient de base à une table basse en verre au centre de la pièce. C'était un coyote avec un raton laveur dans la gueule. Les yeux du raton étaient écarquillés de terreur, mais il avait réussi à enfoncer profondément ses griffes dans le museau du coyote.

— Tu crois vraiment à ce que tu m'as dit à propos de la cicatrice, hein ? m'a-t-elle demandé. Quand tu dis qu'il est un survivant.

C'était une bonne question. Quand je travaillais dans le privé, j'avais parfois l'impression d'être un bonimenteur vendant des raisons de rester sur cette sinistre planète. Régulièrement, je faisais signer aux patients des « contrats de sauvegarde » où ils me promettaient de ne pas attenter à leurs jours. Mais aurais-je accepté de vivre comme eux ? Comme Billy ? « *Accroche-toi.* » Pour quoi faire ?

— Peu importe si je crois qu'il est un survivant, ai-je dit en prenant mon verre. C'est lui qui doit le croire.

Je l'ai suivie vers une porte-fenêtre qui s'ouvrait sur une passerelle. De là, on avait vue sur le pont de Tobin, à l'endroit où il rejoint Boston. Ses arches métalliques massives avaient entraîné la ruine de Chelsea en créant un désert autour de leurs piliers en béton. Je ne m'étais jamais arrêté pour le contempler jusqu'ici et j'étais frappé par son aspect grandiose. Je me suis assis sur un vieux banc d'église que Rachel avait placé face à la baie.

— À quoi servait cette bâtisse ? ai-je demandé.

— À un négrier, a-t-elle dit en s'asseyant à son tour. On y fabriquait des uniformes pendant la guerre du Viêtnam. Ça a été fermé après un incendie. (Elle m'a montré une poutre brûlée sur un ou deux mètres.) Cet étage n'a pas trop souffert. Les autres ont été ravagés.

Je savais, pour l'avoir entendu dire par des membres de ma famille qui avaient participé à l'exode de Chelsea vers les agglomérations de la rive nord comme Nahant, Swampscott ou Marblehead, que la plus grande partie de Chelsea avait brûlé deux fois, la première en 1908, la seconde en 1973.

— Tu sais ce qu'on dit : ce qu'il faut à Chelsea…

— … c'est un nouvel incendie. Je connais toutes les plaisanteries. (Elle a siroté son scotch.) Ils disent ça pour être méchants, mais ils n'ont pas tort, d'une certaine façon. Rien ne s'améliore petit à petit. Il faut mourir pour renaître.

— Ce n'est pas vraiment un vote de confiance dans ma profession.

— Désolée, mais regardons les choses en face : la plupart des gens comme toi ne voient pas ce que peut cacher une dépression nerveuse. Un véritable effondrement moral. On a plus de chances de rencontrer sa propre vérité au cours d'une grave dépression qu'avec une boîte de Prozac. (Elle s'est penchée vers moi.) Ou dans un gramme de cocaïne.

— Cocaïne ?

— *Cocaïne ?* s'est-elle moquée. Tu es vraiment un sacré menteur. J'y ai goûté en mettant ma langue dans ta bouche.

— J'en ai, si…

— Non, merci. Je ne prends pas de drogues. Mais vas-y, si ça te fait plaisir.

Inutile de me le répéter. J'avais envie de passer par la salle de bains pour une petite reniflette depuis le bas de l'escalier. J'ai sorti mon sachet.

— J'en ai pris pendant quelque temps : tout ça, la marijuana, le Valium, le Percocet, l'héroïne, le Prozac, le Zoloft. (Elle s'est tue un instant.) Ah oui, et la Ritaline. Plein de Ritaline.

Je n'avais pas vraiment envie de fouiller le passé psychiatrique de Rachel. Si je m'apitoyais, je n'oserais peut-être plus me la faire comme j'en avais envie. Mais je n'arrive jamais à rester à la surface des choses.

— Tu étais déprimée.

— Bravo, docteur. (Elle m'a montré l'intérieur de son bras. Quatre cicatrices verticales partaient de son poignet sur plusieurs centimètres. Comment ne m'en étais-je pas aperçu ?) J'ai également essayé l'overdose de Prozac. Personne ne m'avait prévenue qu'il fallait en prendre un plein pot pour que ça marche. Ça ne guérit pas et ça ne tue pas. À quoi ça sert ?

— Qu'est-ce qui t'a guérie ?

— Un guérisseur professionnel, dans ton genre, a-t-elle répondu avec un demi-sourire. Est-ce la bonne formule ?

— Pas à ma connaissance.

— Ni à la mienne. En réalité, c'est le strip-tease qui m'a sauvée. Je me suis sentie mieux dès que j'ai commencé à danser.

— C'est un anesthésiant plus puissant ?

— Je crois que c'est une soupape de sûreté.

— Comment ça ?

— En jargon psy, ça me permet d'extérioriser ma colère, au lieu de la garder en moi.

— Je croyais que c'était nous qui te faisions du tort.

— Pas tellement. Je sais ce qu'endurent les clients quand je me penche devant eux. La plupart ont un excès de poids, des épouses vieillissantes qui ne voudraient pas se mettre Popaul dans la bouche même si leur vie était menacée. Je sais que je les excite, et qu'ils s'imaginent ce que ça leur ferait de faire l'amour avec moi. Ils peuvent s'approcher, mais jamais assez près. Je vois leur douleur dans leurs yeux.

— Donc tu es une sadique.

— Sur scène. Absolument. Et ça me suffit. Je n'éprouve pas l'envie de tuer.

— Tu es encore jeune.

J'ai pris une autre pincée, l'ai étalée sur mes gencives et rangé le sachet.

— Ma question, c'est : d'où vient ta colère ?

— Hein ?

— Ta colère, a-t-elle souri. Elle jaillissait en moi il y a quelques minutes. Comment se manifeste-t-elle encore ?

J'ai léché mon verre de montre pour récupérer le reste de la poudre.

— Je me suis spécialisé dans l'évaluation des meurtriers, pour juger s'ils sont déments. Je les écoute me décrire comment ils ont étranglé, découpé ou assommé leurs victimes. Je fréquente les morgues pour rendre visite à des cadavres.

— Ça te plaît ?

— C'est un travail. Un travail bizarre, mais un travail.

— Allons donc.

— Comment ça, allons donc ?

— Tu pourrais aussi bien être professeur si tu ne cherchais qu'un travail. Rien ne t'oblige à fréquenter les morgues.

J'ai souri devant sa détermination à faire émerger cette vérité : tous ceux qui font métier d'essayer de comprendre les tueurs ont un fonds commun avec eux.

— Je crois bien que ça me plaît.

— Ça ne te suffit pas.

— C'est largement suffisant.

— Sûrement pas, sinon tu n'aurais pas besoin de came.

Elle a avalé une grande gorgée de scotch.

— Si tu dois me psychanalyser, il faut commencer à prendre des honoraires, ai-je dit. D'autant que tu as l'air très douée.

Elle a posé son verre sur le banc, s'est levée, a déboutonné son jean et l'a laissé tomber à terre. Elle est venue à moi et s'est placée entre mes jambes.

— Alors paye.

J'ai laissé courir mes mains sur ses bras gracieux, ses hanches et j'ai caressé ses fesses. Son corps était plus jeune que celui de Cathy, plus ferme, plus éloigné de la mort.

Elle a reculé de quelques pas et m'a laissé la contempler, immobile dans la clarté lunaire, seulement vêtue de son gilet blanc.

Elle s'est retournée et est allée vers le lit. Je l'ai suivie. Puis elle s'est couchée sur le ventre.

Mon cœur battait. J'ai pris ma ceinture d'une main tremblante. Mais après le premier coup de fouet, la peur m'a quitté. Je l'ai fouettée, encore et encore, prenant plaisir à ses gémissements, à ses frissons dans l'attente du prochain coup.

J'ai quitté Rachel à 5 heures. La Rover était couverte de rosée. Je me suis installé et j'ai baissé les vitres pour respirer profondément l'air matinal. Quatre heures de sommeil en deux jours me laissaient la tête vide. Mes jambes étaient lourdes. Il me restait un quart de gramme dans la poche, mais je ne l'ai pas pris. Je voulais prolonger le manque, toucher vraiment le fond.

J'ai levé les yeux vers le pont de Tobin. Les premiers banlieusards se dirigeaient vers Boston, probablement inconscients que, en dessous d'eux, le port de Chelsea était déjà en pleine activité. J'apercevais trois remorqueurs halant un tanker vers un dépôt de carburant le long des quais. Je n'entendais qu'un faible ronflement de leurs moteurs, mais la force qu'ils exerçaient se voyait au sillage blanchâtre qu'ils creusaient. Une fois j'avais partagé une bouteille de scotch avec un capitaine de remorqueur du port de Salem qui avait éclaté de rire quand j'avais utilisé le mot *romantique* pour parler de son métier. Le charme du remorqueur, m'avait-il expliqué, n'est qu'une illusion : à bord, la disproportion entre la taille du bateau et sa puissance représente un danger constant.

J'ai démarré et suis retourné sur Broadway, en direction de l'est. Il fallait que je prenne quelques affaires à Marblehead avant de me rendre chez McLean. Quand j'étais interne, j'avais plaisanté avec le personnel du service de désintoxication de l'hôpital de Tufts sur l'afflux des entrées la troisième semaine de chaque mois, quand les camés avaient épuisé leurs allocations et n'avaient plus les moyens de s'éclater. Dès que les chèques du mois suivant arrivaient, l'endroit se vidait. Aujourd'hui, ça ne me faisait plus rire : j'avais moi-même attendu, pour me faire admettre, que mes poches soient à peu près vides.

Je me demandais si Cathy serait à la maison. Si elle m'avait attendu toute la nuit, je pouvais compter sur une scène. Une fois sa colère allumée, toute tentative de la raisonner ne faisait qu'attiser les flammes. En général, elle finissait par briser contre le mur ou à coups de pied un ou deux objets anciens. La dernière fois, se fracturer les doigts ne l'avait même pas arrêtée, quand, en empruntant mon exemplaire du *Lutteur au repos*, elle avait trouvé dedans un Polaroid d'Isabela Cadronale – une journaliste brésilienne de vingt-deux ans que nous avions rencontrée sur la plage de St. Croix – avec, pour tout vêtement, un nœud papillon. Le mien. Cathy avait continué à frapper avec sa main enflée, comme si elle ne ressentait pas la douleur. Finalement, j'avais été obligé de la maintenir par terre dix ou quinze bonnes minutes pour que sa jalousie se consume. Puis j'avais eu droit aux larmes silencieuses, prélude, comme toujours, à nos meilleurs rapports sexuels.

Pourquoi est-ce que je ne culpabilisais pas pour mes écarts de conduite ? Pas même un peu. Pas même avec, sur ma langue, le goût salé des larmes de Cathy.

Et pourquoi en redemandait-elle toujours ? Étions-nous liés l'un à l'autre par l'amour ou par la promesse que je lui ferais mal, encore et encore ?

La circulation était faible et la chaussée sèche, mais j'ai pris lentement le rond-point de Revere. Je n'avais pas les moyens de payer la réparation d'une autre voiture. En passant devant le cynodrome de Wonderland, j'ai allumé une Marlboro. Ça me fait peur de l'admettre, mais je me serais pointé au guichet de Manny si ç'avait été ouvert, pour parier sur un chien, peut-être même deux. Comment pouvais-je l'expliquer ? Pourquoi est-ce que je ne me sentais pleinement vivant qu'au bord du gouffre ?

J'étais sur la route de Lynn quand j'ai entendu une sirène. Dans le rétroviseur, j'ai aperçu une voiture de police à cent mètres derrière moi. J'ai vérifié mon compteur, vu que je roulais en dessous de la vitesse autorisée et j'ai serré à droite pour dégager le passage. La sirène s'est arrêtée, mais la voiture de patrouille a pris la même voie que moi et s'est rapprochée. Je sentais mon pouls s'accélérer : quelle ironie d'être épinglé le jour que j'avais fixé pour une désintox. Avec la vidéo d'Emma Hancock où on me voyait avec un dealer devant l'Emerson, je craignais qu'elle ait donné l'ordre de me fouiller. Et s'ils tombaient sur de la cocaïne, je pouvais m'attendre à passer quelques mois à la prison du comté d'Essex. Peut-être plus. Quel titre juteux le *Lynn Evening* tirerait de ma misérable histoire : « Docteur Soigne-toi-d'abord : Un psychiatre local arrêté pour détention de cocaïne. » J'ai accéléré jusqu'à la vitesse limite et sorti le sachet de ma poche. La sirène a repris derrière moi. J'ai vérifié dans le rétro qu'on ne pouvait pas me voir, ouvert le sachet et sniffé ce qui restait. Puis je me suis collé le papier dans la bouche, je l'ai mâché et avalé. Je me suis déporté sur la voie d'arrêt d'urgence et me suis arrêté. La voiture s'est garée derrière moi.

Avec ma chance, j'aurais pu me douter que Kevin Malloy allait sortir côté passager. Il a accroché ses pouces à sa ceinture et s'est approché de ma vitre. Un flic plus âgé que je ne connaissais pas est resté au volant.

J'ai laissé tourner le moteur et allumé le lecteur CD. Big Mama Thornton chantait du blues. J'ai monté le volume.

Malloy a abattu son bras sans poils sur ma portière. Il tenait une paire de menottes.

— On vous suit avec la sirène depuis le champ de courses.

J'ai souri, ce qui l'a profondément agacé.

— Ça va pas ? Qu'est-ce qu'il y a de drôle ?

J'ai repris mon sérieux.

— Big Mama Thornton. (J'ai fait un signe de tête vers la stéréo.) C'est elle, en train de chanter « Little Red Rooster ». C'était une des plus grandes, Mama. Et une sacrée bonne femme. Elle me fait planer. (Je n'ai pas pu m'empêcher de l'asticoter.) Désolé de ne pas avoir entendu votre sirène plus tôt. Elle est top, et vos phares bleus sont également très cool.

Il examinait l'intérieur de la voiture.

— Ravi que ça vous plaise, a-t-il dit calmement.

— Vous m'avez arrêté pour bavarder ? ai-je demandé.

— Pas vraiment.

Mon angoisse a monté d'un cran.

— Voyons voir : vous m'avez pris pour le marchand de glace ambulant et vous vouliez une boule à la noisette.

Il m'a jeté un regard de travers et a levé le doigt comme pour me dire quelque chose. Puis, sans un mot, il a avancé la main et légèrement touché ma poitrine.

J'ai baissé les yeux. Ma chemise en jean était parsemée de poudre de cocaïne. Quand j'ai relevé les yeux vers lui, il était en train de se lécher le bout d'un doigt.

— On dirait qu'il y a un pépin, a-t-il dit, en jouant des menottes comme de castagnettes.

Mon estomac s'est serré. J'ai pensé faire allusion aux 350 dollars qu'il soutirait chaque mois à Willie Hightower au Pug, mais je me suis dit qu'il valait mieux attendre.

— Je parie que quand on aura passé cette caisse à l'aspirateur pour récolter la poudre, on saura pourquoi vous défoncez les autres voitures.

— Je défonce les autres voitures ?

— Laissez tomber. Le gamin à la Mustang a porté plainte pour délit de fuite hier soir au commissariat de Revere. Il a dit que vous lui étiez rentré dedans, puis que vous aviez filé. L'officier de garde nous a prévenus, du fait que vous travaillez avec nous… ou travailliez.

— J'ai dédommagé en liquide ce fils de pute.

— Ah bon ? Alors tout va bien. Vous avez un reçu ?

— Ça va de soi. (Je n'ai pas pu me retenir.) Comme ceux que vous faites tous les mois à Willie Hightower.

La lèvre supérieure de Malloy s'est amincie, découvrant ses dents jaunâtres.

— Vous allez devoir me suivre au commissariat.

Une idée folle m'a traversé l'esprit. Tant qu'à sombrer, pourquoi ne pas y aller carrément ? Mon poignard était sous mon siège. Mon regard s'est porté sur son ventre, puis s'est concentré quelques centimètres plus haut, là où l'aorte rejoint l'abdomen et n'est plus protégée par le sternum.

— Vous préférez me suivre comme un grand garçon, ou qu'on vous accompagne dans la voiture de police ?

Je l'ai fixé dans les yeux et cru revoir mon père. *Tu montes dans ta chambre et tu reçois ta punition comme un homme, ou il faut que je t'y porte comme un bébé ?*

Malloy a fait de nouveau cliqueter les menottes.

Je pouvais reconnaître l'haleine chargée d'alcool de mon vieux. Est-ce que le couteau ne se retournerait pas contre lui ? N'y aurait-il jamais de justice ? *D'où vient ta colère ?* Je pouvais entendre sa voix.

— *D'accord, j'imagine qu'il va falloir utiliser la force.*

Ou bien était-ce Malloy qui avait parlé ? J'ai pris trop de cocaïne, me suis-je dit. Je déraille. J'ai grand besoin d'une désintox. Et de dormir. Je me suis frotté les yeux, mais Malloy était toujours là. J'ai respiré profondément.

— Passez devant, lui ai-je répondu.

9

Jeudi matin, 6 h 15

La porte du bureau d'Emma Hancock était ouverte à mon arrivée au commissariat. Elle m'a jeté un coup d'œil tandis que Malloy et le flic plus âgé, qui avait simplement dit s'appeler Grillo, me poussaient dans la cellule où on avait enfermé Westmoreland. Je suis resté devant la porte tandis qu'ils la verrouillaient.

— Où est l'autre pensionnaire ? ai-je demandé.

Pas de réponse.

— De quoi suis-je accusé ?

— Question difficile. On a l'embarras du choix. Détention de cocaïne. Conduite dangereuse. Résistance au cours de l'arrestation.

— Résistance ? Je vous ai suivis jusqu'ici.

— Un détail, a dit Grillo en tapant sur l'épaule de Malloy.

— J'ai le droit de téléphoner.

Malloy a rigolé.

— Je croyais que c'était moi qui voyais trop de mauvais films.

Il m'a tourné le dos et ils se sont dirigés tous les deux vers la porte.

Je me suis assis sur la couchette et j'ai inspecté la cellule. Mon regard s'est attardé sur une traînée de sang séché sur le mur, là où Westmoreland s'était tenu quand il s'était mordu la langue. Quelques traces rouges également par terre, à l'endroit où je l'avais plaqué au sol quand il m'avait attaqué.

J'ai inspecté du regard les autres cellules : elles étaient vides. Avec le cachet officiel de Sam Fitzgerald, Hancock avait probablement fait transférer son prisonnier à Concord, au centre de détention, dans l'attente de son jugement pour meurtre.

J'avais des élancements dans la tête. J'ai craint que ma tension ne monte en flèche sous l'effet de la coke et j'ai décidé de m'allonger. Une odeur de pourriture s'exhalait de la couchette et m'enveloppait. J'ai levé les yeux vers celle du dessus, puis je me suis soulevé sur les coudes pour lire un mot gribouillé avec du sang sur le revers du matelas. On pouvait lire *George*.

— George LaFontaine, ai-je dit à haute voix.

Je suis retombé sur mon matelas et j'ai fermé les yeux.

J'ai été réveillé quelques minutes plus tard par le cliquetis des clés : Emma Hancock est entrée dans la cellule et s'est adossée au mur.

— Je vous avais prévenu, a-t-elle dit.

— Je vous ai sous-estimée, Emma. Je croyais que vous craigniez que je vous empêche d'obtenir votre poste de commissaire. Il ne m'avait pas traversé l'esprit que vous vous battiez pour le mandat municipal. J'aurais eu plus d'égards pour le futur maire Hancock.

— Je pourrais accomplir de grandes choses pour cette ville. Mais il y a du chemin à parcourir.

— Vous prenez parfaitement les virages. (J'ai montré le sang séché sur le mur.) Vous avez embarqué le général. Un obstacle en moins. Fitz est un psychiatre ringard, mais il sait qui beurre ses tartines.

Hancock a serré les lèvres. Elle avait l'air vidée.

— Je ne l'ai pas embarqué.

J'ai hoché la tête sans réfléchir, puis je me suis rendu compte que je n'avais pas compris.

— Comment ça, vous ne l'avez pas embarqué ?

J'ai balayé du regard le bloc de cellules. Vide.

Elle a regardé le sol quelques instants, puis ses yeux sont revenus sur moi.

— Il est mort, Frank. Il s'est suicidé.

— Suicidé.

— Il s'est enfoncé une chaussette dans la gorge. Tobias Lucey l'a découvert durant la nuit.

Je me suis levé et j'ai parlé les dents serrées.

— Je vous avais dit de le surveiller.

Elle a haussé les épaules.

— Personne n'avait envie que ça arrive.

— Personne ? (Je sentais mon sang bouillir dans ma tête.) Pas même vous ?

— Je ne veux la mort de personne.

— Non ? Même au plus profond de vous, là où les bonnes sœurs du Sacré-Cœur n'avaient pas accès ? Réfléchissez : n'est-il pas plus simple de se débarrasser de Westmoreland plutôt que de risquer qu'un défenseur des droits de l'homme à la redresse ne prenne parti pour lui ? (J'ai fait un pas vers elle.) Qui va s'indigner pour ce qui est arrivé à un clodo ?

Elle s'est raidie.

— Je ne l'ai pas tué.

— Pas de façon qu'on puisse vous incriminer. Pas dans cette vie. Mais on dirait que ça élimine tout ce qui pourrait faire un accroc à votre campagne. Infirmière assassinée. Meurtrier arrêté. Meurtrier mort. Rideau. N'est-ce pas, madame le maire Hancock ?

J'ai fait un pas de plus vers elle.

— Non, c'est faux.

— Faux ? Oh ! Répétez-moi ça, Emma. Dites-moi combien vous êtes désolée, à quel point vous vouliez que Westmoreland soit jugé en toute justice.

— On a un autre cadavre.

— Un autre… (C'était comme si j'avais reçu un coup de pied dans le ventre. Je l'ai dévisagée pendant quelques secondes, puis j'ai reculé en titubant jusqu'à la couchette.) Même procédé ?

— Pas exactement. Mais pas loin.

— Elle s'appelait comment ?

— Elle ?

— La morte, Emma.

— Pourquoi avez-vous dit *elle ?*

— Ça paraît logique. Si l'on part du principe que le tueur aime découper les nichons.

— Elle avait dix-neuf ans, a dit Hancock d'un ton monocorde. Célibataire. Habitant Park Street. Son colocataire l'a découverte dans leur appartement il y a quelques heures.

— Infirmière ?

— Danseuse.

Je l'ai regardée.

— Elle travaillait au Lynx Club.

Elle étudiait ma réaction.

— Bon Dieu ! J'en sors.

— Je sais. C'est une des raisons qui m'ont poussée à ordonner à Malloy de vous amener ici. Le propriétaire garde une liste des immatriculations de toutes les voitures qui stationnent dans son parking. Au cas où il y aurait des histoires. (Elle a croisé les bras.) Vous êtes sur la liste.

— Et…

— Et vous paraissiez plutôt remonté de ne pas obtenir gain de cause avec Westmoreland.

— Et alors ?

— Alors je ne sais pas jusqu'où vous pouvez aller, Frank, surtout sous l'effet de la coke. Je ne suis plus sûre de bien vous connaître.

Je lui ai jeté un regard en biais.

— Vous pensez que j'ai buté la danseuse ? Quoi, pour avoir raison ?

Elle a haussé les épaules.

Je me suis levé et je me suis approché tout près d'elle.

— Le sentiment de culpabilité vous ronge, Emma, ai-je dit tranquillement. Vous êtes responsable de la mort de cette fille et vous le savez. Vous avez laissé son meurtrier libre de ses mouvements sans même qu'il ait besoin de se méfier. Parce que votre vie est si pitoyablement vide que vous feriez n'importe quoi pour être maire. (Je me suis penché vers elle.) Maire de Lynn. Foutu métier. Quel projet minable. Vous me faites…

Elle s'est détournée. Elle avait l'air de retenir ses larmes.

Je n'ai pas bougé.

Elle a pris une profonde inspiration, puis m'a regardé de nouveau.

— Elle s'appelait Monique Pelletier, a-t-elle dit. C'était ma nièce.

La spécialisation en psychiatrie est supposée vous permettre de rester confortablement assis sans rien dire devant la douleur d'autrui, mais j'avais une furieuse envie de m'abriter derrière des mots.

Hancock s'est essuyé les yeux du revers de la main, a croisé de nouveau les bras et son regard s'est perdu au-delà des barreaux de la cellule. Elle avait l'air plus décontenancée que triste, comme si elle ne pouvait pas croire que son instinct lui avait fait si pitoyablement défaut. Je connaissais ça.

— Mon frère est décédé il y a quelques années. Je passais la voir de temps en temps, dans l'espoir de l'intéresser à la religion. C'était une fille remarquable, simplement perdue.

— Vous étiez proche d'elle ?

— Vous devez savoir que je ne veux d'intimité avec personne.

Je n'ai rien répondu, espérant qu'elle m'en dise plus sur elle-même.

Elle est restée à me regarder pendant plusieurs secondes, puis s'est ressaisie.

— Je ne peux affirmer que c'est le même homme qui les a tuées toutes les deux. Hier, le *North Shore Weekly* a publié un article décrivant en détail ce qui est arrivé à Sarah Johnston. C'est peut-être un émule.

Je la soupçonnais de vouloir s'accrocher à toute explication qui l'aiderait à dégager sa responsabilité morale, mais je ne connaissais pas assez l'affaire pour argumenter. Ça m'arrangeait.

Elle faisait cliqueter si fortement ses ongles que j'ai cru qu'elle allait les casser.

— Quel que soit celui qui a fait ça à Monique, je le retrouverai, a-t-elle promis. Dieu m'est témoin. (Elle a tourné son regard vers moi.) Tueur en série ou pas, son profil psychologique sera déterminant. C'est là que j'ai besoin de vous.

J'ai secoué la tête.

— Vous aviez raison, hier, Emma. Je ne suis pas le bon cheval. Si j'étais vous, j'éviterais de prendre Fitz, mais Chuck Sloan accepterait probablement l'affaire.

— Je ne veux pas de Sloan. C'est un besogneux.

— Andrew Rothstein, du centre médical de Nouvelle-Angleterre, est un homme sérieux.

— Je ne recherche pas un homme sérieux, Frank. Plus maintenant. Aucun psy ordinaire ne sera capable de pénétrer la psychologie de ce monstre.

— Je ne vous serai pas utile. Je n'ai pas les idées claires.

— J'ai compris. Deux cent cinquante dollars l'heure. Forfait de dix heures.

— Ce n'est pas une question d'argent.

— Forfait de trois mille cinq cents, et j'envoie quelqu'un mettre au pas le gamin qui a porté plainte. On m'a dit qu'il voulait se présenter à l'école de police.

J'ai levé les yeux au ciel.

— Bravo. Encore un incorruptible à qui on va donner une licence.

— Que voulez-vous d'autre ? Dites-le.

J'ai regardé le sang séché de Westmoreland sur le mur. J'ai grincé des dents. J'avais envie de lui dire que j'aimerais qu'elle ressente la terreur qui s'empare d'un paranoïaque quand on le met en cage comme un animal. Que j'aimerais qu'elle fasse l'expérience de la suffocation psychologique, lorsque s'enfoncer une chaussette dans la gorge vous semble la seule issue possible ; qu'elle reconnaisse son incapacité à pleurer sa nièce autant que Westmoreland son ami. Mais elle souffrait déjà à sa manière.

— Je ne veux rien vous devoir, Emma, ai-je dit.

Elle a pincé les lèvres.

— Il semblerait que vous soyez en possession de cocaïne.

— Je ferai mes soixante jours. Ça me pend au nez, ai-je dit en haussant les épaules.

— Ça pourrait faire plus. Le tribunal pourrait vouloir faire de vous un exemple.

— Peut-être.

— Et puis il y a l'ordre des médecins. (Je l'ai regardée fixement.) Vous êtes bien sûr ? (Son regard était accablant.) Je ne vous le demanderai pas deux fois.

J'ai fait oui, mais en hésitant. Je ne savais pas quelles autres cartes elle avait dans sa manche.

— J'ai compris, soupira-t-elle. Débrouillez-vous. (Elle s'est dirigée vers la porte mais s'est retournée.) Je vais arranger l'accusation de détention de drogue ainsi que le délit de fuite et veiller à ce que vous soyez payé pour le travail que vous avez accompli sur cette affaire. Personne n'ira moufter à l'Ordre. Tout ça, Westmoreland et Monique, c'est ma faute. Vous aviez raison depuis le début. Entende qui voudra, je me fous de ce qu'on raconte sur vous, que ce soit à propos de Prescott, de la coke ou de n'importe quoi. Vous êtes le meilleur dans votre partie. Croyez-le ou pas.

Et elle est sortie.

Au temps pour McLean. Je suivais la voiture de police d'Emma et de son chauffeur en direction de la morgue. Il n'était guère plus de 8 heures, et les camions de ramassage des ordures étaient déployés des deux côtés d'Union Street. La puanteur s'infiltrait à travers les portières de la Rover. J'ai failli décrocher vers la Route n° 1, droit vers l'air pur du Vermont, mais le *mea culpa* d'Hancock m'avait touché. Je l'aiderais à attraper le psychopathe qui avait charcuté sa nièce.

Il y avait une autre raison pour que je ne prenne pas la tangente. Une raison personnelle. J'avais moi aussi besoin de retrouver le tueur. Avec Prescott, Billy et maintenant Westmoreland, je me demandais plus que jamais si j'étais capable de suivre jusqu'au bout une piste faite de rage et de destruction. Plusieurs jours avant la mort de Westmoreland, j'avais pris connaissance dans son dossier médical à l'hôpital de Stonehill de ses pensées suicidaires. Pourtant, je ne lui avais pas demandé s'il avait l'intention de se supprimer. Pas même après qu'il avait presque craché sa langue. Qu'est-ce qui se serait passé si cette simple question lui avait prouvé que quelqu'un comprenait son désespoir ?

Et pourquoi n'étais-je pas retourné voir Westmoreland après la lecture de son dossier à l'Association des anciens combattants de Boston pour lui parler des horreurs auxquelles il avait assisté au cours du raid sur Son Tay ? N'avais-je pas eu le courage de l'aider à affronter la mort stupide de son ami, à voir que George LaFontaine était lui aussi mort pour rien dans ce camp de prisonniers ?

La voiture de police s'est rangée. Je me suis garé derrière elle. J'ai marché jusqu'à la porte de la morgue avec Hancock.

— Vous êtes sûre que vous voulez voir ça ? lui ai-je demandé.

Elle a ouvert la porte sans répondre et est entrée.

Je l'ai suivie dans les salles d'autopsie.

Paulson Levitsky se tenait près d'un autre corps gris, un plateau à la main. Comme nous étions à mi-chemin de la table de dissection, il a levé les yeux.

— La deuxième fois, les huiles se déplacent toujours, a-t-il lâché d'un ton pince-sans-rire. Rien de tel qu'un tueur en série pour réunir les gens.

Hancock s'est arrêtée et m'a saisi le bras de sa main charnue.

— Il n'a pas besoin de savoir qu'elle est de ma famille, a-t-elle murmuré.

— Ça apparaîtra forcément.

— Je me charge du forcément.

— Entendu.

Nous nous sommes approchés de la table.

— C'est pire que pour Mlle Johnston, a dit Levitsky en resserrant son nœud de cravate. (Il a pris sa baguette d'acier inoxydable dans sa poche.) Il y a eu des traumatismes aux parties génitales de Mlle Pelletier.

J'ai jeté un regard à la chair tailladée entre les cuisses de Monique.

— Seigneur Jésus, a marmonné Hancock.

— Notez que le clitoris a été excisé, a fait remarquer Levitsky, en plus des seins. Là encore, l'outil de l'agression semble être une lame, genre rasoir, de cinq centimètres de long au maximum. (Il a soulevé doucement la tête du cadavre, montrant un enfoncement violet derrière l'oreille droite.) La cause de la mort, cependant, est un traumatisme à la tête causé par un objet contondant. Genre démonte-pneu. Les mutilations ont été faites après. (Il a reposé la tête.) Nous n'avons pas les parties manquantes.

J'ai regardé la poitrine mutilée de la fille, puis son visage.

— Je l'ai vue danser au Lynx Club il y a quelques heures, ai-je dit.

— Où ça ? a demandé Levitsky.

Je me suis tourné vers lui.

— Au Lynx Club. Une boîte de strip-tease de Revere. J'y ai pris un verre ou deux hier soir. C'était une des danseuses. Son nom de scène était Candy.

Il a froncé les sourcils, mais n'a rien dit.

J'ai jeté un regard à Hancock, puis de nouveau à Levitsky.

— Elle n'était pas entièrement rasée, Paulson. Elle avait un triangle de poils juste au-dessus des lèvres, ai-je expliqué.

Hancock a grimacé.

— Comment pouvez-vous vous rappeler ce genre de détail ?

Il fallait que je continue.

— Encore autre chose. Elle avait le clitoris percé. Elle portait un anneau.

— Un anneau ? a répété Hancock.

— On voit de tout, a dit Levitsky. Dans certaines cultures, le percement du clitoris est chose courante. Dans la nôtre, je crois que c'est un rituel sadomasochiste. Elle avait des callosités et de petites écorchures aux poignets. Cela pourrait être dû à des menottes.

J'ai remarqué que la main d'Hancock glissait vers sa propre paire de menottes.

— A-t-elle été violée ? a-t-elle demandé.

— On a trouvé de la semence dans le vagin. Je ne peux pas savoir si elle vient de l'agresseur ou d'un amant.

— Vous la ferez analyser pour la comparer à celle prélevée sur Sarah ? ai-je demandé.

Levitsky m'a fait un clin d'œil.

— Vous croyez que ça vaut le coup ? Ou je laisse tomber ? Vous savez, la police ne m'a pas demandé d'entrer dans les détails.

— Prenez tout votre temps, a dit Hancock d'un ton neutre.

— J'imagine qu'on est moins pressé de refermer le dossier maintenant que Jack l'Éventreur a de nouveau frappé. (Levitsky m'a jeté un regard entendu.) Les bienfaits de la patience arrivent un peu trop tard pour M. Westmoreland, je le crains.

Hancock l'a pris dans les dents, mais ce n'était pas le moment, avec sa nièce allongée sur une table en Inox.

— Continuons, Paulson, ai-je dit.

— Très bien. Allons-y. Mais d'abord, qu'est-ce que vous savez d'elle qui pourrait m'être utile ?

— Sur son aspect ? ai-je demandé pour donner le change.

— Vous avez déjà participé à ce genre d'examen, mon petit Frank. J'ai besoin de savoir tout ce qui pourrait m'aider à interpréter ce que j'observe.

J'ai instinctivement tourné le dos à Hancock.

— Je crois que c'était une pro, ai-je dit doucement.

— Une quoi ? a dit Paulson. Parlez plus fort pour le micro.

— Une pro, ai-je répété, me sentant vaincu. Une prostituée. Une de ses amies m'a dit qu'elle était vénale.

J'ai senti la main d'Hancock agripper mon épaule.

— Ne passez rien sous silence qui puisse nous aider à épingler ce type, a-t-elle dit.

Sa voix avait le détachement de quelqu'un perdu dans ses pensées.

Levitsky nous a jeté un regard de côté.

— C'est tout, ai-je dit.

— Bien. Au moins on connaîtra la raison si je trouve en elle du sperme de différents groupes sanguins. (Il était encore branché sur Hancock.) J'espère que ces prélèvements ne vont pas mettre dans l'embarras l'un de vos souscripteurs. On est en période de campagne.

Le front d'Hancock s'est empourpré. Elle a respiré profondément.

— Menez votre travail jusqu'au bout, docteur.

— Merci. (Levitsky a légèrement incliné la tête.) Vous me comblez.

Il a tiré d'un geste vif sur ses poignets de chemise pour en effacer les plis.

— Avez-vous un indice qui puisse m'aider à dresser un profil psychologique ? lui ai-je demandé.

— Seulement que le sculpteur ne fait pas les choses à moitié. J'ai préparé sur plaquettes des fragments de tissus provenant du bord des plaies. On trouve les mêmes marques que sur le premier corps. Il fait quelque chose aux blessures. Peut-être les asperge-t-il d'une substance quelconque. Je ne sais pas trop.

— Pas de retour du labo du FBI ? ai-je demandé.

— Le FBI ? a demandé Hancock.

— Paulson a un ami pathologiste à l'hôpital Hopkins ; il a transmis à leur labo de Quantico les prélèvements de tissus relevés sur les blessures de Sarah, ai-je dit.

— Bravo. Cette nouvelle sera bientôt dans *Inside Edition*, a-t-elle répliqué.

J'étais sur le cul. Est-ce qu'elle espérait encore limiter les dégâts jusqu'aux élections ?

— Je pense à la mère de cette fille, a-t-elle expliqué. C'est très dur pour elle.

La porte de la salle d'autopsie s'est ouverte brusquement, et Malloy est entré au pas de charge. Il s'est approché de la table d'un air conquérant, s'est planté entre Hancock et moi et a contemplé le cadavre.

— Ouah, a-t-il ricané. On parle des brûlures du rasoir. (Il s'est rendu compte que son humour tombait à plat.) J'ai entendu parler de rasages de près, mais…

Il nous a regardés l'un après l'autre, puis a haussé les épaules.

Hancock le contemplait en écarquillant les yeux.

— Quand est-ce qu'on l'ouvre, toubib ?

— Évidemment, vous arrivez juste à temps, a dit Levitsky. L'officier Malloy est resté avec moi jusqu'à dissection complète de tous les organes de Mlle Johnston. Il porte un intérêt insatiable aux preuves matérielles.

— C'est foutrement vrai, a dit Malloy. Il ne faut négliger aucun indice. Je viens d'interroger le pédé avec qui cette pute vivait.

Hancock a fermé les yeux.

— Un pâtissier au chômage. Un vrai camé. Et quand on est accroché comme elle à cette saloperie, il faut s'attendre à…

J'ai balancé un coup de coude dans la bouche de Malloy. Il s'est affalé avec un bruit mou et s'est tortillé sur le sol.

Hancock m'a saisi par le bras et regardé fixement, une main sur son revolver, puis a lentement lâché prise. Tout son corps semblait se dégonfler. Elle s'est retournée vers la table, a tendu la main et l'a posée sur la cheville de Monique.

— Cette fille est ma nièce, docteur Levitsky, a-t-elle dit. Faites votre maximum, s'il vous plaît.

— Merde ! Mes dents ! a gémi Malloy.

Hancock ne bougeait pas, les yeux fixés sur ses doigts qui caressaient légèrement la peau de Monique, puis elle s'est retournée et s'est avancée vers lui. Elle l'a attrapé sous l'aisselle et l'a remis debout.

— J'ai besoin de tout le monde sur cette affaire. N'essayez pas de vous faire porter pâle, a-t-elle dit. Allez voir votre dentiste, faites-vous arranger ça et revenez au commissariat. (Elle l'a laissé retomber puis m'a regardé.) Souvenez-vous. Tout ce dont vous aurez besoin.

Il était 9 heures quand j'ai quitté la morgue. J'avais dépassé le stade de la fatigue, je planais dans une sorte de brouillard. Je suis monté en voiture, j'ai fait demi-tour et j'ai glissé un vieil album de Ray Charles dans le lecteur CD.

Je voulais voir l'appartement de Monique pour vérifier que le tueur n'avait pas laissé d'autre signature sur le lieu du crime, mais j'éprouvais le besoin de m'arrêter d'abord à l'hôpital pour voir Cathy. Je n'aurais su dire pourquoi. Elle avait peut-être raison. Elle faisait peut-être partie de mes vices. J'ai enclenché une vitesse et pris le chemin d'Union Street, puis me suis arrêté brutalement en découvrant une petite enveloppe en papier kraft – comme celle dans laquelle je mettais ma collection de timbres quand j'étais môme – collée sous la boîte à gants. Je l'ai ouverte. À l'intérieur il y avait un petit sac en plastique fermé par un zip, dans lequel il semblait y avoir de la cocaïne, et une petite carte. J'ai commencé par la carte. D'un côté, il y avait les horaires des messes au Sacré-Cœur. De l'autre, Hancock avait écrit : « Tout ce que vous voudrez. » Par exemple, vous offrir votre drogue préférée. J'ai jeté la carte sur le tapis, j'ai sorti le sac en plastique et l'ai roulé entre mes doigts.

C'était doux et tentant. Un coussin pour reposer ma tête. J'ai dégluti et j'ai imaginé ne plus sentir ma gorge.

J'ai entrouvert le sachet, pris une pincée que j'ai étalée sur ma gencive supérieure. Elle est devenue immédiatement insensible. *Insensible*. Même si je me sentais bien, ce mot commençait à m'embêter. J'ai repensé à la réflexion de Rachel disant que je n'aurais pas besoin de coke si j'avais conscience de ma rage. Je savais qu'elle avait raison, sans le moindre doute, et pourtant j'ai pris une deuxième pincée pour endormir ma gencive inférieure, et une troisième pour mon nez. *Endormir*. Un autre mot sur lequel méditer.

Mon cerveau s'est désembrumé, mais je craignais que cette éclaircie ne soit qu'une illusion provoquée par la distance, comme ma vision romantique des tankers dans le port de Chelsea.

J'ai mis la gomme, descendu à toute allure Union Street et slalomé dans la circulation de Boston Street pour aller à l'hôpital de Stonehill. Je me suis rangé sur l'un des emplacements réservés aux médecins. Au bout de la rangée, garée en marche arrière, la Ferrari rouge de Trevor Lucas. J'ai secoué la tête en regardant sa plaque avant fantaisie : MATUVU. J'avais mis un certain temps à la déchiffrer la première fois. Je pensais que c'était paillard. Maintenant je lisais automatiquement : M'as-Tu Vu, le cri du cœur d'un égomaniaque patenté. J'ai franchi les marches quatre à quatre, puis le hall en direction de l'ascenseur.

Kris Jerold, la réceptionniste, m'a dit que Cathy faisait la tournée de ses patientes.

— Elle aura fini dans moins d'une heure, a-t-elle dit en tripotant les trois anneaux de ses oreilles. Je lui dirai que vous êtes passé.

— Vous avez changé de coiffure.

— C'est couleur saumon, maintenant, a-t-elle répondu.

— Je pense que c'est ce qui a attiré mon attention. Ça vous change.

— Merci.

— Comment va-t-elle ?

— Le Dr Singleton ?

— Évidemment. Qui d'autre nous intéresse ?

— Elle va bien.

— Bien ?

Elle s'est mordu la lèvre.

— Enfin, pas vraiment. Elle… Mais je suis débordée. Je n'ai pas vraiment le temps de discuter.

La porte du bureau de Cathy s'est ouverte juste à ce moment-là, et Trevor Lucas en est sorti. Il a fait quelques pas, m'a repéré et s'est arrêté.

J'ai regardé Kris.

— Pas bien du tout.

Je me suis avancé vers le coin du comptoir de réception.

— Tiens, le bagarreur, a ironisé Lucas. Savez-vous que c'était un complet de chez Brioni ? À quatre mille dollars.

Celui qu'il avait sur lui en valait au moins autant. J'ai jeté un coup d'œil à la boucle en or, avec monogramme, de sa ceinture, puis à ses pompes en croco.

— Je suis sûr que vous avez de toute façon une sacrée garde-robe.

— À chacun ses vices.

Kris a brassé quelques papiers, s'est excusée et est sortie dans le couloir. J'ai remarqué des égratignures profondes et à vif qui partaient sous l'oreille droite de Lucas et finissaient au niveau de son col de chemise.

C'était la seule partie de sa personne qui ne semblait pas impeccable.

— Vous avez été attaqué ? ai-je demandé. (Je clignais des yeux pour mieux voir.)

Il a touché sa peau abîmée.

— Une chose dont notre gamine ne manque pas, c'est de passion. Je ne crois pas que ça vous ait jamais vraiment frappé. Mais nous en avons déjà parlé hier soir.

— Tout ce dont je me souviens, c'est que vous vous êtes cassé.

— Je suis là maintenant.

Je m'apprêtais à lui foncer dessus quand Cathy est apparue à sa porte. Elle avait l'air plus furieuse que jamais.

Lucas s'est rendu compte que je regardais derrière lui. Il s'est retourné vers Cathy, puis s'est écarté, si bien que nous formions les trois points d'un triangle.

— Pourquoi ne racontes-tu pas à Frank la raison pour laquelle tu m'as lacéré comme ça, a-t-il dit avec un sourire narquois.

— Va te faire foutre, a sifflé Cathy. Je ne t'ai pas touché.

— Je t'ai rendue jalouse, pas vrai ?

— Jalouse de quoi ? Tu es fou.

— Ne mens pas, Souris.

Cathy m'a regardé. La tristesse a envahi ses yeux.

— S'il te plaît, fais-le partir, a-t-elle imploré.

Au fond de moi, j'avais envie de la voir poussée à bout, mais une larme coulait sur sa joue.

— Pourquoi ne partez-vous pas, tout simplement ? ai-je demandé à Lucas sans conviction.

— Dis-lui. Dis-lui à quel point tu étais furieuse. Il te connaît mal.

Les larmes ruisselaient sur son visage.

Lucas a secoué la tête.

— Stupéfiant, hein, sa capacité à changer d'humeur en un rien de temps. (Il m'a regardé.) Qu'est-ce que vous en pensez ? Voici une femme hautaine, et, dans la minute suivante, c'est une enfant perdue.

Cathy s'est détournée. Elle avait la joue rouge et gonflée.

J'ai serré les mâchoires.

— Il t'a frappée ?

— C'est sans importance, a-t-elle sangloté.

J'ai regardé fixement Lucas.

— Sortez !

— Vous voulez la laisser s'en sortir comme ça, camarade ? Un petit numéro de demoiselle en pleurs, et elle est tirée d'affaire. Vous ne voulez même pas qu'elle vous explique ce que je fais ici ? Ce que nous faisions là-dedans ?

Il désignait son bureau de la tête.

Je le voulais et ne le voulais pas à la fois.

— C'est à vous de décider, a-t-il dit après plusieurs secondes. Je reste ou je sors ?

— Je vous ai dit de partir.

Il a regardé Cathy.

— Elle vous racontera tout le moment venu.

Il s'est dirigé vers l'ascenseur.

Je me suis approché de Cathy et je lui ai légèrement touché le visage. Même après l'avoir trouvée en compagnie de Lucas, je la voulais près de moi. Mais je ne savais pas trop de quelle façon.

— Tu as rompu avec lui ? ai-je demandé.

— Je ne veux plus le voir. Plus jamais.

— Tu as déjà dit ça.

Elle a écarté son visage de ma main.

— Laisse-moi seule, alors, si c'est ce que tu veux.

— Ce n'est pas ce que je veux. (Elle s'est radoucie, a pris ma main dans les siennes.) Je veux essayer de comprendre ce qui s'est passé. Pour toi. Pour nous.

— Je croyais qu'on était d'accord, qu'il fallait d'abord régler ton problème. Tu sais bien que c'est toi que je veux, mais, quand tu touches à cette merde, c'est comme si tu n'étais pas là.

J'ai hoché la tête.

— J'étais décidé à aller chez McLean.

— Et…

— Il se trouve que j'avais raison ; Hancock avait fait fausse route. Il y a eu un autre meurtre.

— Quoi ? Qu'est-ce que tu dis ?

— Une autre femme a été bousillée cette nuit.

— Dis-moi qu'elle ne travaillait pas à l'hôpital.

— Non. C'était une danseuse du Lynx Club.

— Une strip-teaseuse ?

— Oui. Une strip-teaseuse.

— Eh bien, Sarah n'a jamais fait ce genre de chose. Quel est le rapport ?

J'essayais d'être gentil.

— Les blessures ressemblaient beaucoup à celles de Sarah.

Elle a fermé les yeux.

— Hancock veut que je suive l'affaire.

Elle a lâché ma main.

— Ça ne change rien au fait que tu as besoin d'une désintox.

— Je la ferai. Quand ce sera réglé.

— Ce ne sera jamais réglé. Tu trouves toujours une raison pour rester shooté, Frank. Je ne crois pas que tu fais ça pour Sarah, ou moi, ou Hancock ou qui que ce soit. Ce ne sont que des excuses pour justifier ta conduite.

— Je ne peux pas laisser tomber.

Elle a levé les yeux au ciel.

— Dans ce cas, s'il te plaît, ne viens plus me voir. D'accord ?

Elle est rentrée dans son bureau et a commencé à fermer la porte.

Je l'ai bloquée avec mon pied.

Son visage est devenu livide. Ni tristesse. Ni colère.

— Je ne vais pas rester là à te regarder te détruire. Si tu ne pars pas, j'appelle la sécurité.

— Tu quoi ?

Sa respiration s'est accélérée.

— Va-t'en, avant que je perde mon calme.

Elle parlait sérieusement.

— Très bien. (J'ai retiré mon pied.) Mais souviens-toi…

Elle a claqué la porte.

10

Tandis que je descendais les marches de l'hôpital, j'ai entendu Lucas lancer le moteur de sa Ferrari. La voiture a bondi de sa place de parking et s'est arrêtée juste devant moi.

— J'aurais dû vous prévenir : elle n'est pas d'humeur sociable ! m'a-t-il crié.

Je n'étais pas d'humeur à ce qu'on se foute de ma gueule. Je me suis approché de lui.

— Bon Dieu, quel barracuda. (Il a souri, tout en enfilant des gants de conduite en cuir noir.) Elle va nous bouffer tous les deux, si on la laisse faire.

J'ai appuyé mon bras sur le toit de sa voiture et saisi son rétroviseur extérieur de l'autre main.

— Elle m'a dit que vous l'aviez frappée.

Il s'est raidi.

— Pourriez-vous retirer votre main ? Je viens de faire réviser la voiture.

J'ai laissé ma main où elle était et l'ai regardé.

— Ça brille comme un sou neuf. Je n'en attendais pas moins d'un spécialiste en chirurgie esthétique. (J'ai glissé la tête à l'intérieur. La sellerie en cuir couleur champagne semblait destinée à une exposition. Des tapis orientaux assortis lie-de-vin et beige occupaient la place des tapis de sol. La poignée du levier de vitesses avait été remplacée par une boule d'ivoire verni, incrustée d'un symbole yin-yang en nacre.) Soigné jusqu'à l'obsession, ai-je dit en me relevant.

— Et j'aimerais que ça continue. Alors retirez votre main.

— Je vais le faire. Soyez sans crainte. Admettez simplement que vous l'avez giflée.

Il m'a jeté un regard furtif.

— Est-ce que je ressemble au père Noël ?

— Hein ?

— Ne vous fiez pas à la couleur ; ceci n'est pas un traîneau. Je n'ai pas de rennes. Vous n'avez pas de lettre pour moi. Je ne descends pas dans votre cheminée pour apporter bonheur et joie. Je ne porte pas de bottes noires et…

— Ça suffit. De quoi diable parlez-vous ?

J'ai poussé sur le rétroviseur. Le métal a craqué.

— Nom de Dieu, lâchez-moi ça.

— Avouez que vous l'avez frappée. C'est si difficile que ça ?

Il a secoué la tête.

— Écoutez, je comprends ce que vous voulez. Et je suis d'accord. Elle a terriblement besoin qu'on évacue toute la merde qui est en elle. Je veux dire, un sacré nettoyage. Mais ce n'est pas mon métier. C'est le vôtre. Et vous ne pouvez même pas supporter la vue d'une larme. Allez-y et cassez ma bagnole si vous voulez ; mais je ne ferai pas votre sale boulot. (J'étais bouche bée.) Je vais vous dire ma position de fond : je la piloterai jusqu'à ce que vous ayez le courage de soulever le capot et la répariez. Je la maintiendrai bien lubrifiée. Mais je ne peux pas prendre la responsabilité d'une remise en état complète. Après tout, c'est vous le spécialiste en analyses.

Mon regard s'est fixé sur la jonction entre le nez et la lèvre supérieure. Un coup sec peut casser net l'os du nez et péter le maxillaire presque sans possibilité de réparation. Mais au fond de moi, le personnage de Lucas me passionnait, de la même façon que Paulson Levitsky se passionnait pour une bactérie vorace. C'était un spécimen en chair et en os de psychopathie.

— Hé, à propos d'exemples typiques de la nature féminine, a-t-il dit, vous apprécierez ça.

Il a montré le pare-brise.

Je ne voulais jeter qu'un bref coup d'œil vers ce qu'il me montrait, mais je n'ai pu détacher mon regard d'un anneau en or pendu au rétroviseur par quelques centimètres de fil à suture en Nylon bleu. Comment ne l'avais-je pas remarqué ? Mon pouls s'est accéléré.

— Qu'est-ce que c'est ? ai-je demandé.

— Vous n'allez jamais me croire.

— Essayez.

— Vous d'abord. (J'ai ramené ma main sur la portière.) Vous ne le reconnaissez pas ?

— Non, ai-je menti.

— Vous tentez votre chance ou vous achetez une voyelle ?

— Ni l'un ni l'autre. Ce n'est pas un jeu.

— Tout est un jeu, Frank. Je vous donne un indice : il appartient à l'une des danseuses qu'on a vues hier soir. Candy, la fille aux splendides nichons. Je lui ai lancé un billet de dix.

— Celle qui était percée.

— Bingo.

— C'est l'anneau qu'elle portait. Comment avez-vous mis la main dessus ?

— C'est une longue histoire. Vous avez probablement d'autres rendez-vous.

— J'ai tout mon temps.

— Je savais que cela allait vous intéresser. On est pareils. (Avec son doigt ganté, il a donné une petite chiquenaude à l'anneau. Il s'est balancé au bout du fil à suture.) Je l'ai raccompagnée à son appartement, tard hier soir. Elle aime se balader dans cette voiture. (Il a fait rugir le moteur et a regardé ma main.) Vous sentez ça ? Elle dit que c'est comme si on enfourchait un avion à réaction.

— Incroyable. Elle s'est mise à poil ? Là-bas ?

— Ici, mon ami. (Il a tapoté le siège.) Et je me la tape pratiquement quand je veux. C'est notre contrat.

— Quelle sorte de contrat ?

— C'est un secret.

Je ne voulais pas aller trop vite, trop loin.

— Ne me faites pas languir. C'est un bon coup ?

— Bon ? Elle a été phénoménale.

— Fantastique, ai-je approuvé. Mais pourquoi avez-vous l'anneau ?

— Vous allez me prendre pour un fou.

— Hé, vous l'avez dit vous-même : vous n'êtes pas le seul médecin pervers du nord de Boston.

Il a tendu la main vers le rétroviseur, tiré d'un coup sec sur le fil de suture et fait tomber l'anneau dans la paume de sa main. Puis il a fermé les yeux et l'a reniflé.

— Il a gardé son odeur.

Il a tendu l'anneau vers mon visage. J'avais envie de l'étrangler, mais je me suis penché et j'ai reniflé. Je n'ai rien senti du tout, peut-être à cause de la coke. J'ai gardé les yeux fermés tout en me relevant.

— Je ne vous dis pas, si vous pouviez mettre ça en bouteille et le vendre, ai-je soupiré.

— Ou faire des cartes postales à gratter parfumées à l'eau de Candy ?

J'ai ri.

— Comment l'avez-vous récupéré ?

— Vous voulez tous les détails ?

— Absolument tous.

— Vous êtes vraiment aussi atteint que moi. (Il a regardé autour de lui comme si quelqu'un risquait de nous entendre.) Imaginez-la assise ici vêtue d'une petite jupe étroite vert citron remontée jusqu'à la taille.

— Très bien.

— Elle s'est penchée vers moi. Elle était excitée parce qu'elle aimait que je la caresse et que je m'amuse avec son anneau d'or. Je l'ai attrapée par les cheveux, de jolis cheveux blonds et soyeux.

— Super.

— Là-dessus, j'ai joui, mais j'ai dû perdre les pédales un instant, parce que j'ai tiré dur sur l'anneau. Vraiment dur. Et ça l'a déchirée. Elle a hurlé comme si j'avais enfoncé un couteau…

— C'est là qu'elle vous a lacéré le cou ?

Il a levé les yeux au ciel.

— Vous avez oublié ? Je vous ai dit que c'est ce monstre de Cathy qui m'a fait ça.

— Ce monstre de Cathy ?

— C'est comme ça que je l'appelle quand elle est folle de rage.

— Oh !

— Puis-je continuer ?

— Je suis tout ouïe.

— Bon. Parce qu'on en était au moment le plus excitant de l'histoire. Vous allez apprécier, en tant que psy.

L'excitation que j'avais pu ressentir avait disparu avec l'image de la chair ensanglantée de Monique.

— Continuez, ai-je réussi à dire.

— Bien, quand j'ai arraché l'anneau, elle a eu du plaisir. Elle tremblait et gémissait. Et alors, c'est complètement dingue, que croyez-vous qu'elle m'ait dit ?

Je n'arrivais plus à cacher ma répulsion.

— Aucune idée, ai-je répondu d'un air renfrogné.

— Ne vous en voulez pas. Comment pourriez-vous deviner ? Elle s'est penchée et elle m'a murmuré à l'oreille qu'elle… (Il a éclaté de rire.) Elle… Elle m'a dit… (Il se tenait les côtes et avait du mal à parler.) Elle m'a dit… qu'elle m'aimait.

J'ai eu la nausée.

— Et vous l'avez tuée, ai-je conclu.

— Parfait. Vous êtes extra. (Il riait encore, puis soudain il est redevenu sérieux.) Je ne sais lequel de nous deux est le plus atteint.

— Pourquoi l'avez-vous coupée en morceaux ? ai-je demandé.

— Coupée en morceaux, comment ça ? Qu'est-ce que vous voulez dire ?

— Ses seins et son sexe ont été mutilés. J'arrive de la morgue. Pourquoi avez-vous fait ça ?

— De la morgue… (Il m'a regardé, livide.) Je ne sais pas. Pourquoi aurais-je fait ça ?

Sans me prévenir, il a mis les gaz. J'ai tout juste réussi à plonger pour échapper à sa roue arrière qui tournait dans ma direction. Je me suis écrasé sur le sol. J'avais l'impression d'avoir les côtes enfoncées. Je me suis relevé péniblement. La Ferrari était arrêtée près de la sortie. Elle y est restée quelques secondes, puis a reculé à toute allure vers moi. J'ai boité jusqu'à l'escalier.

Lucas a bloqué ses roues et s'est arrêté là où nous étions. Il est descendu de voiture et s'est dirigé vers moi.

La meilleure défense serait de lui mettre un coup de boule dans l'estomac. J'ai pris appui sur un genou, prêt à bondir.

Il s'est arrêté à un mètre cinquante, juste hors d'atteinte.

— Je suis désolé, Frank, a-t-il dit, mais j'en ai eu assez d'entendre des saloperies sur moi. Je suis le plus brave type que vous ayez jamais rencontré. Si je tuais quelqu'un, ce ne serait pas sans une bonne raison, et je serais le premier à m'en vanter.

Il m'a tourné le dos, est remonté en voiture et est parti.

Je me suis dépoussiéré et traîné jusqu'à la Rover. J'ai verrouillé les portes, puis je me suis tâté le flanc pour vérifier que je n'avais rien de cassé. J'avais appris à faire cet examen longtemps avant mes études de médecine. Quand j'avais treize ans, mon père m'avait donné un coup de poing qui m'avait cassé deux côtes. Je ne me rappelais plus pourquoi il s'était mis en colère, et lui-même n'en savait sans doute rien sur le moment, mais je me souviens que j'avais menti à Henry Harris, notre médecin de famille, en lui disant que je m'étais blessé en plongeant vers la seconde base au cours d'un match de base-ball improvisé dans le parc. Harris avait été boxeur dans les marines, et tous ses mouvements ressemblaient à une élégante chorégraphie. Je l'avais observé tandis que ses doigts dansaient le long de mon torse, ses yeux scrutant mon visage pour capter le moindre signe de douleur, repérant les fractures, tout en me parlant de la meilleure façon d'esquiver, les pieds d'abord, sans perdre le sac des yeux. Après m'avoir bandé le thorax avec un pansement élastique, il m'avait soulevé sans effort, posé sur le papier blanc froissé qui recouvre toutes les tables d'examen, et m'avait donné un conseil supplémentaire.

— Tu rentres chez toi et tu te reposes. Je vais dire deux mots à ton père sur les suites possibles des accidents de sport. Si tu es encore blessé, tu rappliques immédiatement et tu me le dis.

Quand mon père est rentré, il avait une lèvre fendue et un coquard à l'œil. Plus tard, ce jour-là, l'oreille collée à la porte de la salle de bains, je l'ai entendu pleurer pour la première fois et je me suis rendu compte – pour la première fois aussi – que je l'aimais. Que je l'aimerais toujours, en dépit de tout. Et ça rendait les raclées encore plus difficiles à supporter.

Je n'ai pas décelé de fracture. Ma respiration étant régulière, je n'avais pas de poumon percé. Mais j'étais salement secoué. Instinctivement, j'ai tendu le bras vers la boîte à gants pour le sachet de poudre blanche. Pour le confort.

Confort. Était-ce vraiment ce qu'il me fallait ? Quelle distance séparait confort et engourdissement ? Comment pourrai-je découvrir les secrets d'un meurtrier, qui sont toujours liés à une grande souffrance, si mon propre but était d'échapper à la souffrance ?

Je pouvais presque entendre Ted Pearson me répéter qu'on agit mal pour échapper à la douleur.

— Affronter ses démons devient un devoir moral, m'avait-il affirmé. C'est la seule façon de ne pas devenir comme votre père.

L'avertissement de Pearson ne m'avait pas empêché de sécher mes séances de psychothérapie, mais je me rendais compte aujourd'hui qu'il avait raison. À combien de personnes allai-je nuire avant d'accepter ma propre souffrance ?

Je tenais le sachet entre mes doigts. La poudre s'écoulait d'une manière tentante. J'ai ouvert, plongé le bout d'un doigt mouillé à l'intérieur et savouré une dernière fois le goût amer de la coke. Puis, sans états d'âme, j'ai balancé par la fenêtre à peu près trois grammes de marchandise.

Je suis resté assis pendant une minute, à me convaincre de ne pas ouvrir la portière pour voir s'il n'y avait pas moyen de récupérer de la poudre sur le goudron. Quand je me suis imaginé à quatre pattes en train de lécher le sol, j'ai définitivement renoncé.

Il fallait que je dise à Hancock que Lucas avait l'anneau de Monique, mais je voulais être certain de ce que j'allais dire d'autre. Ma jalousie et ma colère pouvaient facilement me faire décrire Lucas comme le tueur alors que tout ce que je savais réellement, c'était qu'il avait en sa possession quelque chose qui avait appartenu à la deuxième victime. Il était vrai qu'il l'avait vue juste avant sa mort, mais moi aussi. Et j'étais troublé par la question qu'il m'avait posée. *Pourquoi aurait-il fait ça ?* S'il entretenait une rage contre les femmes, il avait trouvé la profession idéale pour l'assouvir : il les découpait chaque jour et était grassement rémunéré pour son travail. Peut-être que ça ne lui suffisait plus, peut-être que le fait que ses patientes voulaient être charcutées supprimait tout le plaisir. Dans les opérations esthétiques, après tout, sa rage était canalisée par leurs caprices. Il en avait peut-être marre de ne travailler que sur commande. Tracer des entailles précises sur le visage, les seins ou les fesses d'une femme pouvait ne pas combler un homme qui serait, au fond de lui-même, un boucher. Mais alors pourquoi m'avoir montré l'anneau ? Voulait-il que je l'empêche de continuer ? Ça faisait cliché.

La motivation de Lucas ne me semblait toujours pas plausible. Peut-être trouverai-je un indice dans l'appartement de Monique.

J'ai mis en route la Rover et j'ai reculé. J'ai eu de nouveau une violente envie de ramasser la coke par terre. Après tout, j'avais besoin de réfléchir. Mais, pour la première fois depuis la nuit des temps, j'étais encore plus convaincu que j'avais besoin de ressentir les choses.

Union Street donne dans Joyce Street, qui mène aux Collines, la partie de Lynn qui abrite les plus déshérités. C'est un environnement de verre brisé : éclats qui scintillent dans les rues, morceaux de vitres accrochés aux fenêtres, bouteilles fracassées dans les caniveaux. J'ai tourné à gauche dans Monroe Avenue et je me suis garé devant le 115, un bâtiment sur trois niveaux d'un vert à gerber, avec une camionnette rouillée dans l'allée. Deux voitures de police étaient garées sur la bande poussiéreuse qui avait été une pelouse.

Des trois sonnettes à la porte d'entrée, seule celle du deuxième étage avait une étiquette. Un morceau de papier jauni portait les noms de Massepain et Pelletier.

J'ai pénétré dans le hall. L'odeur me rappelait l'air vicié de l'immeuble de trois étages dans lequel j'avais grandi, mais il s'y mêlait une odeur plus douceâtre. J'ai reconnu celle de la cocaïne en train de fondre.

L'appartement à droite de l'escalier n'avait plus de porte, et je pouvais voir des matelas alignés sur la carpette orange. Des boules de papier d'aluminium jonchaient le sol. Je savais pourquoi. C'était une fumerie de crack. Pour un billet de dix, on vous en filait un morceau, un bout d'aluminium pour vous en faire un tuyau, et un coin pour vous asseoir et fumer. La quantité de détritus dans la pièce montrait que c'était une affaire prospère. Malloy la laisserait sans doute rouvrir – contre une rente mensuelle – après la fermeture des lieux. Ça ne changerait pas grand-chose ; on trouve inévitablement du crack dans une cité qui meurt.

J'ai pris l'escalier. Le bois craquait sous mes boots.

La porte du premier était fermée, mais j'entendais un homme et une femme qui s'engueulaient en espagnol.

Je suis monté en vitesse. Une bande de plastique jaune sur laquelle on avait écrit BARRIÈRE DE POLICE – NE PAS FRANCHIR barrait l'entrée de l'appartement de Monique. Angel Zangota, le sergent qui m'avait déjà escorté jusqu'à la cellule de Westmoreland, était là en train de parler avec un individu efflanqué au crâne rasé. Il m'a aperçu et est venu vers moi.

J'ai arraché la bande de plastique.

— Ne venez pas me faire chier en me disant que l'endroit est interdit, ai-je dit. Je travaille directement pour Hancock. Si vous avez des doutes, appelez-la.

— Kevin Malloy…

— Qu'il aille se faire foutre.

— Malloy m'a signalé que vous étiez libre il y a quelques minutes. Je crois qu'il a un problème de santé. Sinon il serait venu lui-même.

— Il a un problème de dents.

— C'est exact. Il m'a appelé du cabinet du Dr Plotka. Comment le savez-vous ?

— Peu importe. Qu'est-ce qu'il a dit ?

— Il faut lui refixer deux molaires.

— Je veux dire, à propos de moi.

— Que je devais m'assurer que vous ayez accès à tout ce que vous voudrez, rez-de-chaussée compris.

— Qu'est-ce que le rez-de-chaussée vient faire là-dedans ?

— La contrebande qu'on a confisquée est dans la voiture de police. (Il m'a adressé un clin d'œil.) Banquette arrière, côté passager. Les allumettes sont dans la boîte à gants.

Deux cent cinquante dollars de l'heure et toute la cocaïne que je voudrai renifler ou fumer. Que n'aurais-je pas donné pour un contrat pareil deux jours auparavant ?

— Merci quand même, lui ai-je dit.

— Vous êtes sûr ?

— On verra plus tard.

— Plus tard, il n'y en aura plus. C'est de la bonne marchandise.

Je l'ai regardé dans les yeux et j'ai vu qu'il était chargé.

— Ça se voit.

Je suis passé devant lui et j'ai tendu la main à l'homme au crâne rasé.

— Frank Clevenger. Je suis le psychiatre qui collabore à l'enquête.

Il a pris ma main dans les siennes. Au bout de ses longs doigts ses ongles étaient rouges.

— Je m'excuse pour le désordre, a-t-il zézayé. Je ne devais toucher à rien.

J'ai retiré ma main et jeté un coup d'œil autour de moi. La table basse était retournée. Une lampe brisée jonchait le sol. Mes yeux se sont fixés sur le canapé. Le coussin du milieu était taché de sang. Il y avait aussi des éclaboussures par endroits sur les murs.

Zangota s'est joint à nous.

— Docteur Clevenger, voici Mercure Massepain.

— *Mercure Massepain ?*

— Tout le monde ne peut pas être dans la pâtisserie, Frank, a répliqué Massepain.

— Dieu merci. Ce n'est pas votre vrai nom ?

— Mes parents étaient traiteurs romains, a-t-il expliqué avec un sourire affecté. (J'ai répondu à son sourire.) J'ai changé de nom quand j'ai quitté la CIA.

— Vous travailliez pour la Central Intelligence Agency ? a demandé Zangota.

Massepain s'est tourné vers lui.

— J'étais agent double, a-t-il rigolé, jusqu'à la chute du Mur. (Il m'a de nouveau regardé.) CIA, comme Culinary Institute of America. Mon chef-d'œuvre était une statue de Mercure d'un mètre cinquante en massepain avec des ailes, un casque et tout.

— D'où Mercure Massepain ?

— Ce nom convenait mieux pour la place que j'avais acceptée.

— Quelle place ?

— Cochef pâtissier au Ritz. (Il a pris un air solennel.) Vous comprenez, mon vrai nom est Elliot Stankowitz.

— Je comprends, ai-je dit.

— Monsieur Massepain vivait avec Monique Pelletier depuis deux ans, a interrompu Zangota.

— Faux, Zorro, a dit Massepain.

— Zangota, ai-je corrigé.

— Bon, à présent il comprend peut-être ce que ça fait. Je suis *madame* Massepain. Enfin, en principe, c'est comme ça que ça devrait finir. Vous pourriez piger, en tant que psy. Je change d'affectation. J'en étais déjà tout chamboulé, et maintenant voilà que…

Il a regardé autour de lui.

Pour la première fois j'ai remarqué que Massepain avait des tétons qui pointaient sous sa chemise de lin jaune.

— J'ai changé plusieurs fois d'affectation moi aussi, a approuvé Zangota. Salem, Saugus, et maintenant Lynn. Je vous comprends. Ça fait un gros changement.

— Il parle d'affectation sexuelle, Angel, ai-je précisé. Mercure est en train de devenir une femme.

— *Congratulaciones*, a dit froidement Zangota.

— Zorro ne veut pas que je me coiffe, a protesté Mercure, montrant le dessus de cheminée. Une longue perruque brune trônait sur une tête en céramique. La face blanche était tachetée de sang.

— Ils en ont besoin comme élément de preuve, ai-je dit.

— Moi aussi, j'en ai besoin. Je me sens tout nu.

— Pourquoi avez-vous dit que vous devriez devenir *Madame* Massepain *en principe ?* Vous avez changé d'idée ?

— Pas un millième de seconde. Et de voir un beau gosse comme vous ne fait que confirmer ce que je sais de moi. (Il m'a reluqué.) Vous pourriez poser. Vous le savez, au moins ?

— Merci. Mais si vous n'avez pas changé d'idée, pourquoi n'êtes-vous pas sûr de devenir une dame ?

— Des circonstances que je ne maîtrise pas, a-t-il dit en secouant la tête.

— Par exemple ?

— La mort de Monique.

— Qu'est-ce que ça change ?

— Elle faisait partie du contrat.

— Quel contrat ? a demandé Zangota.

— Je ne dirai pas un mot de plus tant que je ne pourrai pas mettre ma perruque.

— D'accord. Mettez-la, ai-je dit.

Massepain s'est dirigé vers la cheminée.

— Il va souiller le…, a commencé à dire Zangota.

— Allons, ce n'est pas le cas O. J. Simpson. Il l'a déjà mise des centaines de fois. Pas la peine d'en faire une histoire.

— Okay. Mais je n'ai rien vu.

— Pas de problème. Je dirai à la télé que vous étiez trop camé pour vous rendre compte de quoi que ce soit.

Massepain est parti s'arranger devant le miroir de la salle de bains. Je me suis approché jusqu'à la porte ouverte. Il se mettait du mascara.

— Alors, de quel contrat Monique faisait-elle partie ?

Il s'est penché vers le miroir pour inspecter ses cils. J'attendais.

— On n'en parlera pas dans les journaux ou ailleurs, hein ? Mes parents en tomberaient raides morts.

Je me suis dit qu'il prenait ses désirs pour la réalité.

— Il y a toujours des fuites dans les enquêtes. Je ne peux rien promettre.

— Ma famille serait très gênée. Ils sont très vieux jeu. Papa dirige l'Essex Yacht Club à Marblehead. (Il a pris du rouge à joue.) Quand j'ai été arrêté l'an dernier pour détention de drogue, il a fait un petit infarctus.

— Si ce que vous allez me raconter est aussi délicat que vous semblez le croire, je suis sûr que ça peut les bouleverser, ai-je dit. Surtout lui.

J'ai noté un petit rictus sur le visage de Massepain tandis qu'il dévissait un bâton de rouge à lèvres rose. Il se l'est passé sur les lèvres, puis il les a frottées l'une contre l'autre. Il s'est tourné vers moi.

Avec sa perruque et son maquillage, on aurait dit une femme. Jolie, même.

— Quelle femme ! ai-je dit.

— Vous êtes gentil. (Sa voix s'était adoucie. Il semblait plus calme. Il s'est assis sur le rebord de la baignoire et a croisé les jambes. Elles étaient rasées.) C'était pour m'opérer le sexe. Mon médecin pouvait se taper Monique ou moi autant qu'il le voulait, en échange de son intervention. Mais maintenant que Monique n'est plus, je ne sais pas s'il honorera son contrat. Je crois que c'est elle qu'il préférait.

— Pourquoi dites-vous ça ?

— Pour rien, s'est-il renfrogné.

— Allez, Mercure. Vous parlez à un psy.

Il a haussé les épaules.

— Il n'avait de relations sexuelles avec moi que dans l'appartement, enfermé à clé dans la chambre, comme s'il avait honte. Mais il se tapait Monique, n'importe où. Même dans sa voiture.

Je suis resté silencieux quelques secondes.

— Quelle sorte de voiture ? ai-je finalement demandé.

— Une queue de substitution, si vous voulez mon avis. Il est monté comme un moineau.

— Quelle sorte de voiture ?

— Du genre voyant. Une Ferrari rouge.

J'ai essayé de contrôler ma respiration.

— Pourquoi Monique aurait-elle voulu vendre son corps pour que vous deveniez une femme ?

— Vous rigolez. Cette petite salope n'aurait pas roulé un patin pour me sauver la vie. Sauf le respect qu'on doit aux morts. (Il a touché le bois de la porte.) Le contrat comprenait les deux opérations.

— Les deux ? Quelle opération voulait-elle se faire faire ?

— Elle, elle l'a eue. C'était une vraie planche à repasser avant les implants. (Il a regardé sa poitrine.) J'espérais en avoir ne serait-ce que la moitié. Elle n'avait aucune cicatrice visible.

— Ce médecin… s'appelle-t-il Trevor Lucas ?

— Ce n'est pas un de vos amis, au moins ?

— Non.

— Mais vous le connaissez.

— De mieux en mieux.

— Pourriez-vous lui en toucher un mot ? Je ne pourrai pas supporter plus longtemps de rester comme ça.

En l'entendant parler de cette manière, j'ai eu peur.

— Vous n'êtes pas désespéré au point de vous foutre en l'air, hein, Mercure ? Vous me le diriez.

— Vous me trouvez l'air si mal en point ?

— Non. Mais en ce moment, je m'inquiète facilement…

— Faut pas. (Il a pris son sexe dans sa main.) Vous comprenez mon problème ?

— Oui. Je comprends. (J'ai secoué la tête.) Je vais vous donner un conseil : restez à l'écart du Dr Lucas. Ça craint beaucoup moins de changer d'idée que de sexe.

— C'est vite dit, gros caïd. Vous n'êtes pas piégé dans un corps inadéquat.

Il s'est levé et est retourné devant le miroir.

Je l'ai regardé rajouter du rouge à ses joues. J'avais envie de fouiller dans son psychisme pour trouver ce qui l'avait castré. J'avais même la phrase d'ouverture : *il y a longtemps qu'on vous a coupé Popaul.* Ça pouvait le rendre assez dingue pour qu'il lâche la bride à quelques-uns de ses démons. Mais ensuite quoi ? Qu'est-ce qui pourrait arriver dix minutes plus tard, quand il flairerait la vérité et que je serais parti ? J'ai soupiré.

— Vous avez raison, ai-je dit. Il me faudrait beaucoup de temps pour comprendre ce que ça fait d'être dans une pareille situation.

Il a arrêté de se maquiller et m'a regardé à travers le miroir.

— Et si jamais vous voulez en parler… je veux dire, approfondir… je suis dans l'annuaire à Marblehead et, euh… (Je me suis tu.) Je pourrais probablement trouver quelqu'un, un psychothérapeute, à aller voir. Un bon. La crème.

— Merci, a-t-il dit en hésitant.

— De rien. (Je lui ai touché le bras en partant.) Bonne chance, Mercure.

Je suis resté avec Zangota sur le palier tandis qu'il remplaçait la bande en plastique que j'avais déchirée. Mes pensées se bousculaient. Lucas était avec Monique la nuit où elle avait été assassinée. Il lui avait opéré les seins, et j'avais le sentiment que c'était également lui qui l'avait percée. Peut-être était-elle revenue sur les relations sexuelles qu'elle lui devait, et qu'il avait décidé de récupérer les parties du corps sur lesquelles il avait travaillé. Mais ce n'était encore qu'une thèse sans preuves.

— Pas de trace de l'arme du crime ? ai-je demandé.

— On a passé tout l'endroit au peigne fin, y compris la cour. (Il a désigné l'appartement de la tête.) Qu'est-ce qu'il… ou elle, ou ça… vous a raconté, dans la salle de bains ?

Je n'étais pas prêt à réorienter l'enquête officielle en direction de Lucas. J'avais peur qu'Hancock ne veuille pas me suivre même avec des preuves. Et le temps perdu, ça pouvait être des morts en plus.

— Il ne m'a rien dit de sensé, ai-je répondu.

Zangota m'a jeté un regard sceptique.

— Il en a mis du temps pour ne rien dire.

— Oh ! D'accord. Il a avoué. C'est lui qui a tué Monique et Sarah. Et J. F. Kennedy. Et John Lennon.

— Il devait vous parler d'un contrat.

— C'est une histoire à la con entre Mercure et son propriétaire qui lui casse les couilles pour des retards de loyer. Il aimait bien avoir une jolie fille comme Monique sous la main. Elle disparue, Mercure doit casquer, ce qui rend son opération…

Il y a eu tout à coup de grands éclats de voix en espagnol venant de l'appartement du premier.

— À propos de quoi se disputent-ils ? ai-je demandé à Zangota.

— Elle lui dit : « Laisse-le tranquille ! Laisse-le tranquille ! »

La femme hurlait.

J'ai commencé à descendre l'escalier. Zangota derrière moi.

— Que dit l'homme ? lui ai-je crié.

— Qu'il va « donner une leçon au petit merdeux ».

À mi-étage, j'ai entendu le bruit d'une gifle. J'ai accéléré. Quand je suis arrivé devant la porte, un enfant pleurait. J'ai agi mécaniquement, poussé par une force intérieure que je ne contrôlais pas. J'ai reculé et balancé mon pied dans le milieu de la porte. J'ai fait sauter les gonds au premier coup. J'ai photographié la scène en instantané. Un homme dans la trentaine se tenait près du coin le plus reculé de la pièce. Il s'est retourné vers moi, mais je n'ai pas regardé son visage, seulement ses bras et son torse. Ensuite, j'ai vu une femme assise jambes croisées sur un lit plus près de moi, couvrant son visage de ses mains. Mes yeux sont revenus en un éclair vers l'endroit où se tenait l'homme. Un garçon de sept ou huit ans était recroquevillé à terre devant lui. Il saignait du nez. Je me suis instinctivement approché d'eux. Ma tête était vide. L'homme a marché vers moi. J'ai continué à avancer. Il a lancé son poing, mais j'ai saisi son poignet, tendu son bras et tordu son coude avec le plat de la main. L'articulation a sauté. Il a reculé, se tenant le membre déboîté, puis a foncé sur moi tête baissée, comme un taureau. J'ai attendu qu'il soit tout près, j'ai fait un pas de côté et lui ai balancé mon genou en pleine poitrine. Il s'est écroulé, essayant de reprendre son souffle.

Du coin de l'œil, j'ai vu la femme qui se précipitait sur moi. Je l'ai attrapée, lui ai fait faire demi-tour et l'ai renvoyée sur le lit. Puis je suis revenu à l'homme au sol.

Zangota s'est interposé.

— Ça suffit, a-t-il dit. Je vais m'occuper de lui.

J'ai essayé de l'écarter, mais il n'a pas bougé.

— J'ai dit *je m'occupe de lui*, a-t-il postillonné. Occupez-vous du gosse, qu'est-ce que vous attendez ?

— Qui ?

— Le gosse. Il est bien amoché.

Je me suis retourné. Le garçon était debout, tout tremblant. Ses yeux étaient emplis de terreur. Je me suis approché, me suis agenouillé devant lui et j'ai essuyé le sang sur ses lèvres. Puis j'ai posé mes mains sur ses épaules. Il s'est penché vers moi et a commencé à pleurer. Je l'ai pris dans mes bras. J'ai cru sentir ses larmes couler sur mes joues, mais j'ai réalisé que ce n'était pas possible. Sa tête était posée sur mon épaule.

C'étaient mes propres larmes.

11

J'ai attendu à peu près dix minutes sur la banquette arrière de la voiture de Zangota avant que le fourgon de police de Lynn entre dans l'allée. Zangota est sorti quelques secondes plus tard avec son prisonnier. Le bras démis de l'homme pendait sans force le long de son corps. Son autre main était attachée par des menottes à sa ceinture. Zangota l'a poussé à l'arrière du fourgon, a claqué la portière, puis est venu vers moi.

Il a montré la boîte métallique sur la banquette.

— C'est de la qualité extra, a-t-il dit. Et vous avez l'air d'en avoir besoin. Moi, j'en aurais besoin à votre place.

— Avez-vous une idée de ce qui va arriver au gosse ? ai-je demandé.

— Nous savons tous les deux ce qui va se passer. Les services sociaux vont faire une enquête et ensuite une recommandation.

— La mère n'est bonne à rien.

Il a haussé les épaules.

— C'est pourquoi ils vont le sortir de là.

— Et le placer dans une famille d'accueil, où d'autres minables vont le maltraiter.

— Il existe de bonnes familles d'accueil.

— Oui, c'est ça. Faites-en l'expérience, et vous m'en reparlerez.

— Je l'ai fait.

— Vous êtes un enfant de l'Assistance ?

— Mes parents, c'était une catastrophe, a dit Zangota avec un petit rire. Abandonné du jour au lendemain. De braves gens m'ont recueilli.

— Que sont devenus vos parents biologiques ?

— Je n'en sais rien.

— Vous avez pensé à les rechercher ?

— Bien sûr. Mais je ne l'ai jamais fait.

— Trop de rancune ?

— Écoutez, a-t-il souri, on s'en allume un et on s'allume, d'accord ?

J'ai regardé la boîte. Je pouvais imaginer les petits grains blancs à l'intérieur. Et l'odeur suave de leur fumée. J'étais crevé et angoissé, le pire mélange. Et j'avais besoin de me détendre. J'ai ouvert la boîte et regardé l'intérieur. Je n'avais jamais vu autant de cocaïne, assez pour effacer mille fois le gosse de ma mémoire. Mais lequel ? Celui de cette maison, ou moi-même ? J'ai fermé les yeux pour méditer là-dessus.

— Hellooo… vous êtes là ? a demandé Zangota.

J'ai hoché la tête.

— Il peut s'en passer, ai-je dit.

— Qui peut se passer de quoi ? De quoi parlez-vous ?

J'ai levé les yeux vers lui.

— Notre meurtrier. Il peut se passer de coke, d'alcool ou autre. Sa drogue, c'est l'assassinat. Il échappe à sa propre douleur en le perpétrant. Il extériorise sa souffrance pour se sentir fort, au lieu de faible. Ça en fait le maître du monde.

— *Sa* souffrance ?

— Vous ne jonchez pas votre parcours de victimes sans que, quelque part, vous ne vous sentiez victime vous-même.

— Discours typique d'un psy libéral du Massachusetts.

— Merci.

— S'il a tellement souffert, pourquoi avoir attendu jusqu'à maintenant pour que ça éclate ? Pourquoi deux cadavres en trois jours ?

— Je ne sais pas trop. J'imagine qu'il a réussi à se contrôler, tout juste à se contrôler, jusqu'à ce que quelque chose lui fasse sauter le pas. Un défaut dans sa cuirasse. Un affront quelconque.

— Est-ce qu'il va s'arrêter ?

— S'il peut panser la blessure causée à son ego, retrouver un équilibre psychique, il s'arrêtera. Sinon il va continuer. C'est sa seule façon de contenir la marée de haine de soi prête à le submerger.

J'ai refermé la boîte.

— Qu'est-ce que vous faites ? Et mon putain d'équilibre ?

— Chacun est libre. Si on veut. Allez-y, si vous voulez.

— Pas vous ?

— Bien sûr, j'en ai envie. J'en ai simplement marre que ce soit un *besoin*.

J'ai rattrapé la Route n° 1A en direction du sud, vers Chelsea. Il y avait déjà plusieurs heures que j'avais appris le meurtre de Monique. Je n'avais pas revu Rachel et je ne savais pas si Monique n'était pour elle qu'une collègue du Lynx Club ou une amie. À mi-chemin pour aller chez elle, à l'entrée de la Route n° 16, j'ai appelé le labo de Levitsky.

— Levitsky, médecin chef en pathologie, ville de Lynn, a-t-il répondu.

— Mon œil.

— Où diable étiez-vous ?

— À l'hôpital. Puis à l'appartement de Monique Pelletier. Pourquoi ?

— On a le rapport préliminaire des gens de Quantico à propos de Sarah. J'ai essayé de vous joindre.

J'ai pris une Marlboro dans mon paquet sur le tableau de bord.

— Qu'est-ce qu'ils ont trouvé ? Une sclérodermie ?

— C'est pas drôle. J'ai clairement dit…

— … que vous n'aviez jamais affirmé…

J'ai allumé ma cigarette.

— Tout à fait.

— Alors, qu'est-ce qu'ils ont trouvé ?

— Je ne dirai pas *trouvé* tant que ce n'est pas *prouvé*.

— Je n'en attendais pas moins de vous.

— Les meilleurs labos peuvent se planter.

— Compris. Que donne le résultat préliminaire ?

— Une toxine, comme ils le pensaient. Mais il ne s'agit pas d'une substance dont le tueur aurait aspergé les blessures. Elle était déjà dans le corps de Sarah quand il l'a découpée.

J'ai rejeté par la fenêtre une longue bouffée de fumée.

— Vous voulez dire qu'elle aurait été empoisonnée ?

— D'une certaine façon. Les prélèvements de tissus que je leur ai envoyés étaient contaminés par de la silicone.

J'ai viré sur la voie d'arrêt d'urgence et je me suis arrêté. J'avais la poitrine serrée par un mélange d'angoisse et d'excitation.

— J'aurais pu y penser, a continué Levitsky. Cette saloperie a provoqué l'un des plus grands procès de notre époque.

— Vous parlez de la silicone utilisée en implant mammaire ?

— Ben oui, ce n'était pas des puces d'ordinateur. Sarah a dû se faire faire des implants. Ils ont coulé et provoqué des fibroses. Notre tueur n'a pas découpé tous les tissus atteints.

— A-t-il essayé ?

— Je ne pense pas. Le type n'y est pas allé mollo. S'il avait voulu entailler plus profond, il l'aurait fait. Je pense que les implants adhéraient aux muscles avoisinants. Il a été obligé de découper les tissus sous-jacents pour les libérer.

J'ai tiré sur ma clope et rejeté la fumée par le nez.

— Pourquoi ne les a-t-il pas arrachés ?

— Ils se seraient rompus. Il y aurait eu du gel de silicone partout.

— Ce qui était visiblement important pour lui.

— Certainement. Il a fallu du temps pour retirer ces implants sans les casser… peut-être cinq minutes à chaque fois. Il les voulait.

— Ou voulait les récupérer.

— Hein ?

J'avais moins de scrupules à impliquer Lucas.

— Peut-être qu'il avait commencé par les poser.

— Que voulez-vous dire ?

— C'est peut-être le même qui avait augmenté le volume des seins.

— Vous croyez que le meurtrier est un chirurgien plasticien ?

— Tout est possible.

— Vous avez vu les plaies, Frank. Elles n'ont rien d'élégant. C'est du travail de boucher. Il aurait fallu qu'il sabote le travail intentionnellement.

— À moins qu'il ait été enivré par le meurtre et que ça l'ait fait trembler. Pensez à la griserie du pouvoir, Paulson : créer, puis détruire une femme.

— Peut-être. Sauf que l'habileté d'un chirurgien lui colle à la peau. Il…

Je n'étais pas d'humeur à prendre un cours.

— J'ai compris.

— Vous n'imaginez pas Mike Tyson battant un homme à mort en tapant au hasard, hein ?

— Je ne vois pas ce que Mike Tyson vient faire là-dedans, ai-je dit sèchement.

— Il enchaînerait des coups précis et décisifs.

— Comment en êtes-vous sûr, Paulson ?

— Par les lois de réponse aux *stimuli*. La réaction des gens est prévisible, surtout quand ils n'ont pas le temps de réfléchir. Leur comportement n'est guère différent de celui des oiseaux quand ils picorent.

— Les psychopathes n'ont pas le comportement de tout le monde. C'est tout le problème.

— Je vous l'accorde.

— Merci.

— Et Monique ? Quel est son lien avec tout ça ?

— Elle avait des implants, elle aussi.

— Elle aussi ? (Il est resté silencieux quelques instants.) Si le tueur est un toubib, ça m'aide à déterminer quel genre d'arme a pu laisser tant de petites coupures aussi nettes. J'avais imaginé une arête tranchante. Je crois avoir parlé d'une lame de rasoir.

— Mais…

— Mais en y repensant, il y a plus de chances que ce soit un bistouri.

J'ai pris la Route n° 16. J'avais des élancements dans la tête d'une oreille à l'autre, comme si j'avais porté des écouteurs. Mes doigts tremblaient tellement que j'ai lâché ma cigarette. J'ai été obligé de l'écraser sur la moquette avec ma chaussure. Je ne savais pas si mon système nerveux réclamait de la cocaïne ou était bouleversé par ce que je venais d'apprendre. Au minimum, Lucas monnayait des actes chirurgicaux contre des actes sexuels avec des patients, hommes et femmes. Il était encore plus prédateur que je ne l'avais imaginé. Et s'il avait opéré Sarah, il était le dénominateur commun des deux meurtres.

Je commençais à me demander s'il n'était poussé que par la rage. L'allusion de Levitsky aux milliards réclamés en justice à propos des implants à la silicone n'était pas tombée dans l'oreille d'un sourd. Après le dépôt de bilan de Dow Corning, le plus gros fabricant d'implants à la silicone, tous les avocats du monde prêts à tuer père et mère pour se remplir les poches avaient pris pour cible privilégiée les médecins. Et tous les chirurgiens plasticiens ne sont pas assurés contre les fautes professionnelles. Est-ce que Lucas supprimait ainsi ses risques ? Est-ce que Sarah et Monique avaient menacé de le poursuivre ? L'idée semblait extravagante, mais je me rappelais ce que j'avais dit à Levitsky : les psychopathes agissent d'une façon qui met la raison au défi.

J'ai changé de voie, dépassé en trombe un bus scolaire, puis je me suis souvenu de ma mésaventure avec la Mustang et j'ai ralenti.

Est-ce que Cathy ne voyait pas la face cachée de Lucas ? Je n'arrivais pas à le croire. Les rencontres ne sont jamais dues au hasard. Peut-être que toutes mes théories sur la façon dont la perte de sa petite sœur l'avait affectée étaient du pipi de chat. Peut-être qu'elle faisait semblant de vouloir une vie stable. Beaucoup de ceux qui survivent à une tragédie ont une attitude ambiguë face au danger : ils en ont peur, et pourtant ils sont attirés par lui.

Étais-je pris dans cette dynamique ? Je ne pouvais nier avoir joué un rôle dans l'établissement de liens psychologiques et sexuels entre Lucas, Cathy et moi. Les actions de chacun de nous trois affectaient les deux autres. J'ai frémi en réalisant combien il était facile pour Lucas de m'atteindre en attaquant Cathy. Et, pis encore, j'étais obligé de me demander si le laisser courir signifiait que, dans mon inconscient, je souhaitais qu'il lui fasse du mal. Avais-je poussé Lucas à la tuer ? Est-ce que j'avais autant de colère contre les femmes que lui, sans vouloir me l'avouer ?

J'ai arrêté la Rover sur la bande d'arrêt d'urgence et j'ai attendu. Dès que je le pourrais, je ferais un rapide demi-tour pour revenir au commissariat de police de Lynn.

Hancock n'était pas dans son bureau. Mark Meehan, l'un des flics à l'accueil, m'a dit qu'elle s'entraînait au tir.

— Ça lui arrive souvent ? Au milieu de la journée ? ai-je demandé.

— Non, m'a dit Meehan. En général, elle s'entraîne en arrivant. Quand elle revient de l'église. Mais elle a dit qu'une séance supplémentaire n'était pas inutile.

J'ai traversé le commissariat jusqu'à une porte de fer sur laquelle étaient peints les contours d'une tête et d'un torse humain. J'ai poussé la porte et je suis entré.

Hancock était seule dans une longue pièce et s'était installée tout au bout, au dernier emplacement de tir. Elle portait des lunettes de protection et un casque antibruit. Regard droit devant elle, bras tendus et immobiles, mains enroulées autour de son revolver. Elle a tourné la tête vers moi, puis a de nouveau fixé les yeux sur le pas de tir. Une cible en papier était suspendue à une quinzaine de mètres d'elle. Tout à coup, le silence a été brisé par trois détonations et leurs échos. J'ai frissonné et me suis bouché les oreilles. Trois trous apparaissaient maintenant en plein centre de la poitrine de la cible. Hancock ne bougeait pas. Ses bras restaient tendus, comme la basse branche d'un chêne. Je me suis approché d'elle. Brutalement, elle s'est tournée dans ma direction, me tenant en joue. Je me suis arrêté. Nous nous fixions, yeux dans les yeux. J'ai souri, mais son expression n'a pas changé. Je n'étais même pas sûr qu'elle me reconnaissait. J'ai pensé à plonger vers un des emplacements de tir, mais je savais qu'Hancock pouvait me toucher dans le mouvement. Alors je me suis figé, vivant ou mort selon sa fantaisie. J'étais envahi d'une terreur si destructrice qu'elle s'est transformée, bizarrement, en totale sérénité.

— Emma, ai-je réussi à articuler, c'est Frank. (Elle avait l'air perdue.) Baissez votre arme, ai-je dit doucement.

Elle m'a regardé par en dessous. Un sourire forcé est apparu sur son visage, puis a disparu.

— Mon Dieu, a-t-elle dit en abaissant son arme, vous n'avez pas cru que j'allais tirer, hein ?

J'ai dégluti.

— Vous me visiez à la tête. Ça m'a fait un choc.

Elle a retiré ses lunettes et ses oreillettes et a contemplé le revolver dans sa main.

— J'étais en train d'imaginer ce que ça me ferait de débarrasser le monde du monstre qui a supplicié Monique. (Elle a jeté l'arme sur la tablette devant elle.) J'en ai marre de faire des trous dans des feuilles de papier. Ça me rend folle.

— Et vous vous êtes dit que je serais ravi de jouer le rôle du criminel ?

Je me suis approché d'elle.

— Je suis désolée. Je ne suis pas dans mon assiette, ces temps-ci. (Elle a marqué une pause.) Ça va ?

— Mieux, maintenant.

J'ai secoué la tête, me souvenant du mélange de panique et de paix qui m'avait submergé.

— Vous l'avez ressenti ?

— Quoi ?

— Le calme devant les portes du ciel.

— Si vous voulez l'appeler comme ça.

— Oui. Je le veux. J'ai été du mauvais côté d'une arme plus de fois que je ne saurais le dire et à chaque fois j'ai eu la même sensation. (Elle a baissé les yeux, perdue dans ses pensées.) Déjà petite fille.

— Étant gosse ? On vous a tiré dessus ?

— Non. (Elle a ramené son regard sur moi.) J'ai eu la maladie de Hodgkin à dix ans. (Je n'ai rien dit.) J'essaye de ne pas y repenser. Mais ces temps-ci je ne peux m'en empêcher. Je me réveille en y pensant.

Je restais attentif. Je comprenais enfin pourquoi Hancock était si repliée sur elle-même. Les enfants sur le point de tout perdre peuvent grandir indifférents à tout ce qui les entoure – sauf à leurs prières.

— La chimiothérapie m'a fait perdre mes cheveux. J'avais des aphtes dans la bouche tellement énormes que je n'arrivais pas à manger. La plupart du temps, je n'avais pas d'appétit de toute façon. Mais vous savez quel était le pire ? Je n'arrivais pas à mettre la main sur le mal qui me tourmentait. Il était invisible. Il refusait le combat à la loyale.

— Si bien que maintenant vous attrapez des tueurs que vous pouvez mettre sous les verrous.

J'ai tressailli, me rendant compte que j'avais encore sorti une phrase clé sur la vie de quelqu'un.

— Je n'y avais pas pensé.

Elle a eu ce sourire émerveillé et timide de tous mes patients en recueillant une révélation sur leur vie.

— J'espère que Monique l'a ressenti, ai-je dit.

— Quoi ?

— Ce calme. Devant les portes.

— Je prie pour ça.

Nous sommes restés sans bouger quelques instants.

— Je voulais vous parler de l'affaire, ai-je dit enfin.

— Vous avez un indice ?

— Une flopée d'indices, mais je ne suis pas sûr qu'ils collent ensemble.

— Je vous écoute.

— Ce ne sont que des présomptions. Pas de vraies preuves.

— Laissez-moi en juger par moi-même.

Je lui ai raconté ce que je savais : que Lucas était avec Monique peu avant sa mort, son arrangement avec Mercure, l'histoire des implants, et même les poursuites judiciaires contre Dow Corning. Je lui ai aussi révélé que Lucas baisait Cathy et que j'avais peur pour elle. Les pupilles d'Hancock se sont rétrécies. Elle a fait cliqueter ses ongles.

— Il y a des choses qui ne collent pas, l'ai-je prévenue.

— Par exemple ?

— Par exemple le fait que Lucas m'ait montré…

J'ai détourné le regard.

— Allez. Crachez le morceau.

— Il m'a montré l'anneau que Monique portait à… sa partie intime. Il a raconté que…

— Dites-le, merde.

— Qu'il le lui a arraché pendant qu'ils batifolaient dans sa bagnole.

— Il le lui a arraché ? Dans sa bagnole ?

J'ai hoché la tête.

Hancock a ramassé son revolver et s'est mise à recharger le barillet qu'elle venait de vider.

— Réfléchissons, Emma : si c'est Lucas qui l'a tuée, pourquoi me montrerait-il la preuve ?

— Allez savoir, Frank. Pourquoi Unabomber a-t-il contacté les journaux ? Pourquoi les tueurs en série laissent-ils des messages ?

— Il y a d'autres problèmes.

— De quel genre ?

— Le fait que je n'arrive pas à comprendre pourquoi quelqu'un qui charcute des femmes tous les jours risquerait la prison à vie pour le faire ailleurs qu'au bloc opératoire. Même les menaces judiciaires ne collent pas bien. Lucas est tellement bourré de pognon qu'il pourrait probablement subir un ou deux coups durs et s'en tirer frais comme une rose. Il n'y a pas de motif évident.

Hancock a refermé le barillet de son revolver et me l'a tendu.

— Quoi ?

— Prenez ça. Je vais vous apprendre quelque chose.

— Je n'en ai pas envie.

— Prenez-le. Juste une seconde.

J'ai pris l'arme. Je n'en avais jamais tenu en main. Elle pesait plus lourd que je ne l'aurais imaginé. Mes doigts se sont refermés sur la poignée et sur la détente. À ce moment-là, Hancock a saisi la main qui tenait le revolver et a appuyé le canon contre sa poitrine. Elle a fait pression avec son pouce sur le doigt placé sur la détente.

Je me suis raidi.

— Bon sang, qu'est-ce que…

— Vous pourriez m'aider à en finir, a-t-elle dit.

Je me suis mis à transpirer.

— Votre copain Levitsky serait incapable de reconnaître mon cœur.

— Emma…

Mon cœur battait. Je me suis imaginé la sensation dans mon bras au recul du revolver, Hancock s'effondrant en arrière, ensanglantée. Il dépendait de moi qu'elle continue à respirer.

— Je le lis sur votre visage. Ma vie est totalement entre vos mains, comme la vôtre était entre les miennes lorsque vous êtes entré. Appuyez légèrement, et je disparais. Je ne suis plus rien. Zéro. Une nécrologie sur une demi-colonne dans le canard de demain.

Je la fixais dans les yeux. J'ai appuyé un chouia sur la détente, juste pour faire monter un peu la température. Alors, Hancock a glissé son doigt contre le mien et a appuyé sur la détente. En cette fraction de seconde, chacune de mes cellules nerveuses a dû déverser de l'adrénaline dans mon sang, en comparaison de quoi la cocaïne me faisait l'effet d'une tasse de déca. J'anticipais l'explosion, mais je n'ai entendu qu'un déclic creux. Je suis resté figé, yeux fixés sur la poitrine d'Hancock.

Elle m'a pris le revolver des mains, a chargé le logement qu'elle avait laissé vide et a glissé l'arme dans son étui.

— Il veut ressentir ce que vous venez de ressentir, Frank. Et prendre son pied. Le diable jouant à Dieu. Et je parierais qu'il prend tout son temps. Il veut voir sa victime saigner, sentir la chair s'abandonner, guetter son dernier soupir.

— Mais pourquoi ? Qu'est-ce qui pourrait pousser Lucas à faire ça ?

— Le plaisir.

J'étais quand même troublé.

— Vous pourriez dire ça de n'importe quel tueur, ai-je réussi à articuler. Ça ne prouve pas que Lucas soit le coupable.

— C'est vrai.

— Mais vous allez l'agrafer de toute façon ?

— Bien sûr. Je ne crois pas qu'il fera encore le malin quand j'en aurai fini avec lui.

L'un des remorqueurs du port de Chelsea traînait un tanker sur les cinquante derniers mètres avant le quai au bout de la rue de Rachel. Le vacarme de ses moteurs noyait le bruit de la circulation sur le pont de Tobin.

Je défaillais presque en arrivant, en haut des cinq étages, à l'appartement de Rachel. J'ai toqué à la porte, attendu un peu, puis frappé plus fort.

— Qui est-ce ? a-t-elle crié.

— Frank.

Elle a fait coulisser la porte et m'a dévisagé, vêtue d'un déshabillé de soie blanche qui épousait les formes de ses seins et de ses hanches. Elle m'a paru soucieuse. Elle a tendu la main pour me toucher le visage.

J'ai été surpris de sentir mes yeux se remplir de larmes.

— Est-ce que ça va ?

— Non, ai-je dit. (J'ai fait un effort pour me ressaisir.) Mais ce n'est pas nouveau.

Je suis entré et j'ai refermé la porte coulissante. Quand je me suis retourné, elle avait fait glisser son déshabillé, dévoilant ses dessous roses.

— Puis-je t'être utile ? a-t-elle demandé.

Elle s'est approchée de moi et s'est mise à détacher ma ceinture.

J'aurais pu l'inciter à se demander où elle avait appris à utiliser son corps pour guérir les hommes. À mon avis, on le lui avait enseigné de bonne heure, probablement un père alcoolique ou un oncle déprimé. Mais j'avais moi-même besoin d'être remis sur pied et je n'avais nulle part d'autre où aller.

J'ai retiré ma ceinture. Une partie de moi avait envie de me servir de ce qui me restait d'énergie pour lui en faire sentir le cuir. Mais une autre partie de moi, tout à coup la plus forte, avait envie de lui apporter autre chose que de la douleur. Je me suis agenouillé. J'ai effleuré son ventre de mes lèvres, puis je l'ai retenue par les hanches comme elle reculait. Elle a soupiré. Je l'ai aidée à s'allonger sur le sol. Sa respiration s'est accélérée. Je pouvais respirer et goûter son excitation. Son ventre frémissait et je l'ai fait jouir.

J'étais vidé. J'ai posé la tête sur son ventre et écouté sa respiration ralentir. Ses jambes entouraient mes épaules, ses pieds étaient posés sur mes reins. Quand elle a passé ses doigts dans mes cheveux, j'ai fermé les yeux. Je me suis forcé à les rouvrir, mais un instant seulement.

Je ne voulais pas dormir. J'avais trop de choses à faire, et je craignais que mes rêves ne soient pas très reposants. Mais je n'ai pu résister à la fatigue. Je me suis accroché plus étroitement à Rachel et j'ai inspiré profondément.

Je me suis réveillé dans son lit, incapable de me souvenir comment j'étais arrivé là, tellement entortillé dans les draps que je pouvais à peine bouger. J'étais nu et trempé de sueur. Mes jambes tremblaient. J'ai entendu le bruit de la douche, jeté un regard au réveil et vu qu'il était 18 h 35. Chelsea, me suis-je souvenu. Avec Rachel. J'avais laissé passer deux heures, ce que je ne pouvais me permettre. J'ai libéré mes jambes, je me suis assis et j'ai repris pied dans la réalité.

Mes vêtements étaient pliés sur un fauteuil. J'ai enfilé mon jean, puis attrapé le téléphone et demandé à l'opérateur de me passer les renseignements d'Austin, au Texas. Après avoir obtenu le numéro de l'hôpital universitaire, j'ai appelé et demandé à parler à Ben Carlson, le chirurgien en cardiologie qui avait été l'amant de Sarah Johnston.

— Puis-je savoir de la part de qui ? a demandé la standardiste.

— Frank. Frank Clevenger.

— Vous connaît-il, monsieur ?

Dès que quelqu'un détient un poil d'autorité, il en abuse.

— Je suis son psychanalyste, ai-je dit.

— Pardon ?

— Son psychiatre de Boston, madame. Il me prendra.

Au bout d'une minute environ, Carlson a décroché.

— Mon Prozac me coûte soixante billets par mois. Qu'est-ce que tu viens me faire chier, Clevenger ?

À son ton j'ai su qu'il n'était pas au courant pour Sarah.

— Soixante dollars représentent vingt milligrammes par jour, ai-je plaisanté. Nous savons toi et moi que ce n'est pas suffisant pour ta pathologie.

— Tu supposes que je l'avale. Je le renifle.

— La capsule ne reste pas collée ?

Il a rigolé.

— Ils en fourguent ici dans la rue. À cinq dollars la dose. On s'est trompé de métier.

— On en a parfois le sentiment.

— Ça fait combien de temps ? Huit, neuf mois ?

— À peu près.

— Toujours légiste ?

— Exact.

— Tu devrais laisser tomber. Les mutuelles sont les seules à faire du pognon avec les patients. Elles ramassent la mise. Tu étais plutôt bon, pourtant.

— Parfois. Quand j'étais mauvais, je dégustais.

— Oui, bon. Je sais. Le gosse. Combien de temps vas-tu remâcher ça ? Pour certains, la maladie mentale peut être fatale, tout comme une maladie cardiaque. Nous ne sommes pas magiciens. (Il y a eu plusieurs secondes de silence.) Tu m'as probablement appelé pour autre chose que pour un cours.

J'ai rassemblé mon courage pour lui parler du meurtre.

— J'ai une mauvaise nouvelle, Ben. Il s'agit de Sarah.

— Elle est malade ?

— J'aurais dû t'appeler plus tôt, mais…

— J'ai un pontage en attente sur le billard. Abrège, mon vieux.

— Elle a été assassinée. On l'a trouvée dans le bois derrière l'hôpital.

— Assassinée ? Elle est morte ?

— Elle a été la première de deux victimes. On dirait un tueur en série.

Il s'est éclairci la gorge.

— C'est arrivé quand ?

— Il y a deux jours.

— Nom de Dieu. Ont-ils coffré le gars ?

— Non. Pas encore. Je suis dessus. C'est la raison de mon appel. J'ai une question.

— Vas-y.

— Sarah avait des implants mammaires, non ?

— Ouais ouais.

La douche s'est arrêtée. J'entendais les pas de Rachel dans la salle de bains.

— Qui les lui a posés ?

— Pourquoi cette question ?

— Le corps de Sarah a été salement tailladé. Les implants ont été retirés.

— On les lui a arrachés ?

— Exact.

— Oh, bon Dieu !

Il n'a plus rien dit.

— Et alors ?

— Je ne veux pas mettre quelqu'un dans la panade pour rien.

— Pour rien ? On l'a tuée.

— Bon, mais ce n'est pas son chirurgien. (Je n'ai pas répondu.) Écoute, a-t-il dit finalement, Sarah s'est fait opérer avant que nous ne nous rencontrions. Le type qui a pratiqué l'opération la fréquentait à l'époque.

— Comment s'appelle-t-il ?

— Je ne vois aucune raison de le livrer au *Boston Herald.* Tu vois le coup ? Baiser une patiente aujourd'hui, c'est une grosse affaire. Ce n'est plus comme avant. Le conseil de l'ordre viendrait y fourrer son nez vite fait et…

— Était-ce Trevor Lucas ?

— Pourquoi penses-tu à Lucas ?

— Juste une idée.

— Moi, je n'ai rien dit.

Quel grand courage moral, ai-je pensé.

— Entendu.

— Il l'y a poussée, en lui disant tout le temps qu'elle était splendide, mais plate. Et Sarah ne se sentait pas très sûre d'elle. Ensuite, elle a regretté sa décision. Les implants lui causaient des problèmes.

Rachel est sortie de la salle de bains enveloppée dans une serviette, s'est installée devant son miroir et a commencé à se brosser les cheveux. Je me demandais si elle avait entendu parler du meurtre de Monique.

— Quelles sortes de problèmes ? ai-je demandé.

— Fatigue. Douleurs articulaires. Migraines, parfois. Elle pensait que peut-être ces saloperies fuyaient.

— Pensait-elle aussi porter plainte ?

— Pas le moins du monde. Je crois qu'elle n'en a jamais parlé à Lucas. Elle disait que ça la dérangeait de déballer ça parce qu'on travaillait tous dans le même hôpital. Mais je n'étais pas dupe une seconde.

J'ai regardé Rachel se débarrasser de sa serviette et se contorsionner pour enfiler une jupe légère et un T-shirt.

— Qu'est-ce que tu en pensais ? ai-je demandé à Carlson.

— Mon opinion ? Elle en pinçait encore pour lui. Elle ne voulait pas le décevoir.

— Même quand vous étiez ensemble ?

Il a laissé échapper un long soupir.

— Bon, autant te le dire. Lucas est une des raisons qui m'ont poussé à accepter ce poste. J'étais en train de dérailler avec Sarah. Je croyais être amoureux d'elle. (Il a marqué une pause.) L'ennui, c'est qu'elle continuait à baiser avec lui.

Je me sentais tout étourdi. Est-ce que toutes les pistes ténébreuses menaient à Lucas ?

— Pourquoi dis-tu ça ?

— En quoi est-ce que ça te regarde ?

— Ben, je fais une enquête. Ne m'envoie pas balader. Il faut que je sache le plus possible de choses sur Sarah.

— C'est une raison bizarre.

Je me suis rassis sur le lit.

— Rien ne m'étonne.

— Elle a commencé à se raser. Complètement.

— Le sexe.

Rachel s'est retournée vers moi.

— Ça ne m'a pas plu, a dit Carlson. Et je sais que quand une femme fait ça, c'est parce qu'un homme le lui a demandé. En l'occurrence, un autre.

— Ce bon Dr Lucas.

— Je ne peux même pas dire que je lui en veux. Je n'ai jamais refusé une femme simplement parce que quelqu'un d'autre y avait mis sa marque. Toi non plus, autant que je me souvienne.

— On est d'accord.

— Une seconde. (Il a couvert le combiné. Je ne saisissais pas ses mots étouffés.) On m'attend au bloc. Tu me tiens au courant ?

— Bien sûr.

— Euh… Frank ?

— Je suis là.

— Juste pour mémoire, ce que j'ai dit n'était pas vrai.

— Quoi ? Quand ça ?

— Ça n'est pas que je *croyais* être amoureux de Sarah. J'en étais absolument sûr. (J'avais envie de lui manifester ma sympathie, mais je n'ai rien trouvé à dire.) Fais gaffe, mon pote.

Il a raccroché.

— Il était question de Monique ? a demandé Rachel.

Elle était donc au courant.

— On parlait de la première victime, l'infirmière qu'on a trouvée dans le bois, mais il semble que ce soit le même tueur.

— Un flic de Lynn est passé. L'officier Malloy. Pour une visite de routine. Ils interrogent tous ceux qui ont travaillé avec elle.

— Je ne savais pas si Monique et toi étiez proches.

— Pas trop. Ça ne dépassait guère des bavardages dans la loge.

— Malloy t'a raconté beaucoup de choses ?

— Il ne m'a fait grâce d'aucun détail. Il m'a dit qu'on l'avait trouvée avec les seins et le vagin mutilés, et qu'on lui avait retiré le clitoris. (Elle s'est appuyée contre le bureau.) Il avait l'air de prendre plaisir à en parler.

— Sûrement. Il t'a effrayée ?

— Je n'ai jamais été bouleversée par ce qu'une personne peut faire à une autre.

— Pourquoi ?

Elle a haussé les épaules.

— Je te le dirai une autre fois… quand tu seras moins préoccupé.

J'ai approuvé. J'aimais autant ne pas rentrer là-dedans.

— Malloy m'a dit une chose qui m'a surprise : il pense que Monique se prostituait. Il voulait savoir quels étaient ses clients.

— Tu lui as donné des noms ?

— Je n'ai jamais su qu'elle vendait son corps. Je lui ai expliqué que j'avais travaillé au Lynx Club hier soir avec cinq autres filles. Peut-être qu'une de celles-là saurait.

— Je croyais que tu m'avais dit que Monique avait des relations professionnelles avec Trevor Lucas.

— C'est exact. Les relations d'un médecin avec son patient. Elle s'est adressée à lui pour être opérée. Il a toutes les strip-teaseuses comme clientes. Seins. Fesses. Cuisses.

— Naturellement.

Je pourrais au moins dire à Hancock que sa nièce ne se prostituait pas… Pas pour du fric, en tout cas.

— J'aurais souhaité arriver plus tôt pour tout te raconter moi-même.

— Je n'aurais pas parié un kopeck sur ta venue.

Ça m'a donné à réfléchir.

— Moi non plus, ai-je dit.

— Mais tu es venu. (Elle a regardé le pont par la fenêtre.) Tu sais, tu ne dors pas bien.

— Non. C'est vrai. J'ai eu un comportement étrange ?

— Pas vraiment. (Elle s'est retournée vers moi.) Grimaces, tortillements, cris.

— J'ai toujours eu des cauchemars.

— Lesquels ?

J'avais encore moins envie de faire de Rachel mon thérapeute que ma patiente.

— Je cours aussi vite que je peux, c'est tout.

— Mais pourquoi cours-tu ? De quoi as-tu peur ?

— De rien.

Elle a penché la tête de côté.

— Je pense que tu as besoin d'un ange gardien, jusqu'à ce que tu aies une claire vision des choses.

J'ai souri.

— J'aurais probablement dû en avoir un plus tôt.

12

Jeudi, 18 h 55

Rachel est partie pour le Lynx Club, et moi vers Marblehead. J'étais d'humeur sombre et j'avais l'estomac noué. À mi-chemin de Lynnway, j'ai appelé Hancock à son bureau depuis la Rover et on m'a dit qu'elle n'était pas rentrée. Probablement à la recherche de Lucas. J'ai eu envie de prendre la direction du centre-ville et d'aller devant l'hôtel Emerson pour un shoot. À cette idée, j'ai passé et repassé ma langue sur mes gencives et j'ai avalé plusieurs fois ma salive, imaginant ma chair devenue insensible. J'ai commencé à penser que me sevrer d'un seul coup pouvait être mauvais. Mes neurones seraient mieux préservés si j'arrêtais la coke petit à petit, compte tenu du stress que je subissais. Mais je savais, pour avoir soigné des accros, que ce genre de discours rationnel était un signe de dépendance. *Dépendance*. Voilà le mot exact pour décrire ma relation à la cocaïne. Je l'avais toujours recherchée quand j'avais besoin d'un soutien, l'équivalent chimique d'une épaule sur laquelle pleurer, sans jamais me reposer sur quelqu'un.

J'ai allumé une Marlboro, inspiré profondément et dépassé la sortie du centre-ville.

S'il m'était tellement difficile de partager mes moments de faiblesse, que m'avait apporté Cathy ? L'isolement ? Je me suis remémoré nos jeux, comme celui de concourir à qui resterait le plus longtemps sous la douche froide. Plus d'une fois nous avions tenu des allumettes enflammées entre nos doigts, pariant sur lequel des deux soufflerait la flamme le premier. Je n'étais pas meilleur face au feu qu'à l'eau. Cathy gagnait à chaque fois. Mais pourquoi tester notre capacité réciproque à endurer la douleur, si ce n'est par accord idéaliste pour nous aider mutuellement à l'ignorer ?

J'ai tiré sur ma cigarette et rejeté la fumée contre le pare-brise.

Pouvais-je supporter de vivre avec une femme comme Rachel en regardant la douleur en face ? J'ai repensé à la photo de la vieille femme sous oxygène accrochée au mur de son loft. Je me rappelais les animaux empaillés sous sa table basse de salon, un coyote luttant pour achever un raton laveur pris dans ses mâchoires. Est-ce que mon problème face à l'intimité était vraiment la peur d'être détruit ? Est-ce que je croyais pouvoir tromper la mort en refusant la vie ?

— Trop de foutues questions, ai-je dit à haute voix.

Je réfléchissais trop. C'était obsédant. Ça pouvait être une défense contre les sentiments, l'un dans l'autre. J'avais essayé de pratiquer un peu de bouddhisme zen deux ans auparavant, ou au moins d'en tirer quelque chose en feuilletant des livres spécialisés, mais mon insouciance et ma sérénité m'avaient quitté. Sauf, semblait-il, quand j'étais shooté.

J'ai balancé ma cigarette par la fenêtre et j'ai foncé vers Marblehead, en prenant à droite sur Atlantic Avenue et encore à droite sur Preston Beach Road. La maison était plongée dans l'obscurité, à part une lumière qui brillait dans la chambre. J'ai pensé que j'avais oublié de l'éteindre, mais, en m'engageant dans l'allée, j'ai vu la Volvo blanche de Cathy. Mon pouls s'est accéléré. Venait-elle chercher ses affaires ? Ou rentrait-elle à la maison ? Mon angoisse s'est accentuée à la pensée qu'elle avait pu être là la nuit dernière quand j'avais découché. Mais pourquoi s'inquiéter ? Elle non plus n'était pas fidèle.

Je me suis garé et je suis entré. Dans le hall, j'ai buté contre quelque chose. J'ai allumé et j'ai vu à mes pieds la sacoche en cuir noir de Cathy. Je suis monté. J'avais à peine grimpé quelques marches qu'elle est apparue sur le palier du premier. Elle était en tenue opératoire. Ses cheveux étaient mouillés.

Je me suis arrêté.

— Je m'attendais à ce que tu aies emballé mes affaires et que tu les aies déposées devant la porte, a-t-elle souri.

Mon anxiété a baissé d'un cran, ce qui était curieux, vu tout ce qui s'était passé entre nous depuis deux jours. Mais la voix de Cathy avait toujours été un baume. Je ne doutais pas en cet instant désirer son retour.

— Je ne t'aurais pas reproché de…

— Je n'ai touché à rien, l'ai-je interrompue.

— J'en suis ravie.

— Alors, tu restes ?

Elle a haussé les épaules.

— J'ai fouillé partout pour trouver ta planque. J'ai même fureté dans ta cachette secrète de l'armoire. Je n'ai rien trouvé.

— La coke et moi, c'est fini.

— Bien.

Elle a approuvé de la tête, puis s'est mordu la lèvre inférieure.

— On m'a dit que tu avais eu un petit accrochage avec Trevor sur le parking. Tu lui expliquais qu'il ne fallait pas frapper les filles ?

J'ai pensé à ce que Hancock était peut-être en train de faire à Lucas pendant que nous parlions.

— Je ferais n'importe quoi pour empêcher quiconque de te faire du mal.

— J'aimerais te croire. Je ne veux plus avoir peur.

— Trevor est dangereux. Il t'a mis la tête à l'envers.

Je ne voulais pas en dire plus avant de savoir où elle en était avec lui.

— Je sais. Je ne m'en étais pas aperçue, mais maintenant si.

— Alors, vous deux…

— C'est fini. Complètement… (Sa voix s'est brisée. Elle s'est assise en haut des marches.) Excuse-moi, Frank. J'ai été si stupide.

— Tu auras du mal à l'être autant que moi.

Elle a pouffé et essuyé une larme.

Je me suis rapproché d'elle.

Elle s'est relevée et s'est éclairci la gorge. Son expression est passée de la tristesse à l'amertume.

— Et toi ? En as-tu fini avec ta strip-teaseuse ?

Je me suis raidi, surpris par son brusque changement de ton. Ça annonçait un gros orage.

— Je n'ai pas vraiment commencé, ai-je menti. Trevor t'a-t-il affirmé le contraire ?

— Il a essayé de me blesser. (Elle s'est remise à sourire.) De toute façon, il a dit qu'elle était plate comme une limande. (Elle a lissé ses cheveux, puis a retiré le haut de sa tenue, se dénudant jusqu'à la ceinture.) Ce n'est pas comme moi.

Elle a baissé les yeux sur elle, puis a regardé timidement de côté, comme une fille embarrassée devant les changements de son corps.

J'ai pris mon temps pour la rejoindre. Je me suis arrêté à deux pas d'elle et j'ai embrassé ses seins. J'étais tout excité.

— Tu ne voudrais pas d'une femme faite comme un petit garçon, a-t-elle murmuré.

Elle a soulevé ma tête vers la sienne.

— Je te veux en moi.

J'ai avancé la main pour dénouer son cordon, mais elle a reculé et pris la direction de la chambre. Je l'ai suivie. Elle a éteint la lumière du plafonnier en entrant. La chambre était plongée dans une obscurité complète. Je l'ai entendue s'allonger sur le lit.

Je me suis couché sur elle et l'ai embrassée dans le cou, puis ma langue a exploré son oreille. Elle soupirait. J'ai tendu la main vers la lampe de chevet et tâtonné pour l'allumer. Avant que j'y parvienne, elle m'a saisi le poignet.

— Non, a-t-elle soufflé.

— Je croyais que tu avais peur du noir, ai-je murmuré.

— Parfois ça me plaît. Je ne vois pas ce qui m'arrive.

Je n'aimais pas faire l'amour dans le noir, mais j'étais heureux que Cathy s'exprime. C'était nouveau. J'ai eu la nausée en réalisant que ce progrès était probablement dû à Trevor. Et alors ? me suis-je dit. Où était-il en ce moment, et moi où étais-je ? Mais je demeurais quand même perturbé. Je me suis relevé, j'ai dénoué le cordon de sa ceinture et je l'ai retournée sur le ventre. J'ai enlevé son pantalon, conscient que ma passion était, dans une large mesure, de la rage.

J'ai débouclé ma ceinture. Je voulais la fouetter, mais je craignais de la choquer. Ou je craignais peut-être qu'il n'en soit rien. Lucas lui en avait peut-être appris plus que je ne l'imaginais. Alors que j'allais la pénétrer, j'ai eu soudain la vision de Lucas dans la même posture, empoignant les cheveux de Cathy, et je me suis arrêté net. Je me suis mis à côté d'elle et je l'ai attirée vers moi.

— Hé, s'est-elle plainte en se retournant. Qu'est-ce que…

Je me suis serré contre son corps. Puis, brusquement, je me suis reculé. Quelques secondes ont passé.

— Frank ?

Je n'ai pas répondu.

— Qu'est-ce qui ne va pas ?

Sans un mot, j'ai reculé jusqu'à la porte et allumé.

— Frank !

Les yeux de Cathy lançaient des éclairs. Elle a mis la main devant son sexe, puis a tiré le drap sur elle.

Trop tard. J'avais vu ce que j'avais senti quelques instants auparavant.

Elle avait les poings serrés sur le drap.

— Salaud ! C'est quoi ton problème, putain ? Je t'ai dit que je voulais…

Elle a pincé les lèvres et fermé les yeux. Elle avait l'air de faire beaucoup d'efforts pour garder son calme.

J'ai pris une profonde inspiration.

— Tu t'es rasée, est tout ce que j'ai réussi à dire.

Elle a regardé par la fenêtre et secoué la tête.

— Je voulais te faire la surprise.

— C'est réussi.

Elle m'a regardé, a rejeté le drap et légèrement ouvert les cuisses.

— Je pensais que tu aimerais ça.

J'aimais ça. Terriblement. Mais je savais qu'elle ne l'avait pas fait pour moi, et j'étais terrifié à l'idée de ce que cela pouvait signifier.

— Cathy…

— Hein ?

— Est-ce que c'est Trevor qui t'a demandé de te raser ?

Elle a refermé les jambes et fait la moue.

— Je suis une grande fille, a-t-elle dit enfin. Personne ne m'impose quoi que ce soit.

— T'a-t-il demandé de le faire ?

— Pourquoi le ramènes-tu toujours dans la conversation ? Je te l'ai dit : on s'est quittés.

— Réponds à ma question.

— Tu es en train de tout gâcher.

— J'ai besoin de savoir.

— Très bien. Non. Il ne m'a ni ordonné ni demandé de le faire. Satisfait ?

Je ne la croyais pas. Mais je doutais de réussir à lui faire avouer au moins une partie de la vérité.

— L'as-tu laissé te voir comme ça ?

Elle a secoué la tête.

— Tu es tellement jaloux, a-t-elle dit doucement.

J'ai pensé qu'entrer dans son jeu pourrait me rapprocher de la vérité.

— Je suis jaloux, ai-je avoué. J'ai été jaloux dès que j'ai su que tu étais retournée avec lui.

— Tu nous as imaginés ensemble ?

— Difficile de faire autrement. Il m'a tout raconté.

— Quoi ? Qu'est-ce qu'il t'a raconté ?

— Tout.

— Tu lui en as voulu ?

— Énormément.

— Et tu t'es senti trahi ?

Je n'étais pas habitué à ce que Cathy me questionne sur mes sentiments. J'ai acquiescé, non sans hésitation.

— Je comprends, a-t-elle dit. Et ça te ferait encore plus mal de penser que j'ai modifié mon corps pour lui.

Je suis resté silencieux. Elle a souri.

— Ne sois pas malheureux. C'est pour toi, pas pour Trevor. Il ne m'a jamais vue comme ça. Je me suis rasée ici, hier soir.

— Hier soir ?

— Je ne te demande même pas ce que tu faisais pendant que j'étais ici toute seule. Je ne veux pas penser à cette pute.

J'ai eu envie de défendre Rachel, mais la raison m'a retenu.

— Pourquoi as-tu pensé que j'aimerais que tu te rases ? ai-je demandé.

— Pour une raison pitoyable. (J'attendais.) Je l'ai fait parce que… bon… parce que Trevor m'a raconté que ta petite amie strip-teaseuse était presque entièrement rasée. Il a dit que la plupart des filles du Lynx Club le sont. (Elle a baissé les yeux.) Je veux te rendre heureux. Je ne veux pas que toi ou moi nous tournions vers quelqu'un d'autre. Pour rien au monde. Plus jamais. (Elle a levé son regard vers moi, les yeux remplis de larmes.) Ça fait des années qu'on se torture l'un l'autre. Je ne sais pas pourquoi. Et je ne crois pas que tu puisses le dire non plus. Tout ce que je sais, c'est que je n'en peux plus. Je ne supporte plus de t'imaginer avec quelqu'un d'autre. En train de l'embrasser. De la toucher.

Peut-être que Cathy s'était réellement rasée pour moi. Ou peut-être que j'avais envie de la croire. Mais je ne pouvais pas prendre le risque de la laisser en danger et sans défense. Je me suis approché d'elle et j'ai passé la main dans ses cheveux mouillés.

— Nous ne nous sommes pas donné tout ce que nous pouvions, ai-je dit. On s'en est plutôt mal sortis.

Elle a tendu la main vers mon pénis, mais je l'ai prise dans la mienne.

— Pourquoi ne veux-tu pas que je te touche ? a-t-elle sangloté.

— Tu pourras me faire ce que tu voudras… dans une minute.

Elle a regardé mon bas-ventre et souri.

— Cathy, j'aime me dire que tu t'es rasée pour moi. Tu peux voir l'effet que ça me fait. Mais je veux que tu me dises si Trevor…

— Je t'ai déjà…

J'ai levé la main.

— Tu dois me le dire. Parce que si Trevor t'a demandé de te raser, ou te l'a fait, alors tu es en danger.

— En danger ? De quoi ? D'une brûlure de rasoir ?

J'ai souri, mais juste un instant. Je ne voyais pas comment lui annoncer que Lucas était un suspect. Je me suis assis sur le lit.

— C'est peut-être Trevor qui a tué Sarah, ai-je dit. Sarah et l'autre fille, Monique Pelletier.

— Tu n'es pas sérieux.

— Il les a opérées toutes les deux. Implants mammaires. Il a également couché avec.

Je me suis tu le temps que ça chemine dans sa tête.

Cathy m'a dévisagé sans avoir l'air de comprendre.

— Les deux victimes ont été retrouvées avec le sexe complètement rasé. Exactement comme toi.

— Trevor est incapable de commettre un meurtre.

— Je n'en suis pas si sûr.

Elle a détourné le regard.

— C'est ridicule. Tu lui cherches des crosses parce qu'il m'a sautée. (Elle a tendu la main vers son pantalon de coton.) Ce n'est pas comme s'il m'avait violée, Frank. En réalité, j'ai dû lui faire des avances pour le mettre dans mon lit.

Ma colère ne devait pas m'empêcher de la prévenir.

— Ce n'est pas moi qui ai décidé de l'arrêter, ai-je dit calmement. C'est Emma Hancock.

— L'arrêter ? a-t-elle bredouillé en enfilant son pantalon.

— Et Hancock n'aurait pas agi sans preuves convaincantes.

En prononçant ces mots, je me rendais compte que je n'y croyais pas.

— Si elle est si futée, pourquoi a-t-elle accusé ce cinglé qui se prenait pour un général ?

Je n'avais pas de réponse valable.

— Elle y regardera à deux fois avant d'accuser quelqu'un d'autre, surtout un notable de la ville.

— Tu oublies une chose. J'ai rencontré Emma Hancock. Cette salope arrêterait le pape pour être en première page dans le journal.

Ça ne me plaisait pas que Cathy porte autant d'intérêt au sort de Lucas, mais j'ai essayé de ne pas y penser. Je suis allé vers elle et je l'ai prise par les épaules.

— De toute façon, ne t'approche pas de Trevor jusqu'à ce que cette affaire soit réglée.

Elle m'a repoussé.

— D'accord, papa, a-t-elle ricané. Et toi, reste éloigné de ta petite pute du Lynx Club.

Juste à cet instant, le téléphone a sonné sur la table de chevet. Cathy a décroché.

— Allô ! a-t-elle dit.

Elle a écouté un instant, puis a appuyé sur la touche du haut-parleur et reposé le combiné sur son socle.

— Frank ? Vous êtes là ? a demandé Emma Hancock.

Ça tombait à pic.

— Je suis là avec Cathy, ai-je répondu.

— Bon, très bien. On a notre homme.

— Vous l'avez trouvé ?

— Pas vraiment.

— Qu'est-ce que vous voulez dire ?

— C'est lui qui m'a trouvée. Il est venu faire le malin au commissariat il y a une heure, tiré à quatre épingles, et s'est installé dans mon bureau. Je n'étais pas rentrée, et l'officier Zangota lui a dit de sortir, pour qui se prenait-il ? Vous voyez le genre. La vraie scène de bagarre. Et notre Dr Jekyll lui sort : « Je suis recherché pour meurtre. » Comme ça. Zangota a failli appeler un agent pour qu'il lui passe les menottes.

— Pourquoi ne m'avez-vous pas appelé tout de suite ?

— Je voulais passer un moment avec lui dans sa cellule. Uniquement le docteur, moi, et quelques-unes de mes jeunes recrues.

J'ai regardé le visage de Cathy qui reflétait un mélange d'angoisse et d'indignation.

— Pour l'amour du ciel, Emma, ai-je protesté, vous ne pouvez…

— N'invoquez pas en vain le ciel, m'a-t-elle interrompu. Rendez-lui plutôt grâces.

— J'arrive.

— Prenez votre temps. Le Dr Lucas récupère. Mais venez quand vous voudrez.

Elle a raccroché.

Cathy s'est dirigée vers la porte.

— Où vas-tu ? ai-je demandé.

— Ça ne te regarde pas. (Elle s'est arrêtée et s'est tournée vers moi. Elle était de nouveau au bord des larmes.) Je vais te dire, j'ai perdu une amie intime il y a quelques jours. (Elle a respiré profondément pour reprendre son sang-froid.) Le moins que tu pourrais faire serait de t'asseoir sur ton ego blessé le temps d'aider à trouver qui l'a réellement tuée.

Puis elle est sortie en trombe.

Je l'ai entendue rassembler ses affaires en bas. J'aurais pu courir derrière elle, mais elle n'était pas d'humeur à m'écouter. Je me suis souvenu de ce que Ben Carlson m'avait dit à propos de Sarah, qu'elle continuait de baiser avec Lucas bien après la fin supposée de leur relation. Comment pouvais-je croire que je serais meilleur pour extirper Lucas de la tête de Cathy ? Son aura sur les femmes produisait encore visiblement son effet sur elle.

La porte d'entrée a claqué. Je me suis approché de la fenêtre dans la pénombre et j'ai regardé la Volvo de Cathy jaillir du passage et disparaître dans la nuit. Je me suis laissé tomber dans le fauteuil placé près de la fenêtre. Les coussins de cuir collaient à mon corps nu. J'ai pris une Marlboro dans le coffret en cristal posé sur la petite table, l'ai allumée et contemplé le bout incandescent dans l'obscurité. J'ai aspiré autant de fumée que mes poumons pouvaient en contenir, puis l'ai rejetée par la bouche et les narines.

Hancock disait vrai ; je n'avais aucune raison de me précipiter au commissariat. Personne n'aurait l'idée de dire que Lucas était en état de psychose quand il avait tué Sarah et Monique. La police pouvait enregistrer ses aveux s'il voulait en faire. Et je n'avais pas envie d'être le premier témoin des violences qu'Hancock et ses gros bras avaient commises sur Lucas. Je l'imaginais roulé en boule sur une paillasse, le visage enflé et couvert de sang, des hématomes sur les bras et les jambes, là où la matraque d'Hancock avait atterri. Il ne pouvait pas être plus éloigné du siège de sa Ferrari. J'ai tiré une nouvelle bouffée et renvoyé la fumée vers le plafond. Pourquoi n'avais-je pas envie de voir ça ? me suis-je demandé. Pourquoi ne pas saisir l'occasion de rendre visite à un Lucas fraîchement dépouillé de son narcissisme, en état de vulnérabilité maximale ? N'avait-il pas infligé cette même douleur et bien pire à ses victimes ? N'avait-il pas essayé de m'arracher à ce que j'aimais ?

Cette dernière question me tourmentait. Je voulais être sûr que Cathy s'était trompée, que mon désir de vengeance n'avait pas dévié l'enquête en direction de Lucas. J'ai passé en revue les derniers événements. Je ne doutais pas que Lucas soit un misogyne capable de violence et j'avais la certitude qu'il avait eu des relations sexuelles aussi bien avec Sarah qu'avec Monique. Il avait opéré les seins de l'une comme de l'autre. C'était un prédateur qui avait effrontément abusé de la relation médecin-patient. Il était avec Monique quelques heures avant qu'elle ne meure. Il avait en sa possession son anneau d'or.

C'était plus qu'Hancock n'en savait. Je ne lui avais pas raconté ma conversation avec Ben Carlson. Et elle estimait en savoir assez. Alors pourquoi avais-je l'estomac noué ? Avais-je du mal à croire qu'une telle boucherie pouvait être le travail d'un chirurgien méticuleux ? Ou n'était-il pas évident, dans mon esprit, qu'un homme ayant pignon sur rue, payé pour découper des femmes, risquerait tout pour le plaisir de les mutiler ?

J'ai encore avalé un bon centimètre de nicotine, j'ai secoué la tête et observé l'obscurité. Le nœud de mon estomac était plus serré que jamais. Je me suis levé pour allumer le lampadaire et je me suis rassis. En tendant la main pour éteindre ma cigarette, j'ai remarqué quelques romans des aventures de Trixie Belden empilés sur la petite table à côté du cendrier. Cathy avait dû mal dormir la nuit dernière et avait probablement relu ces histoires pour se détendre. J'en ai pris un et le titre m'a fait sourire : *Le Mystère de la sauterelle fantôme*. Je l'ai ouvert et j'en ai lu quelques paragraphes.

Assise autour de la cheminée du salon où flambait le feu, toute la famille jouait aux devinettes, racontait des histoires drôles et chantait. À la stupéfaction de tous, Mme Belden enchaîna une série de phrases difficiles à prononcer. Elle défia les enfants d'être aussi adroits, et le résultat fut un fou rire général…

Plus tard, Trixie se glissa dans son lit et écouta la tempête au-dehors. Pauvre vieille Sauterelle, pensa-t-elle en frissonnant, j'espère que tu supportes sans dommages la tempête.

J'imaginais assez bien que la lecture de la vie idyllique de Trixie ait pu réconforter Cathy qui grandissait dans une famille marquée par la tragédie. J'ai posé le bouquin sur mes genoux. Où était-elle partie si précipitamment ? Elle pouvait être allée s'installer dans une chambre de garde de l'hôpital, ou rejoindre ma mère et passer la nuit à ressasser tous mes défauts. Il était également possible qu'elle se soit rendue au commissariat de Lynn pour voir Lucas, comme un papillon attiré par la flamme. Cette image s'est accrochée à mon esprit. J'ai repensé à l'incendie qui avait ravi la petite sœur de Cathy. Peut-être que le remords du survivant, la même dynamique psychologique qui avait réduit Westmoreland en pièces, habitait Cathy. Si elle pensait qu'elle aurait dû mourir à la place de sa sœur, elle pouvait, encore maintenant, être attirée inconsciemment par le danger.

J'ai réalisé que je ne savais pas bien quelle sorte de souffrance avait endurée Cathy cette nuit-là ; je ne lui en avais pas suffisamment parlé. Je ne savais pas si elle avait sauté par la fenêtre ou si on était venu la chercher. Je ne savais pas qui était à la maison. Je n'avais jamais demandé à Cathy si elle se souvenait des funérailles de sa sœur, si elle avait conservé des affaires à elle, si elle imaginait sa sœur au paradis. Encore un trou noir dans nos relations. Comment avais-je pu vivre aussi longtemps avec un être humain et en rester aussi distant ?

J'avais besoin de quelque chose pour calmer mon anxiété. Je me suis dirigé jusqu'à mon bar de style Art déco que j'avais trouvé lors d'une foire aux antiquaires dans le Vermont. Il était en châtaignier, et son couvercle à cylindre révélait, lorsqu'il était relevé, un assortiment de bouteilles et de gobelets chromés. J'ai attrapé la bouteille qui renfermait mon Talisker dix-huit ans d'âge et je m'en suis servi une double rasade. Rien que son parfum me remettait sur pied. Je l'ai bu lentement, sans respirer, appréciant la chaleur dans ma bouche et ma gorge, puis le long de mon œsophage et dans mon estomac. Quand j'ai eu vidé le verre, je pouvais presque sentir le liquide passer dans mes vaisseaux sanguins, avant d'être diffusé partout. J'ai soufflé un grand coup et j'ai baissé la tête, attendant d'être submergé par le calme.

J'y étais presque quand j'ai entendu qu'on frappait à la porte. Un coup, puis plus rien. Cathy avait la clé, je doutais donc que ce soit elle, à moins qu'elle ne l'ait jetée par la portière de sa voiture dans sa fuite. Elle m'avait déjà fait le coup. J'ai réalisé que j'avais envie que ce soit elle, mais en regardant par la fenêtre, j'ai vu un pick-up, au lieu de sa Volvo, dans l'allée.

Je suis allé jusque dans la chambre, j'ai enfilé mon pantalon et descendu l'escalier. Je me sentais plus léger avec le scotch dans le ventre. Comme j'approchais de la porte, il y a eu un nouveau coup.

— J'arrive ! ai-je crié.

J'ai regardé par l'œilleton, mais je n'ai vu personne. La lampe extérieure était éteinte. J'ai appuyé sur l'interrupteur, sans succès. L'ampoule devait être grillée.

— Qui est là ? ai-je demandé.

Pas de réponse.

— Qui est-ce ? ai-je gueulé.

— Laissez-moi entrer, bon sang !

Même à travers dix centimètres de bois, je reconnaissais la voix de Paulson Levitsky. J'ai ouvert la porte.

Paulson était encore en tenue de ville, chemise blanche amidonnée et cravate club. Il serrait une enveloppe kraft sur sa poitrine.

— Il y a un problème, a-t-il dit.

Il est passé devant moi et est entré dans le salon. Je l'ai suivi. Il s'est assis sur le canapé, le dos bien droit, et a sorti quelques feuillets de l'enveloppe.

— Paulson, on ne s'est pas vus dernièrement. Je ne sais pas si vous avez été en contact avec Hancock.

Il m'a regardé et a reniflé.

— Êtes-vous ivre ?

— J'ai pris un verre.

Il s'est mis debout.

— Avez-vous la tête claire ? Ou est-ce que je perds mon temps ? (Avant que j'aie pu lui répondre, il a levé les mains.) Excusez-moi. (Il s'est rassis.) Je suis bouleversé.

J'ai pris un siège près de lui.

— Il faut que je vous mette au courant.

— Ils ont encore coffré un innocent, a-t-il lâché.

Mon cœur a chaviré.

— Quoi ?

— Le Dr Lucas n'est pas coupable.

— Attendez, ai-je dit. Savez-vous qu'il a posé des implants mammaires à Sarah et à Monique ?

— Oui. Hancock m'a tout raconté.

— Elle n'a pu vous raconter que ce qu'elle savait. Mais je ne lui ai pas dit que Lucas couchait également avec ses deux patientes.

— C'est très répréhensible. Cet homme est un monstre. (Il a resserré son nœud de cravate.) Il n'est pas, cependant, le meurtrier ; en tout cas, pas de ces victimes-ci.

Il m'a fixé attentivement.

— Pourquoi dites-vous qu'il n'est pas coupable ? ai-je capitulé.

— Je *dis* qu'il n'est pas coupable parce qu'il *n'est* pas coupable. Le tueur continue à tuer.

— Le tueur…

Il m'a tendu ses papiers.

Je les ai pris et j'ai jeté un coup d'œil à la première page. C'était un rapport faxé des services de police de Revere. J'ai regardé Levitsky, dans l'espoir d'être rassuré.

Il est resté de glace.

— Lisez, m'a-t-il enjoint.

J'ai commencé à lire :

Homme de cinquante et un ans victime d'un homicide trouvé dans une voiture avec carte d'identité dans son portefeuille. Nom : Michael Wembley. Adresse : 123 Beacon Street, Boston. La voiture est une Lexus SC400 noire, numéro minéralogique 887NFT, Massachusetts. Découvert à environ 18 h 35 au bout d'une route non pavée, Foster Road, par Susan Rugeaux (compte rendu d'interrogatoire sur feuille séparée) qui faisait son jogging. Victime découverte sans paupières (coupées). Victime nue sous la ceinture (pantalon sur les chevilles). Parties génitales rasées. Pénis et testicules méconnaissables à la suite de multiples et profondes entailles.

— Sacré bon Dieu, ai-je dit.

— Joshua Belnick, le légiste de Revere, m'a appelé immédiatement et transmis les papiers. À la différence de vous, il ne me perd pas de vue quand il le faut. Il savait que nous avions deux cadavres aux parties génitales rasées.

— Mais c'étaient des femmes.

— C'est vrai.

— Les seins découpés.

— Qu'en déduisez-vous ?

Je n'étais pas sûr d'en déduire quelque chose. J'ai repris ma lecture :

Montre trouvée dans la voiture, jetée sur le tableau de bord. Rolex. Arrêtée. Remontoir arraché. Heure : 18 h 19. Mise en sac comme élément de preuve.

— Quel est l'intérêt de la montre ?

— Notre meurtrier voulait apparemment établir l'heure de la mort. Cela semble correspondre. Selon Belnick, d'après la coagulation du sang, la sécheresse des yeux, etc., 18 h 19 colle parfaitement. Bien sûr, il va affiner son étude.

— À quelle heure Lucas s'est-il pointé ?

— Il a été enregistré à 18 h 40, mais ça faisait un moment qu'il traînait au commissariat.

— C'est trop court, ai-je remarqué. Il lui aurait fallu voler de Revere à Lynn. (J'ai jeté un nouveau coup d'œil sur la feuille.) Si l'heure de la mort est correcte.

— Elle l'est, à cinq minutes près. Belnick n'est pas une cloche.

Je suis passé à la seconde page. C'était un fax avec deux photos montrant les blessures de la victime. Les images étaient mauvaises, mais elles en montraient suffisamment. Sans leurs paupières, les yeux de Wembley semblaient témoigner d'une indicible horreur. Sous cette photo, il y avait un cliché de ses parties génitales, qui ressemblaient à de la charcuterie en tranches.

— Comment a-t-il été tué ? ai-je murmuré.

— Par un coup à la tête, comme les deux autres.

— Au moins il était mort avant qu'on lui fasse le reste, ai-je dit.

— Je n'en suis pas si sûr. On a retrouvé des poils pubiens sur le siège du conducteur et la moquette. Il s'est rasé dans la voiture.

— Ou a été rasé.

— C'est peu probable. Selon Belnick, le sens de coupe des poils et les éraflures indiquent que le rasoir a été manipulé de bas en haut, ce qui veut dire que la main qui le tenait était juste au-dessus. (Levitsky a glissé son bras entre ses cuisses et s'est servi de sa main pour me montrer les mouvements verticaux.) Quelqu'un placé sur le siège passager aurait été obligé de tendre le bras et de raser vers le bas.

Il a tendu la main vers moi pour me montrer.

Je l'ai arrêté.

— J'ai compris. Comment ce Belnick arrive-t-il à travailler si vite ?

— C'est un crack. Un œil exercé. J'étais l'un de ses profs pendant son internat à Boston.

— Vous m'en direz tant.

Il a souri.

— Le nombre d'entailles du rasoir, à double lame, au fait, donne à penser que Wembley était soit très excité, soit très effrayé à ce moment-là.

J'ai jeté un nouveau coup d'œil aux photos.

— Terrorisé semble le mot juste.

— Je vous laisse la psychologie post mortem. Le plus urgent est de convaincre le capitaine Hancock de rouvrir l'enquête.

J'ai approuvé.

— Ça ne pourrait pas être un autre tueur ? C'est un cas différent. Victime mâle. À Revere, pas à Lynn. Autres blessures.

— Allons donc, Frank. Je n'aime pas plus que vous avoir tort, mais…

— Ça n'a rien à voir avec moi, ai-je bredouillé.

— Très bien. Si vous le dites.

Je me suis calmé.

— Tout le monde peut constater que les cas sont différents.

— Les lacérations du pénis ont été faites par une lame identique à celles qui ont tailladé Mlles Johnston et Pelletier. Et je confirme qu'il s'agit d'un bistouri.

— La même lame, ou le même genre de lame ?

— On dirait Hancock. À couper les cheveux en quatre. (Il a grimacé.) Sans jeu de mots.

— Ce n'est pas complètement inenvisageable ?

— Tout est envisageable, mon petit Frank. Mais un deuxième tueur est hautement improbable. Et souvenez-vous, je n'ai jamais accepté l'idée qu'un chirurgien plasticien fasse d'aussi vilaines blessures. Je crois l'avoir comparé à Mike Tyson.

— Oui. C'est ça. Vous avez aussi comparé les gens à des oiseaux qui picorent.

— Je maintiens qu'il y a analogie. Le comportement humain a des racines profondes.

— Mais nous ne sommes pas des robots.

Il a regardé par la fenêtre. Puis, sans un mot, il s'est tourné vers moi, la main brandie vers mon visage.

Je me suis vivement reculé.

— Qu'est-ce qui vous prend ?

— Excusez-moi, a-t-il dit. Je voulais faire une démonstration. (Il a croisé ses mains sur ses genoux.) Je me retourne brutalement, vous esquivez. *Stimulus*, réponse. Même votre irritation contre moi est une réaction programmée. Nous sommes des créatures guidées par nos habitudes.

Je n'avais pas envie de débattre sur l'existence du libre arbitre. Et je n'étais pas tellement sûr que Levitsky ait tort en prétendant que le tueur courait encore. Je me suis levé.

— Allons trouver Hancock, ai-je dit.

13

Je voulais conduire, mais Levitsky a refusé parce que mon haleine était encore chargée d'alcool. On a pris sa voiture, une Dodge Ram de 1981 qui roulait comme une neuve. Un buste en imitation ivoire d'Einstein était fixé sur le tableau de bord et, ce qui m'a surpris, une stéréo Alpine, avec égaliseur graphique et ampli, était fourrée dans la boîte à gants ouverte. Je me suis demandé si Levitsky cachait une passion pour le hard rock, mais dès qu'il a mis le contact, les quatre haut-parleurs ont commencé à déverser la suite d'un cours médical sur le système de drainage lymphatique des extrémités inférieures. « Les vaisseaux lymphatiques afférents, expliquait une voix masculine, longent la veine saphène, tandis que les vaisseaux du genou suivent les artères géniculaires. »

— Bon Dieu, ai-je murmuré.

— Chut ! a dit Levitsky.

« La plupart des efférents suivent les vaisseaux fémoraux jusqu'aux ganglions inguinaux », continuait la voix. J'ai appuyé sur *stop*, puis *eject*.

— C'est pour vous détendre ?

— Absolument. (Il a fait un signe de tête vers la boîte à gants.) Il y a là une cassette sur la neuroanatomie, si ça vous dit.

— Vous n'écoutez jamais de musique ?

— Sur l'autre face de la cassette sur la structure des os faciaux, il y a le *Concerto* pour violon de Mendelssohn.

J'ai trouvé la cassette et je l'ai mise en route.

Levitsky gardait en permanence le pied sur la pédale de frein et ne dépassait jamais les trente à l'heure. Chaque fois que l'orchestre s'amplifiait, ses pouces tapotaient le volant. Je les ai fixés.

— Ça les démange ?

Il a jeté un coup d'œil vers moi, puis sur ses pouces.

— C'est un morceau entraînant, a-t-il dit. Jane Dimitry, la violoniste, produit un son parfait. J'en ai fait le relevé avec un oscilloscope.

— Un *oscilloscope ?*

— C'est un appareil qui mesure...

— Je connais. (J'ai secoué la tête.) Voyez-vous, c'est ça votre problème, Paulson. Les fréquences sonores n'expliquent en rien pourquoi ce violon vous émeut. Sa beauté n'est pas mesurable.

— Sa beauté, c'est du 40,72 hertz.

— Vraiment ? C'est ça ? Alors pourquoi ne pouvez-vous pas créer le même son qu'elle ? Prenez un violon et un oscilloscope et rejoignez l'orchestre.

— Ne m'embêtez pas avec des questions idiotes.

— Vous considérez qu'elles sont idiotes parce que vous n'avez rien à répondre.

Il m'a jeté un nouveau coup d'œil.

— La réponse, c'est que je n'ai ni les yeux, ni les oreilles, ni les doigts de Dimitry. Les cellules de ma rétine, de mon nerf optique et de mon vermis sont, de naissance, légèrement différentes, et je n'ai pas été entraîné aux mêmes *stimuli*. Son cervelet, qui lui donne la sensation d'équilibre quand elle est assise avec un morceau de bois coincé entre le cou et l'épaule, fonctionne sans doute mieux que le mien. Ses groupes de neurones, qui font la liaison entre les *stimuli* sensitifs et les influx moteurs, ont une résistance électrique plus faible. (Il a enfin repris sa respiration.) Sa musique est le résultat d'innombrables petits éléments.

— C'est faux. Sa musique dépasse la somme de ces éléments. C'est pour cette raison que les gens sortent leur portefeuille pour aller l'écouter. Ils veulent éprouver un sentiment de beauté qui ne s'explique pas. Et c'est aussi pourquoi les gens font la queue pour aller voir les œuvres de Van Gogh. Et c'est encore pour la même raison que des milliers de gens remplissent les stades de football : ils veulent assister à la passe victorieuse entre deux joueurs en pleine course, malgré les cinquante mètres qui les séparent, malgré leurs adversaires qui s'interposent.

— Comment est-on passés de Mendelssohn à Van Gogh, puis au football ? À quelle motivation faites-vous référence ?

— À la motivation que nous avons tous de prouver l'existence d'une puissance supérieure. Rien de ce qui forme nos cerveaux et nos corps ne peut expliquer comment ce ballon de foot arrive dans les bras du receveur à l'endroit et au moment précis. L'événement dépasse ses composantes. C'est une sorte de miracle.

Les pouces de Levitsky se sont mis à danser sur le volant.

— J'imagine que ça transforme le stade Sullivan en temple.

— Oui, d'une certaine façon. C'est pourquoi nous appelons nos héros sportifs des idoles. Ils nous aident à sentir la présence de Dieu.

— J'aurai tout entendu.

Comme nous passions devant le Schooner Pub sur Lynnway, j'ai aperçu la Jeep de police rouge modèle Cherokee d'Emma Hancock garée devant.

— Arrêtez-vous, ai-je dit à Levitsky.

— Pas question. Vous boirez en dehors du travail.

— Paulson, c'est la voiture d'Hancock qui est là.

Il a regardé.

— Effectivement.

Il a fait demi-tour au carrefour suivant, est revenu jusqu'au pub à une allure d'escargot et s'est garé à au moins dix mètres de la voiture la plus proche.

— Ce serait idiot de rayer la carrosserie, a-t-il expliqué.

— Une bosse vous libérerait peut-être l'esprit.

Il a coupé le moteur.

— Ne claquez pas la porte, m'a-t-il prévenu.

Hancock était assise au bout du bar avec Timothy Bennett, un grand stratège politique qui s'était lui-même présenté une fois à la mairie. Quand elle nous a vus, elle lui a fait signe de ne pas bouger et est allée s'asseoir à une table du fond. Une serveuse l'a suivie avec sa bouteille de champagne et des verres supplémentaires.

Nous nous sommes assis.

— Allons-nous porter un toast à notre victoire ? a-t-elle souri.

Elle a rempli son verre, puis un deuxième.

— Pas pour moi, a dit Levitsky.

— Je m'en doutais.

— Vous ne pouvez pas vous tromper à chaque fois, a-t-il répliqué.

Hancock s'est raidie sur sa chaise.

— Je sais pourquoi le Dr Levitsky est ici, Frank. Il veut que je relâche un meurtrier. Et vous, qu'est-ce qui vous gêne ?

— Paulson m'a montré les documents sur l'affaire de Revere.

— Et qu'est-ce que vous en pensez ?

J'ai attrapé un verre et l'ai vidé en partie.

— On s'est servi du même type de lame.

Elle a approuvé.

— Le même *type*. La presse pond continuellement des articles qui sont de vrais manuels d'utilisation. Je ne sais pas où est passé le sens de la responsabilité des journalistes. L'édition de ce matin annonçait en manchette que l'arme du crime était un bistouri. N'importe quel dingue peut avoir piqué l'idée.

— Et l'homme était rasé, ai-je poursuivi.

— L'*homme*. Ça fait une grande différence.

— C'est vrai.

— On lui a découpé les paupières, pas les seins.

J'ai acquiescé.

— Et puis il y a la montre. Cela pourrait être la signature du tueur. Lucas, lui, n'a jamais laissé de message.

Je n'y avais pas pensé.

— Que dites-vous de la montre, Paulson ? Vous qui croyez aux comportements étroitement conditionnés.

La question a paru le troubler, mais pas plus de quelques secondes.

— Peut-être ne laissera-t-il de message que tous les trois meurtres, ou seulement quand la victime est un homme, ou seulement dans les voitures Lexus, a-t-il dit. Ce seraient alors des comportements conditionnés. Allons-nous attendre pour voir lequel se confirme ?

Hancock a pris le paquet de Marlboro dans ma poche de poitrine et en a allumé une. Elle a tiré une bouffée et m'a regardé tout en rejetant la fumée par le coin de sa bouche.

— Si le légiste de Revere se trompe, ça pourrait aussi être l'œuvre de Lucas. L'heure de la mort, c'est coton à établir. J'ai vu des erreurs de plusieurs heures dans un sens comme dans l'autre.

Levitsky a émis un petit rire.

— Ça arrive quand la police met des semaines à retrouver le corps.

Hancock a fait semblant de n'avoir rien entendu.

— Quelle est votre intuition, Frank ?

Je n'avais pas envie de suivre mon intuition. Je lui ai dit ce que je savais, que Sarah avait été à la fois la patiente et la maîtresse de Lucas, tout comme Monique.

— Johnston aussi. (Elle a secoué la tête.) Ça me suffit.

Elle a penché son verre vers le mien.

— Était-il proche des aveux ? ai-je demandé.

— Il a dit qu'il était désolé pour ma nièce. Qu'elle allait lui manquer. (Elle a bu son champagne.) Ça m'a rendue furieuse et… bon, il n'a plus rien dit ensuite.

— Parfait, a lancé Levitsky. Des brutalités en plus d'un emprisonnement injustifié.

Hancock lui a jeté un regard furibond.

— Est-ce que le procureur a assez d'éléments pour l'inculper ? ai-je poursuivi.

— Plus qu'il n'en faut. Le grand jury se réunit demain matin.

— Qui est son avocat ?

— C'est un égomaniaque. Il dit qu'il se représente lui-même.

— Il va peut-être se présenter à la mairie, a ironisé Levitsky.

J'ai vu Hancock se frotter les ongles et j'ai craint que Levitsky ne soit blessé. J'ai posé la main sur l'épaule d'Emma.

— Laissez-moi voir Lucas.

— Ce soir ?

— Oui.

— Tout seul ? Ou avec ce Dr Lamort ?

— Je dois retourner au labo, a dit Levitsky.

— Il est un peu esquinté, m'a prévenu Hancock. Il m'a tapé sur les nerfs.

— Trop esquinté pour parler ?

Elle a haussé les épaules.

— Il peut parler.

— Ça va, alors.

Hancock a lancé un regard vers Bennett.

— Je le paie plus que vous. Et ça ne me rapporte rien. (Elle s'est levée.) Donnez-moi quelques minutes.

Elle est retournée au bar.

— Vous n'avez pas répondu à la question de madame le Maire, a dit Levitsky.

— Quelle question ?

— Sur votre intuition.

— Je croyais que les intuitions ne comptaient pas à vos yeux.

— Sauf les vôtres, a-t-il souri.

J'ai fini mon champagne.

— Je ne vois pas pourquoi. Je me suis trompé plus souvent que je n'ai eu raison.

Hancock est restée dans son bureau pendant que Zangota m'emmenait voir Lucas.

— Comment va le gosse ? lui ai-je demandé en chemin.

— Je l'ai inscrit au foot chez les minimes. Ma femme croit que c'est un futur Platini.

— Parfait. Mais je ne parlais pas de votre gosse. Je parlais du garçon des Highlands, celui qui habitait en dessous de chez Mercure et Monique.

— C'est lui, a-t-il souri. Enrique. Mes deux autres enfants sont des filles.

Je me suis arrêté net.

Zangota a continué jusqu'à la porte de la cellule et a agité ses clés pour trouver la bonne.

— Ce que vous avez dit sur les familles d'accueil, en général pourries, m'a trotté dans la tête. Parce que c'est la vérité. La plupart font ça pour l'allocation mensuelle. Alors j'ai pensé que, puisque j'avais eu de la chance et que de braves gens s'étaient occupés de moi, c'était le moment d'en faire autant.

J'avais la chair de poule.

— Vous avez pris le gosse ?

— Il fallait bien que quelqu'un le fasse. (Il a introduit la clé dans la serrure et l'a tournée.) J'ai téléphoné à la DASS et je leur ai dit que j'étais volontaire. (Je n'en revenais pas.) On se sent bien, vous savez. C'est super. (Il a ouvert la porte blindée.) Quatrième cellule à gauche. Besoin de moi ?

Je me suis éclairci la gorge.

— Merci. Ça ira.

Je me suis engagé dans le couloir, puis je me suis retourné et j'ai observé Zangota qui repartait. Même après que la porte se fut refermée, je continuais à regarder dans sa direction. N'avais-je donc pas deviné que c'était un être exceptionnel ?

La voix de Lucas m'a ramené à la réalité. Je ne comprenais pas ce qu'il disait, mais il répétait toujours la même chose, comme une incantation. J'ai rasé le mur dans sa direction, l'imaginant appuyé aux barreaux, prêt à m'agripper. Mais quand je suis arrivé à sa cellule, je l'ai vu assis sur le sol, jambes en tailleur, tête pendante, tenant un drap serré autour de lui. Je n'arrivais toujours pas à savoir ce qu'il disait, ou chantait.

— Vous priez ? ai-je demandé.

Il a continué à psalmodier.

— Lucas.

Il s'est arrêté, a pris une inspiration profonde et a levé les yeux. L'un des deux était enflé et fermé. L'arcade sourcilière était fendue. Le blanc de l'autre œil était rouge. Un hématome bleu et noir entre le nez et la lèvre supérieure le défigurait.

J'aurais été un gladiateur minable. Malgré tout ce qu'avait fait Lucas, ma haine pour lui a reculé juste assez pour que je m'inquiète de savoir s'il n'avait pas de blessures internes aussi graves que les superficielles.

— Vous ne vomissez pas de sang, hein ?

— Tout va bien, a-t-il dit. Je rêvais de Cathy.

— Peut-être qu'elle vous rendra visite à la prison centrale au cours des vingt prochaines années.

— Elle le ferait sûrement, a-t-il approuvé. Elle reste très attachée aux hommes de sa vie. Bien trop, je le crains. (Il m'a regardé dans les yeux.) Et à vous peut-être encore plus qu'à moi.

Je ne m'attendais pas à cet aveu. Je suis resté silencieux.

— Mais je n'irai pas en prison.

— Non ? Vous y mettez votre main au feu ?

— La vérité parlera d'elle-même.

— Si vous avez un alibi, c'est le moment ou jamais de nous le sortir.

— J'ai ma propre conception du moment propice.

Je me suis demandé si Lucas faisait allusion à quelque astuce qui lui aurait permis de maquiller l'heure réelle de la mort de Wembley.

— Comment avez-vous réussi votre coup ?

— De quoi parlez-vous ?

Je ne voulais pas fausser l'enquête en donnant à Lucas trop de renseignements. Il était encore possible qu'il n'ait pas tué Wembley.

— De la Rolex, sur le tableau de bord.

J'ai scruté sa réaction. Il a rejeté la tête en arrière et fermé les yeux. Quand il m'a regardé à nouveau, il souriait.

— Michael Wembley, a-t-il déclaré d'un ton neutre.

— Votre troisième victime.

— Comment l'a-t-on tué ?

J'espérais que Lucas n'était pas en train de nous concocter une prétendue amnésie. Et j'espérais plus encore qu'il n'en ait pas réellement une.

— Vous lui avez tranché les paupières et lacéré le pénis. Vous l'avez laissé sans vie dans son coupé

Lexus avant de vous rendre. Est-ce que cela vous rafraîchit la mémoire ?

Il m'a regardé.

— Il était rasé ?

— D'après vous ?

— Je le parierais.

Je voulais que Lucas revendique la responsabilité des meurtres.

— Pourquoi ne pas reconnaître la vérité ?

— Mais je n'ai rien fait.

— Gardez ça pour le jury.

J'ai voulu partir.

— Attendez ! Réfléchissez un peu.

Je me suis tourné vers lui.

Il a fermé les yeux et rejeté la tête en arrière, comme s'il humait une odeur agréable.

— Pourquoi aurais-je supprimé ce dont je tirais du plaisir ? (Il m'a regardé et a haussé les épaules.) La nièce du capitaine Hancock, par exemple. Elle va vraiment me manquer.

— Ce n'est pas de vous qu'elle avait envie. Elle avait envie d'être opérée.

— Non, a-t-il dit. Elle en avait besoin. C'était un être blessé. Elle s'imaginait que son opération la ferait redevenir elle-même. (Il a secoué la tête.) Ça ne marche jamais. En fait, elle était encore moins sûre d'elle qu'avant.

— Elle n'était qu'un amusement pour vous.

— De premier choix. Déjà dompté.

— Pas exactement un adversaire à la hauteur

— La bagarre ne m'intéresse pas. La soumission immédiate me convient.

— Peut-être qu'elle voulait revenir sur son engagement.

— Monique ? On pouvait compter sur elle. J'avais encore droit à vingt-cinq séances. Elle aurait honoré sa dette. Et son colocataire était pareil. Très réglo, pour un transsexuel. Je suis sûr que vous avez rencontré Mercure.

— Je ne vous savais pas à voile et à vapeur.

— Ne soyez pas vexé. Vous êtes bien foutu, mais j'ai horreur des catogans. Pure arrogance.

— Et Sarah ?

— Je n'en ai pas tiré le maximum. C'était un être vulnérable, mais très résistant à la douleur. C'est une combinaison très rare.

Je restais planté là, le contemplant à mes pieds. Comment un homme, m'étonnais-je, peut-il perdre tout sentiment de compassion ?

— Un vrai sadique comme moi ne tue jamais ceux qu'il peut encore tourmenter, a souri Lucas. Sarah et Monique avaient encore de la souffrance à revendre.

Kevin Malloy était avec Hancock quand j'ai rejoint son bureau. Ils examinaient un dossier vert posé sur le bureau. Il y en avait deux autres à côté.

— Comment ça s'est passé ? m'a demandé Hancock.

— J'ai cru qu'il allait avouer, mais il s'est lancé dans un cours sur les raisons qui l'empêchaient de tuer. (Je me suis mis à marcher de long en large.) Il y a toujours quelque chose qui me gêne.

Malloy a ri.

— On lui a confisqué ses chaussettes, au cas où vous craindriez qu'il ne joue les Westmoreland.

J'ai cessé de marcher.

— Les dents sont réparées ? ai-je demandé.

— Comme neuves.

— Vous avez pris une assurance… au cas où elles seraient de nouveau bousillées ?

— Pas de menaces, a souri Hancock. (Elle a saisi le dossier ouvert.) Kevin a fait du bon boulot, pour se rattraper.

Elle m'a passé le dossier.

Le nom WEMBLEY, MICHAEL, était tapé sur la chemise. Deux feuillets étaient fixés à l'intérieur. J'ai lu le paragraphe griffonné sur le premier :

Michael Wembley est un Blanc de cinquante et un ans qui paraît plus vieux que son âge. Il a des poches marquées sous les yeux et des plis sur les paupières. Il déclare que ces imperfections le rendent très malheureux et qu'il désire qu'on lui fasse une blépharoplastie bilatérale.

J'étais capable de lire, mais je n'arrivais pas à y croire. J'ai regardé Hancock.

— Trois sur trois, a-t-elle dit. Tous étaient des patients de Lucas : Johnston, Monique, Wembley. (Elle a fait un signe de tête vers le dossier.) Continuez. Ce n'est pas fini.

J'ai poursuivi ma lecture :

Je lui ai expliqué le mode opératoire, les risques afférents, y compris le retard des paupières, l'atteinte d'un nerf, l'infection, l'allergie aux médicaments ou à l'anesthésie, la blessure de l'orbite ou de l'œil, les douleurs chroniques, la paresthésie, la cécité et la mort.

J'ai informé M. Wembley que le coût serait de 5 750 dollars, payables par chèque ou en espèces, 48 heures avant l'opération. La somme n'est pas remboursable. Aucun remboursement partiel en cas d'annulation ou de non-présentation.

La note était signée *T. Lucas, docteur en médecine*, et datait de six jours. Une courte fiche suivait, donnant le détail de ses paramètres vitaux durant l'opération et la période de réveil.

— Au moins ce bon docteur mentionnait la mort comme effet secondaire, a remarqué Hancock. On ne peut pas dire que Wembley n'ait pas été prévenu.

— On mentionne toujours l'éventualité de la mort, ai-je répondu. Ça limite les responsabilités.

— Mais pas les risques pour le patient, a dit Hancock.

Sur la page suivante, il y avait un croquis des yeux de Wembley, avec les incisions prévues par Lucas. En bas de la feuille, il y avait deux Polaroid, avant et après. Sur le suivant, Wembley avait l'air de s'être mis du mascara, mais je savais que les lignes étaient en réalité des coutures. L'endroit précis des minuscules sutures est la marque du chirurgien plasticien.

— Comment avons-nous obtenu le dossier ? ai-je demandé.

— Le juge Barton nous a délivré un mandat de perquisition pour le bureau de Lucas, a expliqué Malloy. C'était dans une pile sur son bureau. (Il s'est tourné vers Hancock.) Quel endroit ! On se serait cru à Rome. Des colonnes partout. Dans l'entrée, il y avait même un portrait à l'huile de Lucas à cheval. J'en ai presque oublié que j'étais à Lynn.

J'ai refermé la chemise et secoué la tête.

— Qu'est-ce qui ne va pas ? a demandé Hancock.

— Pourquoi quelqu'un sur le point de tuer un homme laisserait-il son dossier chirurgical en évidence sur son bureau ? Pourquoi n'était-il pas caché ?

— Peut-être qu'il manquait de place, a rétorqué Malloy. (Il a pris les deux autres chemises et me les a tendues.) Celles-ci étaient fourrées derrière le tiroir du haut du principal fichier.

J'ai pris les dossiers. Sur l'un était écrit PELLETIER, MONIQUE. Sur l'autre, JOHNSTON, SARAH. J'ai ouvert celui de Pelletier, puis j'ai jeté un coup d'œil à Hancock. Ça me gênait de pénétrer avec mes gros sabots dans la vie de sa nièce.

Son regard a rencontré le mien.

— Vous pouvez y aller, a-t-elle dit. Elle est maintenant près du Seigneur.

Je me suis assis auprès du bureau d'Hancock et j'ai commencé à lire :

Monique Pelletier est une Blanche de dix-huit ans qui se présente pour une augmentation de volume des seins. Elle fait 82 de tour de poitrine et porte des bonnets « petite taille ». Son torse peut supporter une poitrine de 90. Ses mamelons sont corrects, mais demanderaient un repositionnement. Tous les risques opératoires ont été passés en revue, notamment, entre autres : infection, rupture d'implant, allergie, insatisfaction personnelle, cicatrices, déformation, dysfonctionnement sexuel, impossibilité d'allaiter et mort. La patiente persiste dans son désir. Comme elle n'a pas les moyens de payer 9 500 dollars de frais, on procédera à un ajustement tarifaire.

Ajustement tarifaire. Lucas avait probablement pris plaisir au calembour.

— Il y a également un dessin, a dit Hancock.

Un bref rapport d'opération suivait la première note de Lucas. J'ai tourné la page, m'attendant à trouver un croquis des seins de Monique, mais à la place j'ai trouvé un diagramme de son entrejambe et de son vagin. Les lèvres étaient entrouvertes, découvrant le clitoris, percé d'un minuscule anneau. Lucas avait gribouillé en marge :

Mise en place d'un anneau décoratif. Risques, y compris absence d'orgasme et douleurs au cours des rapports, passés en revue. La patiente persiste dans son désir. Honoraires à négocier.

— C'est lui qui a placé l'anneau, ai-je murmuré.

J'ai refermé le dossier et les ai rendus tous les trois à Malloy.

— Le dossier de Johnston est à peu près le même, a dit Hancock. (Elle a sorti un paquet de cigarettes Merit de son tiroir, en a pris une et l'a allumée.) Je pense que le pathologiste de Revere, l'ami de Levitsky, se trompe. Je pense que l'heure de la mort de Wembley est fausse. Mon idée, c'est que Lucas l'a assassiné, puis qu'il est venu tout droit ici et s'est rendu.

— Il y a ses empreintes dans la Lexus, a ajouté Malloy.

Je n'étais guère surpris qu'on trouve les empreintes de Lucas autour de ses patients.

— Il a réagi comme s'il ne connaissait pas les détails du dernier meurtre, ou ne s'en souvenait plus, ai-je dit. Je l'ai cru en partie.

Hancock m'a jeté un regard.
— Ne me dites pas que vous pensez à lui injecter du Penthotal.
— C'est un moyen rapide…
— De perdre le procès, m'a-t-elle interrompu. Tout ce qu'il dirait serait nul et non avenu, probablement même s'il le répétait une fois dissipé l'effet de cette merde.
J'ai hoché la tête.
— Donc, je n'ai pas à craindre de vous voir traîner par ici avec une seringue. Sûr ?
— Si vous ne voulez pas, je ne le ferai pas.
— Très bien. Ne le faites pas. (Elle a contemplé sa cigarette.) C'est du foin, a-t-elle constaté.
Elle a arraché le filtre et tiré une autre bouffée.
— Que pensez-vous du fait qu'il ne veut pas d'avocat ? Ça ne vous étonne pas ? ai-je demandé.
— Je vous l'ai dit, ce type est un égomaniaque.
— Nous parlons de quelqu'un riche à millions, Emma. Pourquoi voudrait-il se saborder ?
— Parce que ainsi il tient la vedette. On ne l'a pas eu. Il s'est donné lui-même. C'est classique.
— Peut-être. Mais il y a quelque chose qui cloche, ai-je dit.
Hancock s'est mise à faire cliqueter ses ongles.
— Ça ne marche pas, ai-je ajouté.
— Alors changez de main, a dit Malloy. De toute façon, vous n'êtes qu'un petit branleur. La moitié de ce que vous…
— La ferme, a coupé Hancock. (Son regard était fixé sur moi, mais elle s'adressait à Malloy.) Je veux que vous oubliez que nous avons arrêté Lucas. Suivez toutes les pistes, même si elles vous mènent dans une autre direction. *Surtout* si elles vous mènent dans une

autre direction. (Elle a marqué un temps.) J'espère que vous vous inquiétez pour rien, Frank. Mais je ne veux plus prendre de risque.

Je suis arrivé au Lynx Club à temps pour le dernier numéro. Avant même d'ouvrir la porte, je pouvais entendre la voix de Mick Jagger confessant que « l'attraction était purement physique ».

Je suis entré. J'ai été accueilli par des flashes de lumière rouge. Une danseuse noire ne portant sur elle que des bracelets d'argent se tenait devant un homme en salopette qui reluquait son entrecuisse tout en lampant une bière. J'ai parcouru la salle des yeux, cherchant Rachel, mais je ne l'ai pas vue.

— Hé ! a crié quelqu'un.

Je me suis retourné et j'ai aperçu Max derrière le bar. Il s'agitait dans ma direction. Je me suis approché et j'ai pris un siège.

Il lui a fallu une seconde pour reprendre son souffle.

— Tiffany, je veux dire Rachel, n'est pas là, a-t-il dit. Elle voulait que je vous prévienne, si vous passiez, qu'elle travaille à la lingerie Red Lace.

— Qui va acheter de la lingerie à cette heure-ci ?

— Personne n'en achète, à vrai dire, a-t-il toussé. Ils la payent, mais ne l'emportent pas.

— Hein ?

— Ils prennent une fille de leur choix pour la porter, vu ? Ce qu'ils veulent. En salon privé. Cinquante biffetons.

— Pourquoi casquer cinquante dollars pour regarder danser une fille en sous-vêtements ?

— Il n'y a pas que des sous-vêtements. Ils ont toute la panoplie, de la robe du soir au costume de squaw. Elles les mettent puis font un strip. Et vous êtes seul avec elles.

— Même, ai-je répondu.

— Vous vous faites reluire tout en regardant.

— Maintenant je comprends.

— Pas moi. Ça ne vaut pas le toucher et le reste. Car elles ne vous touchent pas. Du moins c'est la règle. On m'a dit que certaines filles font des extras.

Il a encore toussé.

— Ça ne va pas ? ai-je demandé.

— Ce sont ces particules d'amiante qui me font des blagues. Le docteur dit que ce sont comme de minuscules aiguilles qui me percent les poumons.

— Quand vous êtes-vous exposé ?

— Exposé ?

— Je veux dire, exposé à l'amiante. Où vous trouviez-vous ?

— Oh ! je pige. (Il m'a fait un signe de tête.) Dans la marine. J'étais soutier sur un cargo.

— Quel manque de bol. Je suis désolé.

— Qu'est-ce qu'il faut que je fasse ? Que je chiale ?

Il me regardait fixement.

J'ai senti que Max me tendait la perche, même s'il n'en était pas conscient. J'ai plissé le front.

— L'avez-vous fait ? ai-je demandé.

— Fait quoi ?

— Craqué. Chialé.

— Qu'est-ce que vous racontez…

J'ai durci légèrement la voix pour compenser la compassion de mes propos précédents.

— Je veux dire, ça arrive à tous les mecs. Pas vrai ? Des putains de poumons en dentelle ! Y a de quoi craquer.

Il a regardé la danseuse. Je l'ai imité.

— C'est pas un cadeau, ai-je continué, de se sentir malade.

Il n'a pas quitté la danseuse des yeux.

— C'est terrible.

Sa voix s'est brisée sur la fin du mot. Il s'est raclé la gorge.

J'ai mis la main à la poche, sorti un billet de dix et l'ai posé sur le bar.

— Merci pour le message de Rachel.

Il a jeté un œil au billet.

— Offert par la maison, a-t-il dit. (Il a inspiré profondément, a toussé et s'est tourné vers moi.) Elle a un beau cul, non ?

Je ne savais pas trop s'il parlait de la danseuse ou de Rachel. Mais ça n'avait pas d'importance. C'était sa façon de tout réunir.

— Elle a un cul superbe, ai-je acquiescé. (Je me suis levé.) Alors, où est cette boutique de lingerie ?

— À trois pâtés de maisons, sur Broadway, derrière chez Perce, le marchand de vieilles bagnoles. Vous verrez des lumières rouges aux fenêtres.

J'ai quitté le bar et filé à la lingerie Red Lace, au troisième étage d'un bâtiment gris. Il n'y avait pas de signe visible depuis la rue et les stores étaient tirés, mais la lumière rouge filtrait à travers. Je suis entré et j'ai monté l'escalier, passant devant un salon de coiffure, une tannerie et même un cabinet de chiropracteur. On trouve ces mecs-là n'importe où.

La boutique ressemblait à une solderie de fringues : environ une douzaine de portants circulaires disposés à l'entrée et un comptoir avec une caisse enregistreuse à l'arrière. Je ne voyais pas Rachel, alors j'ai pris mon temps pour examiner la marchandise : suite de cintres avec des culottes fendues, des vestes en latex avec fermetures Éclair, des lanières de cuir, des robes de mailles métalliques, une robe de mariée, une tenue de serveuse, et même un uniforme de flic.

— Puis-je vous être utile ? m'a demandé une jeune femme deux portants plus loin.

Elle a rejeté en arrière ses cheveux d'un blond sale en souriant.

J'étais séduit par ses yeux bleu pâle.

— Oui. Je cherche Tiffany.

— Tiffany est avec un client. Elle ne sera pas disponible avant dix minutes.

— Puis-je l'attendre ?

— Bien sûr. Venez à la caisse.

Elle est passée derrière le comptoir. Je l'ai suivie. Un assortiment d'accessoires sexuels était étalé sous la vitrine. Il y avait des martinets, des godemichés, des capotes fluorescentes.

— Êtes-vous déjà venu ? m'a demandé la fille.

— C'est la première fois.

Elle remplissait une sorte de formulaire.

— Et vous venez de la part de qui ?

— Max, du Lynx Club.

Elle a écrit son nom.

— Payez-vous par carte de crédit ou en espèces ?

— En espèces.

— C'est cinquante dollars les trois pièces, et les accessoires spéciaux comptent double.

— Accessoires spéciaux ?

— Comme un casque nazi ou un uniforme de guide scout.

— Naturellement.

Je ne pouvais détacher mon regard de la pointe de ses seins contre le T-shirt de coton. Elle a désigné de la tête la porte derrière elle.

— Tiffany pourrait en avoir encore pour quelques minutes. Voulez-vous venir avec moi ?

Ça m'a tenté, mais pas longtemps.

— Une autre fois, ai-je répondu.

— Comme vous voudrez. Cinquante dollars, s'il vous plaît.

J'ai compté les billets et je les lui ai donnés, puis je suis retourné près des portants. J'ai pris un body en dentelle noire et un caraco en strass.

La fille m'observait depuis le comptoir.

— Celui-là compte pour deux, a-t-elle dit.

J'ai levé la tête dans sa direction et j'ai plissé les yeux comme si je l'imaginais sur elle.

— D'accord, ai-je dit.

— C'est de la triche.

Elle m'a lancé un clin d'œil.

La porte du fond s'est ouverte et un homme rondouillard et chauve, avec des montures de lunettes en corne, est sorti. Il était en costume gris. On aurait dit un avocat ou un agent de change. Il portait une alliance au doigt. Il a jeté un regard circulaire dans le magasin avant de partir. Rachel est apparue dans l'encadrement de la porte après son départ. Elle était vêtue d'un Levi's et d'un sweat-shirt rose.

Je me suis approché du comptoir.

— Est-ce qu'il compte vraiment pour deux pièces ? ai-je demandé en montrant le caraco.

Elle a souri.

— Qu'est-ce que tu fais là ?

— Mes courses. Es-tu disponible ?

— Oui, monsieur.

— Montre-moi le chemin.

Nous sommes entrés dans un vestibule sur lequel donnaient plusieurs portes. Rachel s'est arrêtée devant l'une d'elles, l'a ouverte et m'a pris des mains le caraco et le body.

— Tu m'attends là-dedans pendant que je me change.

La pièce était petite, dans les sept mètres sur sept. Une estrade était installée dans un coin. Je me suis assis sur une causeuse qui occupait tout le mur opposé.

Rachel est entrée quelques minutes plus tard, vêtue d'un déshabillé de satin bleu. Elle a baissé l'éclairage, puis a appuyé sur un bouton près de l'interrupteur. « Close the Door », par Teddy Pendergass, a démarré.

Je l'ai regardée se débarrasser de son déshabillé et monter sur l'estrade. Elle portait le caraco en strass, qui s'est reflété en paillettes sur les murs quand elle s'est mise à danser. Son corps et la musique ne formaient plus qu'un. Sa peau était visible comme à travers un filet scintillant. Nos regards se sont croisés, puis elle est descendue de l'estrade pour venir se lover contre moi. Elle a fermé les yeux, les a rouverts, comme une chatte au soleil.

Je voulais voir son visage quand elle jouirait, et je voulais qu'elle voie le mien. Dans ce moment d'abandon, comme au moment de la mort, on est soi-même, et j'éprouvais le besoin de communier avec quelqu'un. J'aurais pu ne pas choisir la lingerie Red Lace, mais je commençais probablement à sentir que Dieu n'est pas attiré par le sommet des montagnes ou les clochers d'église. Dieu est attiré par la souffrance, et les lieux sombres où elle apparaît, et c'est pour ça qu'une souffrance partagée sans entraves ressemble à un acte d'amour, et est sans doute la même chose. Nos souffles se sont mêlés à nos gémissements dans une ivresse commune.

14

Il était plus de 3 heures du matin et nous étions assis sur l'antique banc d'église que Rachel avait placé devant les portes-fenêtres coulissantes qui donnaient sur son balcon. Les toits de Boston scintillaient au loin par-delà le pont de Tobin. Je lui ai pris la main, j'ai remonté la manche de son body jusqu'au-dessus du coude et légèrement gratté l'intérieur de son bras. Mes ongles ont couru sur les quatre cicatrices verticales, là où elle s'était ouvert les veines des années plus tôt.

Elle a regardé les cicatrices.

— Tu m'as demandé l'autre nuit pourquoi je ne suis pas choquée par ce que les gens se font les uns aux autres.

J'ai acquiescé.

— Suis-je protégée par le secret médical ? Par ton serment d'Hippocrate ?

— Je crois qu'on ne peut pas être plus éloignés d'une relation professionnelle. Mais je te donne ma parole. Tout ce que tu diras restera entre nous.

— Mon oncle m'a vendue à ses amis.

Juste comme ça. *Mon oncle m'a vendue à ses amis*. J'ai fait un effort pour continuer à gratter son bras.

— J'avais treize ans. Mes parents m'ont laissée avec lui quand ils sont partis pendant deux mois.

— Pourquoi n'es-tu pas allée avec eux ?

— Ils ne voulaient pas que je m'absente de l'école. Ils travaillaient à l'usine General Electric de Lynn et devaient suivre un stage de formation, ou un truc comme ça, dans le New Jersey. J'étais en quatrième, et ils ont dû se dire qu'il valait mieux ne pas m'emmener avec eux.

— Mais ce n'était pas mieux.

— Non. (Elle a respiré profondément.) Les premières semaines se sont bien passées, mais ensuite la conduite de mon oncle est devenue… bizarre. Il entrait dans ma chambre pendant que je m'habillais ou ouvrait la porte de la salle de bains pendant que j'étais sous la douche. Il avait toujours une mauvaise excuse : il croyait que je l'avais appelé ou il ne savait pas que j'étais là. Mais je savais qu'il mentait.

— Il te faisait peur ?

— Pas encore. (Elle a passé le bout de ses doigts sur ses cicatrices.) Il organisait des parties de poker à la maison avec ses collègues de travail. Ils venaient à quatre chaque mardi soir.

— Dans quoi travaillaient-ils ?

— Je ne sais plus. Pourquoi ?

— Pour rien, en fait. Tu sembles te souvenir de tant de détails.

Elle s'est frotté les yeux.

— Ça avait quelque chose à voir avec la construction. De maisons, peut-être. Non. De routes, je crois. Ou de ponts.

J'ai regardé les arches du pont de Tobin qui enjambaient la baie de Chelsea. Le passé se profile toujours à l'horizon.

— Ils n'arrêtaient pas de boire tout en jouant, et faisaient du bruit. Je ne pouvais pas dormir. Alors je lisais au lit jusqu'à leur départ. Mais une nuit, j'avais froid et j'étais très fatiguée. Il était plus de minuit. Ils riaient et criaient. Je suis descendue jusqu'à la cuisine pour demander à mon oncle de parler moins fort. (Elle a regardé dans la nuit.) C'était le bordel. Il y avait des bouteilles de bière partout. Et plein d'argent sur la table.

J'ai revu Rachel nue sur la piste du Lynx Club, entourée de bouteilles de bière, ramassant des dollars par terre.

— Ils se sont tus, d'un seul coup, et ont braqué leurs yeux sur moi en chemise de nuit. Mon oncle m'a demandé ce que je faisais là, mais je ne pouvais pas le lui dire devant tout le monde, alors j'ai dit que j'avais soif. Je me suis versé un verre d'eau et je suis retournée au lit.

J'ai hoché la tête.

— Quelques minutes plus tard il a ouvert la porte de ma chambre. Je voyais à peine son visage dans la lumière venue du couloir, mais j'ai vu qu'il ne me regardait pas comme d'habitude. Comme s'il ne me connaissait pas. Comme si j'étais un objet, pas une personne.

— Qu'est-ce qu'il a dit ?

— Il m'a juste regardée de cette manière et il est reparti. J'ai cru qu'il était furieux parce que j'étais allée dans la cuisine. Je n'arrivais pas à comprendre pourquoi, d'ailleurs, à moins que ce soit parce qu'il n'avait pas envie que mes parents sachent qu'il buvait et jouait aux cartes. J'ai essayé de m'endormir. Mais la porte s'est de nouveau ouverte.

Ma main a serré les siennes.

— C'était l'un des autres joueurs. Un gros, avec de longs favoris noirs. Il s'est approché de moi. Je me souviens m'être redressée dans mon lit, et il s'est arrêté. Il avait l'air embarrassé. (Elle a levé les yeux au ciel.) J'ai cru qu'il était entré par erreur, alors je lui ai dit que les toilettes étaient en bas.

Je ne disais rien.

— Il est resté planté, comme s'il n'avait rien entendu. Puis j'ai vu mon oncle à l'entrée de la chambre. Et il… euh…

J'ai promené mes doigts sur l'intérieur de son bras.

— Il a dit : « Vas-y, Jimmy, tu as payé, c'est réglo. »

J'ai senti mes yeux se remplir de larmes.

— J'ai essayé de m'échapper, mais il était énorme. Si bien que je n'ai presque pas bougé.

— Tu ne pouvais rien faire.

— Ils sont entrés à plusieurs. Ils empestaient tous la bière. À la fin, ça sentait dans toute la pièce.

Je reconnaissais l'odeur du Lynx Club.

— Est-ce que ton oncle t'a forcée ? ai-je demandé.

— Il regardait. Je me souviens encore qu'il dirigeait tout. (Elle a avalé sa salive.) L'un des hommes voulait me pénétrer avec sa bouteille de bière. Mon oncle lui a dit que ça ferait un supplément de dix dollars.

— D'utiliser…

— Ça s'est répété la semaine suivante. (Elle a secoué la tête, puis haussé les épaules.) Depuis, plus grand-chose ne me surprend.

— L'as-tu dit à tes parents ?

— Quelques jours après leur retour.

— Et…

— Ils ne m'ont pas crue. L'oncle Paul s'était déjà plaint que je l'avais empêché de dormir, hurlant sans raison au milieu de la nuit. Il leur a dit également qu'il m'avait surprise en train de batifoler avec un de mes camarades d'école. Ils se sont figurés que j'étais pleine de remords et que je cherchais à reporter mes propres fautes sur quelqu'un d'autre. (Elle a effleuré ses cicatrices.) À la fin, j'ai fait ça.

— T'ont-ils secourue ?

— Ils m'ont emmenée voir un psy.

— Il t'a crue ?

— Il a prescrit des calmants. Mais il craignait surtout que je ne montre des signes de schizophrénie.

Ma gorge s'est serrée.

— Désolé, ai-je dit. Personne ne t'a écoutée ?

— Je n'en ai plus parlé. Le médecin était sur le point de me faire hospitaliser et de me mettre sous Dipiperon. À partir du moment où je me suis tue, il a eu l'air de trouver que j'allais mieux.

— Où est ton oncle maintenant ?

— À Orlando. Il y a pris sa retraite.

J'ai soupiré.

— Les salauds s'en tirent bien.

— C'est parce qu'ils ont trinqué avant. Il n'y a plus de péché originel. Mon oncle et les autres recyclaient leur souffrance, ils n'inventaient rien.

— Tu les plains ?

— Dans mes bons jours. Dans mes mauvais jours, je veux les retrouver et leur faire payer ce qu'ils m'ont fait. Mais c'est le plus difficile à cicatriser.

— Quoi ?

— D'admettre qu'il n'y a personne à haïr.

— Et la danse ? Tu m'as raconté que ça aussi te faisait du bien.

— Comme je te l'ai expliqué, je suis nue, mais personne ne peut me toucher. Je bouge comme ça me plaît. Le maximum que les hommes peuvent faire, comme ce soir, au Red Lace, c'est se toucher eux-mêmes.

— Parle-moi de tes angoisses.

— Ça soulage d'avoir peur. Tu devrais essayer. Tu dormirais mieux la nuit. (Elle a soulevé ma main jusqu'à ses lèvres et l'a embrassée.) De quoi as-tu peur ?

J'ai réfléchi un instant, et encore un instant de plus avant de me décider à partager mes pensées.

— J'ai peur de cette partie de moi qui me rappelle les humiliations que j'ai subies étant gamin, ai-je répondu, la partie qui entend encore le bruit des pas de mon père dans l'escalier et celui de sa ceinture qui cingle ma peau.

— Tu n'as pas l'air apeuré pour l'instant. Tu as l'air furieux.

Alors, la révélation m'est venue sans drame, comme au moment de l'épiphanie.

— Je crois que je crains surtout cette partie de moi où ma colère me donne encore envie de le tuer.

Elle a semblé se détendre.

— Comment ? a-t-elle demandé.

— Comment quoi ?

— Comment le tuerais-tu ?

J'ai ricané nerveusement, comme un gosse.

— Je suis sérieuse. Tu as assez fréquenté des tueurs. Comment assassinerais-tu ton père ? Au couteau ? Avec un revolver ?

— Qui sait ? (J'ai eu un sourire affecté.) Comment tuerais-tu ton oncle ?

— Tu ne veux pas commencer ? D'accord. (Elle s'est tue un instant.) Je l'enchaînerais sur le lit et je l'empoisonnerais. Et je resterais près de lui pour le voir aller de plus en plus mal. Quand je me l'imagine, il a du vomi sur le visage et dans les cheveux, et du sang qui perle au coin des yeux. Avant son dernier soupir, je lui tailladerais les poignets.

— Je me servirais d'une ceinture, ai-je dit. La sienne.

J'ai imaginé mon père avec la courroie de cuir serrée autour du cou.

Elle a tendu la main et effleuré mon cou de ses doigts.

— Là.

J'ai hoché la tête.

— Tu tirerais dessus jusqu'à ce que ton père étouffe.

Mon pouls s'est accéléré.

— Même s'il tombait par terre ?

J'avais les mâchoires serrées.

— Il pourrait toujours essayer de libérer son cou. (Je me sentais étourdi.) Je le traînerais jusqu'à ce qu'il soit épuisé. Puis je desserrerais la ceinture pour lui redonner de l'air. Mais seulement quelques bouffées. Et je serrerais de nouveau.

— Même s'il se mettait à crier ?

— Ça ne me ferait rien.

— Et s'il se laissait faire ? Qu'il ne bougeait pas et se mettait à pleurer ?

— Ça ne me… (J'ai eu le souvenir d'avoir entendu mon père sangloter dans la salle de bains le jour où le Dr Henry Harris avait soigné mes côtes cassées. J'ai fermé les yeux.) Je…

— Dis-moi.

— Je le laisserais partir.

Je me sentais vaincu. Plusieurs secondes ont passé.

— Moi, c'est pareil.

Je l'ai regardée.

— Ton oncle ?

Elle a acquiescé. Je n'ai pu m'empêcher de sourire.

— Où serait la différence ? Tu l'as déjà empoisonné.

— C'est vrai, a-t-elle ri. Je le laisserais appeler une ambulance. Ou je lui donnerais un antidote.

— Parce qu'il aurait pleuré ?

Elle a acquiescé de nouveau.

— Une fois que vous avez souffert, vraiment souffert, vous ne pouvez pas faire souffrir quelqu'un très longtemps. Il faudrait être un monstre. Je me suis juré de ne pas en devenir un. (Elle a passé sa main dans mes cheveux.) Ni toi non plus.

Elle s'est penchée pour m'embrasser. Je me suis rapproché d'elle. Nos bouches se sont ouvertes l'une à l'autre. Alors je l'ai soulevée et emmenée sur le lit posé sur l'estrade. Je me suis lentement déshabillé tandis qu'elle me regardait. J'ai caressé ses cheveux et suivi les lignes de son visage. Puis tout en nous regardant, les yeux dans les yeux, comme si c'était la première fois, j'ai saisi ses genoux dans mes mains et je me suis uni à elle.

— Dis-moi, m'a demandé Rachel au bout d'un moment, pourquoi es-tu dans mon lit, et pas avec ta copine ?

Je me suis éclairci la gorge et j'ai préparé ma défense. Elle s'est dressée sur un coude.

— Tu as l'air nerveux, a-t-elle souri. Je n'ai pas dit que tu avais tort d'être avec moi. Ça m'étonne simplement, elle qui est médecin et tout ça. N'avez-vous pas, vous deux, plein de choses en commun ?

J'ai parlé sans effort.

— Si : nous ne sommes pas amoureux l'un de l'autre.

J'ai eu envie d'adoucir mon propos, mais je savais que c'était la vérité.

— Ça lui serait égal de te savoir ici ?

— Oh ! Sûrement pas. C'est une possessive. Intensément. Mais je pense que c'est parce que nous n'avons jamais eu un engagement clair l'un envers l'autre. Même en vivant ensemble, nous n'avons jamais été intimes.

— Pourquoi ?

— Probablement parce qu'on ne se sentait pas suffisamment rassurés. (Je suis resté silencieux un instant.) Je ne sais pas comment quelqu'un ressent que c'est le bon moment et le bon endroit pour se confier. Plein de patients se sont servis de mon divan, mais je n'ai jamais très bien compris pourquoi.

— Ils avaient le sentiment de pouvoir te faire confiance.

— Eh bien, ça n'était pas toujours vrai.

— Comment ça ?

Je lui ai parlé de Billy, notamment de son dernier coup de fil, quand il m'avait appelé au secours.

— La plupart des médecins ne recevraient pas un tel coup de fil. (Elle m'a légèrement caressé le visage.) Il voulait te dire au revoir. Il ne savait pas trop comment. (Ma gorge s'est serrée.) Tout le monde ne peut pas être sauvé.

— C'est ce que tu as pourtant l'air de vouloir faire.

— Mais je commence toujours par moi-même. (Elle a posé sa tête sur ma poitrine.) Tu dois en faire autant. Ressentir toutes les émotions que tu as essayé de refouler.

— Merci, docteur.

J'ai fermé les yeux.

— Je devrais te faire payer, a-t-elle murmuré.

J'ai dormi jusqu'à ce que le soleil me réveille vers 6 heures. J'ai regardé Rachel, qui dormait encore, et j'ai cru percevoir un mince sourire sur ses lèvres. Je l'ai peut-être inventé. Je me sentais heureux moi aussi. Je me suis agenouillé près d'elle, j'ai enfoui mon visage dans ses cheveux et j'ai respiré profondément, comme pour faire mienne son aura. Puis je me suis habillé pour partir.

— Frank, a-t-elle dit dans un bâillement.

Je suis revenu près du lit et je me suis assis sur le bord du matelas. Elle a glissé une main par-dessus le drap qui la recouvrait. Je l'ai saisie.

— Où vas-tu ? m'a-t-elle demandé sans ouvrir les yeux.

— À Lynn.

— Ce n'est pas fini ?

— Non.

Sa main s'est ramollie tandis qu'elle relâchait la mienne, puis ses doigts se sont resserrés.

— Sois prudent.

J'ai failli lui dire que je l'aimais, mais je m'étais servi de ces mots-là pas mal de fois sans les penser, ce qui leur retirait toute valeur à mes yeux. Alors je me suis simplement penché et je l'ai embrassée sur le front avant de regagner ma Rover.

Je suis monté dedans et j'ai quitté Chelsea. Je ne me demandais pas si j'allais revoir Rachel. C'était évident. Elle était devenue une partie de moi-même. Malgré mon épuisement et mes préoccupations, cela me soutenait. Parce que cela prouvait que tous les coups que j'avais endurés, toute la cocaïne que j'avais sniffée, toutes les tragédies dont j'avais été témoin ne m'avaient pas complètement détruit. Je pouvais encore accueillir un autre être humain dans le brouillard de mon existence. Et cela me donnait l'espoir de pouvoir m'en sortir.

Mon euphorie, cependant, n'a pas duré longtemps. Je n'avais pas parcouru deux kilomètres dans Lynn que j'ai entendu le bruit d'une sirène. J'ai regardé dans le rétroviseur et j'ai aperçu Malloy au volant de sa voiture de service. Je me suis garé et il s'est arrêté juste derrière moi. Je l'ai regardé sauter de la voiture et cracher par terre. Il avait à la main une feuille de papier d'un rose brillant qui, je le savais, était un « article 12 », le formulaire dont se servent les psychiatres pour ordonner l'internement des patients dangereux pour eux-mêmes et pour les autres. La police délivre parfois ce mandat d'amener pour sortir de prison un petit délinquant qu'ils estiment complètement barjot et l'interner dans un service psychiatrique. Un médecin doit signer le transfert. J'ai cru que Malloy était trop flemmard pour aller voir le psychiatre de garde de l'hôpital de Stonehill. J'ai baissé ma vitre.

— Bonjour, a-t-il souri.

— C'est la deuxième fois que vous apparaissez dans mon rétro. Vous me filez, ou quoi ?

— Si on veut. Vous avez une boîte sous la voiture.

— Pardon ?

— Une boîte. Le système LoJack de repérage. Je me suis dit qu'un bidule aussi chouette était le meilleur moyen de détection. Alors j'ai inscrit votre numéro d'immatriculation sur le registre. Il n'en fallait pas plus. Je peux activer le système n'importe quand depuis ma voiture. Si vous êtes dans un rayon de quatre-vingts kilomètres, votre position apparaît en un point lumineux sur une carte.

— Vous ne devez en principe pister la voiture que si je la déclare volée.

— Vraiment ? Vous rigolez.

J'ai jeté un regard vers sa feuille.

— Je devrais vous envoyer voir le toubib de garde au service des urgences.

— Pour ça ?

Il a agité son papier.

— Non. Parce que lui et vous formeriez le couple idéal. (J'ai secoué la tête.) Évidemment, pour ça.

— Il est déjà signé, a-t-il dit d'un ton neutre. Ça ne vient pas de nous. Il nous a été envoyé au commissariat par un certain Dr Pearson. En dehors de Boston. Ils en ont aussi, dans d'autres villes.

— Pearson ?

Le dernier morceau de papier que j'avais vu avec sa signature était une note qu'il m'envoyait de sa résidence secondaire du Cap me pressant de reprendre une thérapie. J'ai craint que Lucas ne se serve de Pearson et du programme destiné aux médecins en difficulté pour échapper à la procédure criminelle en invoquant la folie.

— Ça va vous intéresser.

Il m'a tendu le papier.

J'ai regardé à l'endroit où se trouvait le nom du patient, espérant me tromper. Mais là où je craignais de trouver le nom de Lucas, on avait écrit le mien.

— Qu'est-ce que…

— Je ne suis visiblement pas le seul au monde à penser que vous avez besoin d'être soigné.

Un peu plus bas, Pearson avait consigné les motifs de la demande d'internement : *Patient présentant une idéation suicidaire. Récentes tentatives de suicide. Dossier révélant l'utilisation de drogues illicites. Paranoïa aiguë.*

Malloy a replié le papier rose et l'a glissé dans sa poche de chemise.

— Il va falloir laisser la Rover sur place. Je ne peux pas vous laisser conduire. Vous pourriez décider de vous jeter contre un arbre ou un truc comme ça.

— Je ne vous suis nulle part. Où est Hancock ?

— Elle n'est pas là aujourd'hui. C'est l'enterrement de Monique ce matin. Et même si elle était dans la voiture avec moi, ça ne changerait rien, parce que ça ne dépend pas d'elle. C'est la loi. On reçoit la feuille, on vous ramasse. Sur-le-champ.

J'ai appuyé sur le bouton de fermeture électrique de ma vitre, mais Malloy a posé ses bras sur le bord du verre. Le moteur a patiné. J'ai relâché le bouton.

— Je vais vous emmener à l'hôpital, par n'importe quel moyen.

J'ai failli appuyer sur l'accélérateur, mais je savais que c'était inutile. Il pouvait alerter autant de voitures qu'il faudrait pour m'arrêter. Je ne voyais pas l'intérêt d'une course-poursuite.

— Écoutez, ai-je dit, prétendez que vous ne m'avez pas trouvé. Laissez-moi deux heures pour régler cette affaire. C'est une mauvaise plaisanterie, ou même pis. (J'ai désigné mon téléphone mobile.) Je pourrais probablement joindre Pearson maintenant.

— D'après le mandat, vous risquez de vous faire sauter la cervelle. (Il a haussé les épaules et a regardé la route dans les deux sens.) Personnellement, je ne serais pas contre. Par exemple, vous attraperiez mon arme et vous vous la colleriez dans la bouche, je n'y pourrais pas grand-chose.

Il a dégagé la lanière de son étui de revolver.

— Vous voulez que je vous dise ? Ce n'est pas la première fois que vous me faites des avances. Alors soyons clairs : je n'ai aucune envie de jouer à quoi que ce soit avec vous. Allez plutôt voir le colocataire de Monique. Je suis sûr que lui serait intéressé.

Le visage de Malloy est devenu cramoisi.

— Nous sommes en retard pour votre rendez-vous avec une cellule capitonnée. Sortez de là-dedans.

— Vous vous plantez encore une fois. Emma ne sera pas contente.

— Je fais mon boulot. Personne ne pourra dire le contraire. Et vous voulez que je vous dise ? Quoi qu'elle puisse me faire, ça ne sera pas trop cher payé pour vous voir à l'asile.

Je ne comprenais toujours pas comment quelqu'un avait réussi à convaincre Ted Pearson de m'envoyer aux urgences, mais je n'aurais pas la réponse en restant au bord de la route avec Malloy. Je suis sorti de la Rover et me suis dirigé vers sa voiture.

— À l'arrière, a-t-il dit.

— Pourquoi ?

— Parce que je préfère.

Je suis monté et j'ai regardé la Rover abandonnée tandis que nous la dépassions. Je savais où nous allions, mais je n'aurais pu dire pourquoi.

Nels Clarke, le généraliste de garde aux urgences, m'a vu entrer avec Malloy, mais a détourné le regard quand je suis passé près de lui pour aller dans la salle d'évaluation psychiatrique derrière le bureau des infirmières.

Un aide-soignant noir du nom d'Elijah Randolph m'a ouvert la porte blindée. C'était un grand gaillard, la trentaine, avec des joues rondes, un collier de barbe et une salopette qui le faisaient ressembler à Bluto, le personnage de dessin animé. On avait déjà travaillé ensemble aux urgences.

— Je vous l'ai rendue nickel comme le Ritz-Carlton, toubib, a-t-il souri de toutes ses dents. Il est rare qu'un frère voie un professionnel blanc perdre sa liberté.

— Heureux de gommer nos différences.

Je me suis arrêté sur le seuil, remarquant une camisole de force fixée à un chariot contre le mur du fond. J'étais entré dans cette pièce je ne sais combien de fois pour voir des patients, mais là, sachant que c'était moi qui allais être sous les verrous, j'ai hésité. Pour je ne sais quelle raison, probablement parce qu'il était un ennemi viscéral de la psychiatrie, je me suis tourné vers Malloy.

— Votre baratin vous a sorti de situations bien pires que celle-là, a-t-il dit, avec un soupçon de gentillesse, malgré lui, dans la voix. Vous vous en sortirez une fois de plus.

— Merci. Je le pense aussi.

J'ai pris ma respiration et je suis entré dans la cellule. Elijah m'a suivi et a refermé la porte.

— Ce porc devrait être découpé en tranches. Je le ferais griller à point et j'en reprendrais.

Il s'est assis sur un tabouret de fer.

— Pendant une seconde, j'ai senti un être humain tapi au fond de lui. (Je me suis appuyé contre le chariot.) Savez-vous pourquoi je suis là ?

— Ils disent que vous êtes fou.

— Ça, je sais.

— On le sait tous. Autrement comment les malades mentaux qu'on reçoit ici deviendraient-ils sages comme des images quand ils sont avec vous ? Vous n'êtes pas très clair. Tout le monde le dit depuis des années.

— Qui le dit, en ce moment, pour que je me retrouve avec le papier rose sur le dos ?

Par la fenêtre d'observation, il a jeté un œil aux allées et venues autour du bureau des infirmières. Un bouton sur leur comptoir permettait d'activer un système d'Interphone entre la salle d'évaluation et le bureau. Il n'y avait personne alentour. Il s'est levé et a déroulé un appareil à mesurer la tension. Il a commencé à placer le garrot de Nylon autour de mon bras.

— Je ne suis pas du genre à colporter des ragots.

— Ça ne fait aucun doute.

Il a été secoué d'un rire.

— Les femmes ont mis le grappin sur les hommes depuis la nuit des temps. Ça remonte directement à Adam et Ève et à la pomme, si vous me suivez. (Il s'est mis le stéthoscope sur les oreilles.) Ça devrait être écrit comme ça dans la Bible. La pomme est à l'origine de toutes les souffrances de l'humanité.

— Quelles femmes ?

— Hein ? Parlez plus fort.

Il m'a collé le capteur du stéthoscope devant la bouche, comme si c'était un micro.

— Pourquoi avez-vous dit « les femmes » ? Qu'est-ce que les femmes ont à voir avec mon arrestation ? ai-je demandé.

Il a posé un doigt sur ses lèvres, puis a glissé le capteur sous le garrot. Il a commencé à pomper sur la poire qu'il tenait dans la main.

— Vous ne voulez pas me répondre ?

— Chut !

Il a vérifié la pression sanguine. La colonne de mercure argenté a monté. Puis il a cessé de pomper pour laisser s'échapper l'air. Enfin, il a desserré complètement l'appareil.

— Un peu haut. Systole et diastole, a-t-il dit. Sûrement parce que vous êtes tendu.

Je le fixais des yeux. Il a jeté un nouveau regard vers la fenêtre. Une infirmière se trouvait tout près du bouton de l'Interphone. Il a détaché mon garrot et retiré le stéthoscope de ses oreilles. Puis il a sorti un thermomètre électronique de sa poche.

— Dites « ahhh ».

— Bon Dieu, il le faut vraiment ?

— Ahhh…

J'ai ouvert la bouche, et il a glissé le thermomètre sous ma langue.

Il a fait traîner les choses jusqu'à ce qu'il voie l'infirmière s'éloigner.

— Le fin mot de l'affaire, c'est que ce sont votre femme et votre mère qui vous ont pistonné. Elles sont allées devant le juge pour qu'on vous serre, sous prétexte que vous êtes accro à ça ou ça, que vous êtes suicidaire et que vous êtes généralement complètement défoncé. Le juge a appelé la commission des médecins en difficulté. Et l'article 12 est tombé. (Il a repris le thermomètre et lu le résultat.) Il y a au moins une chose qui est normale chez vous. Trente-sept tout rond.

Je n'arrivais pas à y croire.

— Vous m'avez dit que Cathy et ma mère sont à l'origine de tout ça ?

— J'étais à côté de Nels quand il a reçu l'appel d'un célèbre psy. (Il a marqué un temps, regardé une fois de plus en direction du bureau des infirmières, puis est revenu à moi.) Ils parlaient même de délivrer un article 35.

Un article 35 était une désintoxication obligatoire de trente jours à l'hôpital d'État de Bridgewater, qui ressemblait plutôt à une prison.

— J'ai déjà décroché. Dites à Nels de me faire un prélèvement de sang et d'urine. Je suis clair.

— Je suis sûr qu'il se rangera à mon avis d'expert, a dit Elijah. Je vais vous le chercher. Vous pourrez lui en parler directement. (Il s'est éloigné vers la porte, puis s'est retourné.) Je suis obligé de vous enfermer. Désolé.

J'ai hoché la tête. J'ai regardé la porte se refermer et je l'ai entendu tourner le verrou. J'ai observé l'activité du service des urgences, où Nels Clarke évoluait d'un patient à l'autre. Au bout d'un quart d'heure, je l'ai vu quitter une cabine et se diriger vers ma porte. J'ai entendu le verrou s'ouvrir.

— Il est à vous, docteur Clarke, a dit Elijah. Je reste à côté.

Nels est entré. Il est resté près de la porte.

— Tu as l'air furieux, a-t-il remarqué.

— Moi ? Pourquoi serais-je furieux, Nels ?

— Ce n'est pas moi qui ai signé l'article 12.

— Je sais. C'est Ted Pearson.

— J'aimerais t'aider.

— Bon. Commence par me dire pourquoi je suis sous les verrous. Qui est derrière ça ?

— Tu crois à un complot ?

Ça n'allait pas être facile. J'ai soupiré.

— Non. Je crois que tout le monde essaye de m'aider. On m'a payé le voyage, et l'hôtel est remarquable. Donc tu peux cocher la case « non » sur le compte rendu d'examen psychologique à la rubrique paranoïa. Les deux cases suivantes concernent les voix et les hallucinations. Pourquoi est-ce que tu ne me poses pas la question ?

Il s'est éclairci la gorge.

— C'est désagréable pour tous les deux.

— Pour tous les deux ? Tu veux que je joue le thérapeute pour toi, peut-être ? C'est moi qu'on a traîné jusqu'ici sans mon consentement.

— Je suis sûr qu'Elijah t'a tout raconté. Il était à côté du téléphone quand j'ai reçu le coup de fil de Pearson.

— Cathy et ma mère.

Je l'ai fixé droit dans les yeux.

— La procédure est confidentielle. Je ne peux ni confirmer ni démentir.

— Nels, réfléchis à ce qui se passe. Tu sais qu'entre Cathy et moi ça bat de l'aile. Elle n'est pas une observatrice impartiale de ma psyché. Quant à ma mère, elle me bastonnerait si quelqu'un le lui suggérait.

Il a poussé un soupir.

— Bon. Juste pour poursuivre la discussion, supposons que ce sont elles qui ont engagé la procédure. Qu'est-ce qu'on doit faire si une amie intime et un membre de ta famille pensent tous les deux que tu es en grave danger ? Les ignorer ? Allons donc, Frank. Personne ne peut les contredire avant une évaluation. Et tu as des entailles au poignet.

J'ai relevé ma manche et montré mon bras.

— Je t'ai déjà expliqué que j'ai fait ça au poste de police, pour que William Westmoreland arrête de se mordre.

— William… Ouais, quelque chose comme ça. Je ne sais pas si tu m'as donné les détails. Je t'ai surtout cru sur parole.

— Demande donc à Malloy. Il était là. Il a assisté à la scène.

— Je le ferai peut-être. (Il a fixé le sol.) On dit aussi que tu prends de la cocaïne. Et pas qu'un peu.

— J'en *ai pris*. J'en suis sorti. Tu peux me faire une analyse. Pas d'alcool. Pas de coke. Rien.

Son regard a rencontré le mien.

— On a dit à Pearson que tu avais sauté par la fenêtre du premier étage.

— Hein ?

— Tu t'es excité, tu as crié que tu voulais en finir ou quelque chose comme ça, et tu t'es jeté par la fenêtre avant qu'on puisse te retenir. Tu as heurté le sol du côté droit.

— Du côté…

— Peux-tu enlever ta chemise ?

— Nels, c'est dingue.

Son regard restait fixé sur mon flanc droit.

— J'ai dû emmerder Cathy plus que je ne pensais. C'est un coup monté.

— Tu crois…

— Nom de Dieu, Nels !

Je sentais le sang battre mes tempes.

Il s'est rapproché de la porte. Je me suis calmé du mieux possible.

— Si tu veux jouer les psychanalystes, tu n'es pas obligé de commencer toutes tes phrases par « Tu crois ». Change, de temps en temps. Essaye deux ou trois formules, comme « Je crois que tu as dit » ou « Je comprends ». (J'ai respiré profondément deux ou trois fois.) Écoute, je vais te faciliter la tâche. En résumé : je ne suis pas paranoïaque. Je n'entends pas de voix, je n'ai pas d'hallucinations, je ne sens pas d'odeur de viande brûlée ni ne sens des araignées se baladant sur mes couilles. Je ne suis enclin ni à l'homicide ni au suicide. Nous sommes à Lynn. À l'hôpital de Stonehill. On est vendredi. Le matin. Bill Clinton est président des États-Unis. Et tu es toujours aussi con.

— Il ne faut pas m'en vouloir. Je dois t'examiner de toute façon. Enlève ta chemise.

— Très bien.

J'ai sorti ma chemise en jean de mon pantalon.

Nels a réagi. J'ai baissé les yeux. Une ecchymose aux marbrures bleues, noires et jaunes couvrait les trois ou quatre côtes qui avaient encaissé le choc quand j'avais plongé pour éviter la Ferrari de Trevor Lucas.

— C'est Lucas qui m'a fait ça, ai-je expliqué. Avec sa bagnole.

— Il est en taule.

— Je sais. Grâce à moi. Mais avant, on s'est bagarrés.

— Bon. Écoute. Pourquoi ne pas…

— Tu recommences à prendre le ton « ne pas prendre à rebrousse-poil le malade mental ». Je te dis que Cathy me fait payer… Bon, je ne sais pas très bien ce qu'elle me fait payer. Mais elle sait pertinemment que Lucas m'a froissé les côtes.

— Tu serais très affecté si tu perdais Cathy.

Peu de choses sont plus nuisibles qu'une compassion déplacée.

— Nels, ai-je dit, essayant de ne pas m'énerver. Tu devrais vraiment en rester aux maux de gorge. Tu te goures en croyant que je m'inquiète. Sais-tu d'où je sors ?

— Non.

— Tant mieux. Au moins tout le monde ne compose pas mon numéro LoJack.

— Ton…

— Laisse tomber.

Il a eu l'air encore plus soucieux.

— J'étais dans l'appartement d'une splendide créature. Elle est danseuse au Lynx Club. Un cul parfait. De longues jambes. Un cœur immense. Je n'ai pas pensé à Cathy une seule seconde la nuit dernière pendant qu'on faisait l'amour. J'étais super heureux. Alors, crois-moi, je ne m'enfonce pas dans une dépression psychotique. Je ne me suis jamais senti mieux.

Avant d'achever ma dernière phrase, je me suis rendu compte que mon euphorie pouvait passer à ses yeux pour un symptôme de psychose maniaco-dépressive.

— Ouais, bon… Procédons à ton examen physique et à ces analyses d'urine et de sang, comme tu l'as suggéré, et attendons Pearson. Je ne peux pas te laisser partir sans qu'un psychiatre ait signé le bon de sortie, même si je le voulais.

— Il va venir ? Ici ?

Ça m'ennuyait de le voir au moment où tout allait mal, d'autant qu'il l'avait prédit.

— La commission des médecins en difficulté exige une évaluation sur place. Pearson effectue les siennes.

— Alors pourquoi est-ce que je m'emmerde à te parler ? (J'ai fermé les yeux.) Quand va-t-il venir ?

— Rapidement.

J'ai passé un examen corporel et on a recueilli mon urine et prélevé du sang. J'ai essayé de dormir sur le chariot, mais je n'ai pas pu. Elijah m'a apporté des biscuits et quelques exemplaires du magazine *People*. J'ai lu un long article sur les dépressions de célébrités comme Julia Roberts et Lyle Lovett. Un numéro encore plus ancien reproduisait une lettre de Michael

Jackson adressée au monde entier dans laquelle il demandait la compréhension du public parce qu'il avait « longuement saigné », une référence évidente au Christ. Pas banal ; Dieu revenant sur terre sous les traits d'un chanteur noir de pop music accro à la chirurgie esthétique qui adore traîner avec des gosses à poil. Et moi j'étais là, enfermé comme dingue, tandis que la vedette faisait un enregistrement spécial pour MTV. Vous voyez ça d'ici.

15

Vendredi, 10 h 37

J'ai regardé depuis la fenêtre d'observation Ted Pearson se présenter au bureau des infirmières. Il n'avait pas changé depuis notre dernière rencontre. Ses cheveux argentés étaient soigneusement peignés et il était, comme toujours, élégamment habillé d'un pantalon gris anthracite, d'une chemise blanche à fines rayures grises et d'un nœud papillon rouge. Ses yeux d'un bleu profond ne cillaient pas quand il regardait autour de lui. Il a signé un document, a feuilleté quelques papiers posés sur le guichet et s'est dirigé vers ma porte. Après être entré, il a imperceptiblement fait un signe de tête à Elijah. La porte s'est refermée.

Il a examiné le plafond, les murs, puis s'est assis sur le tabouret de fer. Il a croisé les mains et m'a dévisagé.

— Bon…, a-t-il fini par dire.

Je me sentais détendu, et je me souvenais que Pearson produisait le même effet à chaque rencontre. J'ai laissé mes épaules se relâcher et j'ai croisé les mains, comme lui. Il a ajusté son Sonotone à l'oreille gauche. Ça, c'était nouveau.

— Maladie professionnelle, a-t-il dit. Nos oreilles ne sont pas faites pour écouter autant d'histoires.

— Vous exercez le métier depuis plus longtemps que moi.

— Quarante ans. L'un dans l'autre. (Il a arrêté de régler son appareil.) Je ne crois pas vous avoir jamais dit que j'avais travaillé dans cet hôpital pendant quelques mois, dans les années soixante. On le surnommait à l'époque la Taverne des menteurs de Lynn.

— On ment encore pas mal, de nos jours.

Il a grimacé et a regardé par la fenêtre d'observation.

— Le service des urgences est quatre ou cinq fois plus important que de mon temps.

Je n'étais pas d'humeur à m'attarder sur le passé.

— Vous avez signé un article 12 à mon sujet, ai-je dit calmement.

Il s'est retourné vers moi et a pincé les lèvres.

— Bien pis. Je l'ai délivré.

— Pourquoi ?

— Le juge Stahl m'a informé qu'il s'inquiétait sérieusement, ainsi que quelques-uns de vos proches. Et j'ai parlé directement avec eux.

— Laissez-moi vous dire deux ou trois choses. Je ne suis pas suicidaire. Raconter que je me suis jeté par la fenêtre est grotesque. Et je ne me drogue plus. Cathy et ma mère vous ont apparemment induit en erreur.

— C'est possible, a-t-il reconnu. (Son regard était enfoncé dans le mien.) Ce qui m'a paru clair, c'est que ni l'une ni l'autre n'ont la moindre idée de ce qui vous fait souffrir. Vous serez sûrement d'accord avec moi pour dire que c'est un détail important. (Il est resté silencieux pendant plusieurs secondes.) Elles veulent vous garder en vie. Vous faites partie de la leur, d'une certaine façon. Mais que vous soyez heureux ou non ne les intéresse absolument pas.

J'ai soupiré un grand coup.

— En quoi est-ce que cela justifie mon enfermement ?

— Je n'étais pas sûr que vous accordiez vous-même beaucoup d'intérêt à la vie.

— C'est pourtant le cas.

— Je suis ravi de vous l'entendre dire, a-t-il approuvé. (Il a tripoté un de ses boutons de manchette, un carré d'or incrusté d'une spirale en lapis-lazuli.) Comment avez-vous tenu le coup ? Grâce à la cocaïne ? Freud ne trouvait pas ça terrible.

— J'ai arrêté il y a deux jours. Je...

— ... commence tout juste, a-t-il souri. Au mieux.

Plusieurs secondes ont passé. Il a pris une expression solennelle.

— Je vais faire une chose que je n'ai jamais faite, Frank.

Ça n'annonçait rien de bon.

— Quoi ?

— Rompre le secret médical.

J'attendais, me demandant où il voulait en venir.

— J'ai soigné votre père ici même. Plus d'une fois.

— Mon père ? Vous le connaissiez ?

— Oui. Mais ce qui est important, c'est que je le retrouve en vous. (Je suis resté silencieux.) Il débarquait, criant qu'il allait se jeter sous un train à la gare de Salem. Toujours saoul. Racontant toujours la même histoire.

— Mon grand-père était ingénieur à la compagnie ferroviaire Boston and Maine. Près de la gare de Salem.

— Ah ! Votre papa n'en a jamais dit un mot. J'aurais préféré.

— Il ne voulait pas se confier. Pas même à vous. Ni à personne. Jamais.

— Bien difficile à aimer.

J'avais la gorge trop serrée pour répondre.

— Vous l'accompagniez la nuit où il s'est réellement baladé sur les rails, Frank.

— Quoi ? Quand ? Je ne me souviens pas de ça.

— Vous aviez huit ans. Je ne suis guère étonné que vous ayez enfoui ce souvenir au fond de vous.

— Qu'est-ce qui s'est passé ?

— Votre père était saoul. Une fois de plus. Il a trouvé un quai désert, a sauté de la bordure du quai et s'est allongé sur les rails. (Il s'est tu un instant.) Maintenant que je sais que votre grand-père travaillait dans les chemins de fer, je crois que s'allonger sur les rails avait aussi pour votre père valeur de symbole. Il avait dû en baver avec lui. (Il a secoué la tête.) Mais si ce n'avait pas été les rails, il aurait trouvé autre chose. Parce qu'il voulait dormir. Une fois pour toutes. Il était rongé par la souffrance. (Il a contemplé le sol, puis m'a regardé.) Et à huit ans, le haïssant déjà comme vous le faisiez, vous l'aimiez cependant suffisamment pour faire une chose extraordinaire.

J'ai revu mon père dans le cirage entre les rails, mais je ne pouvais pas en garder une vision claire plus de quelques secondes.

— Vous êtes descendu du quai et vous avez essayé de le remonter. Vous avez déchiré sa chemise en essayant. Vous avez trébuché, vous vous êtes écorché les genoux et vous vous êtes ouvert le pouce sur un morceau de verre cassé.

J'ai regardé mon pouce gauche. J'avais toujours eu une vilaine cicatrice de la première articulation jusqu'à la paume. Je n'avais jamais su pourquoi, ni pensé à le demander.

— Et comme vous n'arriviez pas à le bouger, vous avez appelé au secours. Un gardien de nuit vous a trouvés et vous a sortis de là. Puis la police vous a amenés tous les deux ici aux urgences.

— Et vous y étiez ?

— J'y étais. Et on s'y retrouve.

J'avais la chair de poule.

— Et je vais vous dire la même chose que j'ai dite à votre père cette nuit-là. Je ne peux vous empêcher de vous détruire. Personne ne le peut. Au bout du compte, c'est toujours vous qui ferez le choix.

Il s'est levé et m'a tendu la main. Je l'ai prise. Elle était douce et tiède, et j'aurais pu la garder longtemps.

— Et maintenant ? ai-je demandé.

— Bonne question. (Il a gardé le silence un instant.) Je serai toujours honoré de vous aider à trouver la réponse.

J'ai regardé Pearson aller vers Nels et lui parler. Des gens se croisaient devant eux, et j'avais les larmes aux yeux, si bien que je ne captais pas le sens de leur conversation. Les deux hommes se sont serré la main et Pearson est parti. Une minute plus tard, Nels est entré.

— Répète-le-moi encore une fois. Aucune chance de te supprimer ?

— Non.

— Pas le moindre risque ?

— Pas le moindre.

— Ça va.

— C'est tout ? Je peux partir ?

— Tu es libre. D'après Pearson, on n'a aucune raison de te retenir. Tes urines et ton sang ne sont pas chargés, et tu affirmes que tout va bien. Donc voilà. (Il a fouillé dans sa blouse et en a sorti une carte de visite.) Il m'a dit de te donner ça.

Le nom de Pearson y était gravé en simples lettres noires, avec son numéro de téléphone en dessous. J'ai retourné la carte. Au verso, il avait écrit une citation du poète Rilke : *Ce qui est terrible requiert notre amour*.

J'ai glissé la carte dans ma poche.

— Toujours fâché ? a demandé Nels.

— De moins en moins chaque jour, ai-je répondu.

Je suis sorti de la salle d'attente et j'ai aperçu Elijah qui baratinait la réceptionniste, une jolie blonde du nom de Jackie. Elle et moi flirtions sans conséquences depuis longtemps. Je me suis approché d'eux.

— Voilà qui me donne espoir qu'on soit tous libérés un beau jour ! s'est exclamé Elijah.

— Salut, Frank, a dit Jackie.

— Jax, ai-je répondu en faisant un signe de tête.

— Pas moyen d'éviter les ennuis, hein ?

Elle a légèrement penché la tête.

Elijah l'a regardée, puis moi ensuite.

— Je devrais peut-être te remplacer à l'accueil et vous laisser trouver une chambre de garde.

Jackie a pouffé. J'ai posé une main sur la joue rebondie d'Elijah.

— Merci pour votre aide, tout à l'heure. J'ai apprécié.

— Pas de problème.

— Une chose, cependant.

— Allez-y.

J'ai mis la main à ma poche de veste, j'ai sorti mon canif et je l'ai ouvert.

— Vous ne m'avez pas fouillé avant de m'enfermer. Ce n'est pas grave pour cette fois, mais le suivant pourrait vous priver d'un œil. Ou d'un bijou de famille. Une petite mise en garde.

— Merci. J'y penserai.

J'ai piqué en plaisantant son bras avec la lame.

— Mise en garde. Compris ?

— Vous êtes sûr de ne pas vous être échappé ?

— C'est effectivement le cas.

Nous nous sommes serré la main.

— Où allez-vous ? m'a-t-il demandé.

— Au-dessus. Gynéco-obstétrique.

Il a rigolé.

— Et c'est vous qui me dites de protéger mes arrières !

Cathy n'était pas dans son bureau. Kris, sa secrétaire, m'a dit qu'elle était arrivée tard et avait couru en salle de travail. J'ai monté deux étages par l'ascenseur privé du service jusqu'au vestiaire des médecins. Il était vide, mais le sac à main en cuir noir de Cathy était posé devant son casier. J'ai poussé les doubles portes qui donnaient sur l'amphithéâtre au-dessus de la salle de travail et j'ai parcouru l'allée centrale pour me rapprocher du mur de verre incliné.

L'équipe d'obstétrique était affairée autour de ce qui semblait être un accouchement difficile. D'habitude, l'anesthésiste était affalé dans son fauteuil, à peine éveillé, mais là il était en plein travail, contrôlant ses appareils de mesure. L'infirmière du bloc arrangeait fébrilement les instruments chirurgicaux sur un plateau près de la parturiente. Cathy se tenait entre les jambes de la patiente, puis elle est venue se placer à ses côtés.

J'ai regardé l'aine de la patiente, puis Cathy en train de lui badigeonner le ventre de Betadine. Le liquide rouge s'est étalé et a coulé entre les cuisses. En tant que psychothérapeute, je m'étais toujours senti à l'aise dans le suivi du malade, attendant des mois ou des années que le patient accouche de sa propre vérité. Les buts du traitement étaient subjectifs. La guérison pouvait être question d'opinion. Mais le travail de Cathy était définitif : la délivrance d'une nouvelle vie, au moment voulu, et quelle que soit la méthode utilisée pour y parvenir. Était-ce pour cette raison qu'elle se sentait à l'aise pour envahir ma vie aussi abusivement qu'elle l'avait fait ?

J'ai repensé à la sœur de Cathy, disparue dans l'incendie de leur maison. Une œuvre de fiction aurait-elle pu évoquer cette tragédie mieux que la scène qui se déroulait sous mes yeux ? Un enfant était en danger de mort, risquant d'étouffer. Il était dedans et il fallait l'aider à sortir. Mais, cette fois, Cathy avait le savoir et les moyens de délivrer cet enfant et de le mettre à l'abri.

Elle a pris un bistouri sur le plateau et, sans aucune hésitation apparente, a pratiqué une incision transversale de vingt-cinq centimètres sous le nombril de la femme. Elle a découpé les tissus sous-cutanés, a posé la lame et a plongé ses deux mains dans la blessure. Un instant plus tard, ses mains ont émergé, tenant un enfant couvert de sang qui poussait des cris.

J'ai fait demi-tour et j'ai remonté les gradins vers la sortie de l'amphithéâtre pour aller l'attendre dans le vestiaire des médecins. Ce n'était qu'une question de minutes avant que Cathy ne revienne. Elle s'est raidie quand elle m'a aperçu assis sur le banc devant son casier.

Je me suis levé et j'ai haussé les épaules.

— Ils m'ont examiné au service des urgences, mais ils m'ont jugé sain d'esprit.

— Les médecins font continuellement des erreurs.

— Et toi ?

— Moi aussi. Mais pas pour ce qui te concerne.

— Est-ce que c'est Trevor qui t'a poussée à ça ?

— Il a suffisamment de soucis. Il risque la prison à vie.

Elle a voulu passer devant moi pour prendre ses affaires. Je l'ai attrapée par le bras.

— Lâche-moi ! (Elle s'est débattue pour me faire lâcher prise mais sans succès. Elle a pris une profonde inspiration et a fermé les yeux.) Tu ne t'imaginais pas que je n'allais rien faire et te laisser profiter de ta petite pute, hein ?

— Quoi ?

— T'imaginais-tu que j'allais te laisser revenir auprès de ce tas de merde ? Je n'ai pas eu assez d'ennuis comme ça ?

— Tu as fait ça par pure jalousie ?

— Humiliation serait le mot juste.

— Et me faire enfermer était ta vengeance ?

Elle a secoué la tête.

— Tu ne comprends pas ? a-t-elle lâché. Tu ne te contrôles plus. Il faut t'enfermer, c'est pour ton bien.

— Non. Je ne comprends pas.

Elle a détourné les yeux et secoué la tête.

— Ça n'a plus guère d'importance.

Elle m'a poussé pour atteindre son casier.

Je suis allé jusqu'à l'ascenseur et je l'ai appelé. Lorsque la porte s'est ouverte, je suis entré puis me suis retourné. Cathy me tournait le dos.

— Tu peux récupérer le reste de tes affaires chez moi quand tu voudras, lui ai-je dit. Et laisse la clé.

J'ai pris un taxi pour aller chercher la Rover, puis je suis allé chez moi, à Marblehead. J'avais besoin d'un peu de temps pour reprendre mes esprits. Avec ma clientèle privée, j'avais insisté auprès de douzaines de familles pour qu'elles demandent à la justice d'obliger des êtres chers à se désintoxiquer, et une partie de moi voulait encore croire que Cathy avait entamé la procédure par souci de mon bien-être, même si elle se trompait. Mais cette interprétation de sa motivation ne collait pas avec la jalousie morbide que j'avais lue sur son visage. Je devais prendre ses paroles au sérieux : elle était allée voir le juge par colère, pour me contrôler.

J'ai attrapé une Marlboro dans la boîte à gants et je l'ai allumée. J'ai avalé la fumée et je l'ai retenue le plus longtemps possible.

Pourquoi hésitais-je encore à lui faire ses valises ? La réponse était la même que celle que j'avais donnée à des centaines de patients qui se demandaient pourquoi ils restaient attachés à une relation destructrice : être contrôlé, mais pas aimé, avait été le lot de mon enfance. J'étais, comme le disait un de mes professeurs, « perdu au milieu de ma famille ». Pas étonnant que Cathy et ma mère soient devenues des alliées.

Non pas que je puisse me donner plus de bons points qu'à elles. Je savais que perdre sa maison d'enfance et une jeune sœur peut laisser une fille terrifiée au moindre signe de chaos. Je savais qu'une tragédie de cette ampleur pouvait générer une intense possessivité dans les relations avec les autres. Pourtant, je n'avais pas offert à Cathy une vraie sécurité. Je n'avais pas suffisamment exploré son passé pour l'aider à surmonter sa peur. Bien loin de là ; je lui avais maintenu la tête sous l'eau quand elle était en crise, réprimant ses émotions jusqu'à ce qu'elles se consument.

La vérité, c'est que ni Cathy ni moi n'avions fait l'un pour l'autre ce que Rachel avait fait pour moi : m'aider à assumer la douleur et la haine que j'avais au cœur, l'allégeant du même coup. Pourquoi, me suis-je demandé, trouve-t-on si rarement ce genre d'aide ?

J'ai tiré sur ma cigarette et j'ai ralenti en passant devant une nouvelle affiche. Il y était écrit : « Lynn. Lynn. Cité divine ! » J'ai souri. Ce slogan faisait partie de la campagne publicitaire lancée par la Commission du renouveau pour donner à la ville un nouveau look. On connaissait tous la vraie ritournelle qui montait de ses rues sordides : « Lynn, Lynn, cité du crime. » Les choses ne tournent jamais comme prévu.

J'ai balancé mon mégot par la vitre et j'ai poursuivi ma route. Arrivé devant chez moi, je suis resté assis dans ma voiture quelques instants, troublé par quelque chose sur quoi je n'arrivais pas à mettre le doigt. J'ai mis ma main en visière pour me protéger du soleil et j'ai scruté la maison. J'ai alors compris ce qui me gênait.

La porte de la maison était entrouverte. Je n'avais pas dormi chez moi la nuit précédente, et mon souvenir de mon départ avec Levitsky pour aller voir Emma Hancock était succinct. Je n'avais peut-être pas complètement tiré la porte. Le vent de l'océan l'avait ouverte bien des fois. Pourtant, je me sentais mal à l'aise. J'ai cherché entre les sièges le fourreau de mon poignard, mais il n'était pas à sa place habituelle. Je suis sorti de la voiture, gardant un œil sur la porte de la maison, et je me suis accroupi à côté de la bagnole. J'ai passé la main sous le siège. Rien. J'ai examiné la moquette. Sans résultat. Je me suis dit que quelque routard s'était arrêté pour inspecter la Rover au bord de la route et avait piqué la seule chose qui n'était pas vissée. Ou peut-être que Malloy était revenu pour confisquer toute lame dont j'aurais pu me servir pour me tuer… ou le tuer. Je me suis relevé. J'avais mon canif, mais ça ne pouvait pas servir à grand-chose.

Je suis passé derrière la voiture, j'ai ouvert le coffre et j'ai sorti la manivelle. J'ai suivi l'allée pavée qui menait à ma porte en traînant intentionnellement les pieds sur le sol. Si quelqu'un était à l'intérieur en train de découper mes toiles, je voulais lui donner toutes les chances de se tirer. J'étais assuré contre le vol ; je ne voyais aucune raison pour que l'un ou l'autre se fasse tuer pour ça. Sur le seuil, j'ai sonné plusieurs fois et j'ai crié : « Salut ! » Aucune réponse. J'ai pénétré à l'intérieur.

Tout était sens dessus dessous. La table basse était retournée, l'un des pieds cassé. La moitié des rideaux avait été arrachée. La collection de Cathy de cœurs en verre coloré était réduite en miettes contre le mur du fond, de petites marques indiquant chaque impact contre le plâtre. Les tableaux étaient encore suspendus, mais celui que je préférais, une scène du *Titanic* en train de couler, avait été lacéré. Je me suis avancé de quelques pas et j'ai remarqué que l'un des coussins du canapé avait été éventré. Le téléphone était par terre, cordon arraché. Je me suis immobilisé, épiant tout mouvement au-dessus, mais je n'ai rien entendu d'autre que le grondement lointain des vagues sur la plage.

Je ne m'attendais pas à entendre autre chose. Ce n'était pas l'œuvre d'un intrus quelconque. Cathy avait visiblement eu un nouveau coup de folie, mais sans que je sois là pour la retenir. J'ai pensé qu'elle était revenue cette nuit pour discuter. Je me la suis imaginée m'attendant, de plus en plus furieuse à mesure que les heures passaient, jusqu'à ce qu'elle comprenne que je ne rentrerais pas. Et… voilà.

J'ai posé la manivelle sur le canapé et je suis monté.

J'espérais que Cathy n'avait passé ses nerfs que sur le salon, mais en arrivant sur le palier je me suis rendu compte qu'il n'en était rien. Les vases brisés jonchaient le couloir. Un collage de fleurs à demi fanées et des taches d'eau étaient étalés sur les murs et le tapis d'Orient.

La chambre était en pire état, si possible, que le salon. L'armoire en chêne avait été renversée. Le miroir de la coiffeuse était brisé. Je me suis baissé pour ramasser un oreiller de satin blanc et de dentelles que j'avais donné à Cathy pour la Saint-Valentin. Il sentait la fumée. Je l'ai retourné et j'ai constaté que l'inscription brodée, « Fais de beaux rêves, je t'aime », avait été brûlée. Peut-être qu'elle y avait mis le feu et l'avait jeté dans la pièce, en espérant faire brûler toute la baraque.

Le boudoir semblait en grande partie intact. Il n'y avait que la collection des Trixie Belden qui avait été jetée à bas de l'étagère et jonchait le sol. J'ai examiné la pièce. Le bar Art déco était ouvert, et il manquait un gobelet. Je l'ai repéré sur la table roulante près du fauteuil en cuir. Je l'ai saisi. Il sentait le gin. Cathy ne buvait presque jamais, et quelques rasades pouvaient expliquer son explosion de rage. J'ai baissé les yeux et j'ai vu qu'elle avait laissé le premier volume de sa collection des Trixie sur le fauteuil. La reliure était cassée et, quand j'ai pris le livre, il s'est spontanément ouvert au chapitre 19. Je me suis mis à lire :

Trixie se frotta de nouveau les yeux. Une forme blanche et légère enveloppait le toit du manoir. Tandis qu'elle l'observait, celle-ci disparut dans l'espace puis, comme une bouffée de vent remontait, une autre forme pâle se forma sur le côté de la maison...

On dirait des fantômes, se dit-elle avec un rire nerveux. La lumière de la lune me joue sûrement des tours, et je dois être plus endormie que je ne l'imagine. Elle s'apprêtait à se remettre au lit quand, avec un sursaut d'horreur, elle reprit ses esprits.

— Ce n'est pas un fantôme, s'écria-t-elle en se retournant brusquement vers la fenêtre. C'est de la fumée... Le manoir est en feu !

Entre l'oreiller brûlé et la lecture que s'était choisie Cathy, je commençais à me dire que j'avais de la chance que la maison soit encore debout. Je me suis demandé où elle était quand elle avait explosé. Pas physiquement, mais psychologiquement. Était-elle dans la peau d'une adulte, d'un médecin, d'une femme pleine de ressources, ou était-elle la fillette de douze ans assistant sans rien pouvoir faire à la disparition de sa sœur dans les flammes ?

J'ai ramassé plusieurs livres et les ai remis sur l'étagère. Je me suis baissé pour en prendre d'autres mais je me suis arrêté en apercevant une feuille de papier chiffonné au pied de la lampe. Je l'ai ramassé. C'était une feuille de cahier, avec des lignes roses, dont je me souvenais que les filles se servaient au collège. L'écriture était aussi celle d'une adolescente, large, aux lettres bien formées, avec de petits cœurs en guise de points sur les *i* et trop de points d'exclamation. D'après la pliure jaunie, je devinais que ce mot avait été écrit depuis pas mal de temps, et sans doute inséré dans la couverture d'un livre. On lisait :

Papa...

Je croyais que tu m'aimais ! Mais tu préfères Blaire ! Je t'ai vu entrer dans sa chambre cette nuit. J'en ai retourné mille fois les raisons dans ma tête. Est-ce parce que maintenant j'ai des pertes de sang ?

Je n'y peux rien ! Ce n'est pas ma faute !
Pourquoi est-ce que je suis punie ? ! ?
Je la déteste !
Redonne-moi ma chance.
Je t'aime,
Souris (Tu te souviens ?)

P.S. Blaire ne sait pas garder un secret !

Ma main tremblait. Je me suis installé dans le fauteuil, j'ai posé la feuille sur la table roulante et j'ai regardé à travers la fenêtre, les yeux dans le vide.

Je n'avais pas passé plus d'une douzaine d'heures avec Jack Singleton, le père de Cathy. Il avait l'air d'un homme convenable, bien qu'un peu maigrichon. Il avait fait fortune dans les textiles en fabriquant les broderies qui bordent les manteaux, les ceintures et certains cols de chemise. Je me souvenais de l'avoir plaisanté sur le fait que seul un grand pays pouvait permettre à un homme de devenir riche avec quelque chose auquel le consommateur ne prêtait jamais attention, et dont il n'avait même pas entendu parler. Il avait eu un rire pincé, ce dont j'avais été content, car il riait très rarement. Avant que je ne le rencontre, Cathy m'avait prévenu qu'il ne s'était jamais remis de la perte de sa jeune sœur, ce qui m'avait semblé expliquer son attitude réservée à l'égard de Cathy. Certains parents reportent toute leur affection sur l'enfant survivant quand l'un des deux meurt ; d'autres se replient sur eux-mêmes, comme s'ils avaient le sentiment qu'extérioriser leur amour pouvait provoquer le retour de la mort.

J'étais passé à côté du véritable drame, fait à la fois d'intimité et de distance, qui s'était joué entre ces deux-là. Jack Singleton avait violé ses filles dans la plus grande intimité. Il ne savait peut-être pas vraiment si Cathy avait gardé en mémoire le traumatisme ou l'avait évacué. Et il ne semblait pas trop pressé de le savoir.

Je me suis levé et je me suis servi un scotch, puis j'ai erré d'une pièce à l'autre. J'ai eu envie d'appeler Cathy, de lui dire que je la comprenais, que je me sentais, bizarrement, plus proche d'elle que jamais.

Un instant plus tard, le téléphone a sonné. J'ai toujours cru aux transmissions de pensée et j'ai couru jusqu'au téléphone situé dans la chambre, espérant que c'était elle qui était au bout du fil.

— Frank, ai-je dit.

— Heureux de vous trouver, m'a répondu Paulson Levitsky.

Son ton était grave.

— Qu'est-ce qui ne va pas ?

— Plein de choses.

J'ai posé mon verre

— Je vous écoute.

— Ça fait quatre. Depuis une heure environ.

— Bon Dieu, non ! (Mon cœur battait.) Homme ou femme ?

— Femme.

J'ai pris ma respiration.

— Même façon de procéder ?

— Pas tout à fait. Le corps a été grièvement brûlé, par exemple. Mais les seins ont été arrachés. Et le sexe a été rasé.

— On sait qui c'est ?

— Une autre danseuse

— Du Lynx Club ?

— Elle y travaillait. Elle habitait Chelsea. J'ai récupéré le corps pour l'enquête.

Ma vue s'est troublée. J'avais les jambes en coton.

— Où ça, à Chelsea ?

— Vers le port, je crois. Les pompiers l'ont découverte quand ils ont pu entrer dans l'immeuble. Tout le dernier étage était en feu. Notre homme a dû se lasser d'enterrer des morceaux de corps.

J'ai cru que j'allais m'évanouir. Je me suis assis par terre, adossé au lit.

— Vous connaissez son nom ?

— Lloyd.

— Rachel.

— Ouais, c'est ça, Rachel Lloyd. Quoi, vous connaissez toutes les strip-teaseuses de la boîte ?

— J'étais…

— Généreux en pourboires. Je n'en doute pas. Maintenant écoutez, il y a autre chose : ce n'était pas la même arme. La lame était longue, par comparaison.

— Pourquoi me dites-vous ça ? ai-je réussi à articuler.

— Je ne trouve pas de petites entailles de chair, comme sur les deux autres femmes. Ce sont de grandes lacérations longues de douze à quinze centimètres. Et il ne semble pas y avoir de tissu fibrosé sur le bord des blessures, bien qu'il semble y avoir une pathologie secondaire, liquéfaction sous l'effet de la chaleur. Autrement dit, si celle-ci avait des implants, c'était tout récent. (Il s'est tu un instant.) Vous m'écoutez ?

— Elle n'avait pas d'implants.

— Oh ! J'oubliais. Vous avez une bonne mémoire pornographique. Était-elle rasée ?

— Pas complètement.

— Qu'est-ce qu'elle portait comme accessoires ?

— Pourquoi ?

— J'ai trouvé quelques fragments de poils sur sa peau près des blessures. Des poils d'animal. Brun clair. Portait-elle un manteau de fourrure ou quelque chose comme ça ?

J'ai revu la poignée de mon couteau de chasse.

— Je ne me souviens plus.

— J'aurais dû m'en douter. Vous ne vous souvenez de ce qui se passe qu'une fois les accessoires retirés.

— Comment a réagi Hancock ?

— Mme le maire prétend que ce crime n'a pas de rapport avec les autres. Trop de différences, d'après elle. Le feu. Le couteau. Et Malloy a déjà vérifié les dossiers de Lucas. Lloyd n'était pas une de ses patientes. Tout ça, bien entendu, sert les ambitions politiques d'Hancock. Les élections approchent, et elle peut revendiquer l'arrestation du psychopathe de Lynn. Elle se fout des votes de Chelsea.

— Qu'est-ce que vous en pensez ?

— Je crois que c'est le même type. Les quatre corps ont pour caractéristique commune la mutilation des organes sexuels. Trois étaient des patients de Lucas, et la dernière travaillait avec l'une des victimes précédentes. Ça forme un groupe plutôt homogène, si vous voulez mon avis. (Il a repris sa respiration.) Il est également possible… vaguement possible… que Lucas ait commis les deux premiers crimes, et qu'un dément s'en soit inspiré. Ça expliquerait certaines variations par rapport au thème original.

— Okay.

— Okay quoi ?

J'avais du mal à me concentrer.

— Je vous rappelle dès que j'ai du nouveau.

J'entendais mes paroles comme si elles venaient de quelqu'un d'autre.

— Vous n'avez pas l'air bien. Est-ce que ça va ? Vous n'avez pas repris du shit, au moins ? Ce n'est pas le moment d'embrumer votre cerveau.

— Non. Non, j'ai les idées claires.

J'ai raccroché.

Je suis resté assis, me berçant doucement d'avant en arrière. J'avais envie de pleurer mais je n'y arrivais pas, ce qui me donnait l'impression d'être encore plus vidé. Mort. Je suis allé au bar, j'ai attrapé une bouteille chromée et je me suis versé une triple dose de ce qui s'est révélé être du bourbon. Puis, furieux contre moi de noyer ainsi ma peine, j'ai balancé la bouteille contre le mur. Je ne me suis pas senti mieux pour autant, alors j'ai saisi le bar à deux mains et je l'ai projeté à terre. Bouteilles et gobelets se sont écrasés sur le sol. Une demi-douzaine de ruisseaux d'alcool se sont mêlés, jusqu'à ce qu'ils disparaissent dans les teintes profondes de mon tapis d'Orient. Mes tripes se sont révoltées contre le bourbon, et je me suis accroupi pour vomir. Je me suis allongé sur le flanc, visage contre une humidité nauséabonde. Un tesson de bouteille gisait à ma portée. J'ai envisagé un instant de m'en servir, mais j'ai abandonné l'idée quand l'image de Rachel reposant si paisiblement ce matin même m'a traversé l'esprit.

Je l'ai gardée dans mes pensées et j'ai essayé d'imaginer que je lui disais que je l'aimais.

16

Mon visage et mon cou étaient couverts d'une fine couche de sueur froide. L'odeur du bourbon et du vomi avait imprégné la pièce. L'écouteur collé à l'oreille, j'attendais que Cathy réponde à mon appel depuis l'hôpital de Stonehill. Je savais qu'elle pouvait demander à l'opératrice le nom de la personne qui appelait et refuser l'appel, mais mon instinct me disait qu'elle voulait avoir de mes nouvelles, en avait besoin. Au bout de quelques minutes, l'opératrice a repris la ligne.

— Elle ne répond pas, docteur Clevenger, voulez-vous continuer… Oh, attendez. Une seconde, s'il vous plaît.

De vraies gouttes de sueur se formaient maintenant sur mon front. Je les ai essuyées avec le revers de ma manche. Mon cœur débordait de peine, de haine et de pitié. Je ne savais pas si je serais capable de parler d'un ton mesuré. Mais je savais qu'il le fallait.

— Je vous la passe, a roucoulé l'opératrice.

Il y a eu un déclic dans le téléphone puis… le silence.

— Cathy ?

— Quoi ? a-t-elle dit d'une voix neutre.

Je n'arrivais pas à calmer ma respiration.

— Tu n'as rien à me dire ?

Elle n'a attendu qu'une seconde.

— Salut !

— Écoute ! (J'ai décidé de donner une fausse raison à mon agitation, plutôt que de risquer qu'elle en devine la cause. Je ne voulais pas qu'elle se doute que j'avais appris la mort de Rachel.) Je ne suis pas bien ; mes mains tremblent. Mon cœur bat la chamade.

— On dirait que tu t'es envoyé trop de coke. Reprends un verre.

— Je n'ai pas touché à cette saloperie.

— C'est peut-être de sauter d'un lit à l'autre. Tu es crevé.

— Non. Je... J'ai peur.

— C'est nouveau.

— Je ne peux pas me résoudre à ton absence.

Pas de réponse.

— Cathy ?

— Tu semblais t'en sortir parfaitement la nuit dernière.

Je savais que la voie la plus rapide pour franchir les défenses d'adulte de Cathy était de toucher directement le désir primitif et la frustration qu'elle avait ressentis petite fille. Me rappelant ce qu'elle avait écrit à son père, je lui ai dit les mots qu'elle aurait voulu qu'il lui dise.

— J'en ai assez de rôder dans le noir, ai-je dit. Je te demande de me redonner une chance. Je ne recommencerai plus.

— Alors dis-moi : pourquoi ne m'as-tu plus fait l'amour ? Parce qu'elle était plus jeune que moi ? C'était mieux avec elle ?

— Elle était comme sont les petits. Elle ne savait pas ce qu'elle faisait.

— Oh ! Bien sûr que si. Ce n'était plus un bébé. Pas plus que les autres. (Sa voix avait perdu son mordant et pris un ton boudeur de petite fille.) Elles essayaient de me voler.

Mes yeux se sont remplis de larmes, mais je me suis forcé à continuer.

— Je me fiche d'elle. Le seul lit qui m'intéresse, c'est le tien.

— J'ai détruit la maison.

— Tu n'étais pas dans ton état normal.

— Je ne me souviens plus de rien. J'étais tellement folle de rage. (Sa voix était traînante.) J'ai tout foutu en l'air.

— On va tout remettre en ordre.

— Elle ne va pas te manquer ?

Je ne pouvais dire d'après les paroles et le ton de Cathy si elle naviguait entièrement dans le présent ou le passé, faisait référence à Blaire ou à Rachel.

— Non, ai-je dit. Elle ne me manquera pas.

— Moi si.

J'ai fermé les yeux.

— Écoute, Cathy. Partons d'ici et allons à Plum Island, dans cette auberge sur la plage où on a passé notre première nuit ensemble. À Walton, sur le front de mer. Tu te souviens ? (J'ai cru l'entendre sangloter.) Cathy ?

Elle s'est éclairci la gorge.

— Hein ?

— Walton. On s'y retrouve. On reprend tout au début.

— Je ne peux pas. J'ai quatre accouchements. Je vais passer la nuit ici. Je ne serai pas libre avant demain soir.

— Bon, demain, alors. On se retrouve après ton travail.

— Tu ne me feras pas faux bond ?

Sa voix avait repris du mordant.

— Rien à craindre.

— Ne me laisse pas plantée toute seule, comme une cloche.

Elle a raccroché.

Ça m'a pris presque trois heures pour remettre un semblant d'ordre dans la maison. J'essayais de ne pas penser à Rachel mais, sans prévenir, ma poitrine se serrait, j'étais pris de nausées, et j'étais obligé de m'asseoir en pensant à elle.

À la nuit tombante, le téléphone a sonné. Je me suis précipité pour répondre.

— Clevenger, ai-je dit dans un souffle.

— La Gestapo m'autorise un dernier appel.

J'ai reconnu la voix de Lucas.

— Auriez-vous la bonté de venir me voir ?

— Pour quoi faire ?

— Pour que je vous dise la vérité.

— Eh bien allez-y, je vous écoute.

— Non. Il faut que vous veniez me voir.

J'ai pensé à tout ce que j'aurais aimé ne pas voir.

— J'arrive.

J'ai raccroché.

Emma Hancock n'était pas au commissariat quand je suis arrivé et Tobias Lucey était de garde devant les cellules, mais mes actions avaient monté dans le service et il n'a fait aucune histoire pour me laisser voir Lucas.

— Vous pouvez lui dire au revoir. Il va être transféré à la prison Concorde dans la matinée, a dit Lucey. (Il a ouvert la porte blindée.) Le grand jury a confirmé l'inculpation. Trois chefs d'accusation pour meurtre.

— Qui représente le ministère public ?

— Le nouveau procureur, Red Donovan, s'en occupe personnellement. Trois meurtres, c'est une affaire importante, même de nos jours. Trois meurtres commis par un médecin… ouah ! C'est l'événement de la semaine.

— Quel avocat Lucas a-t-il finalement pris ?

— Il se défend lui-même. Comme il l'avait dit. Il n'a pas demandé un seul témoin. (Il a secoué la tête.) On dirait qu'il pense que cette affaire n'est pas plus importante qu'une histoire de pare-chocs tordu.

— Ça, il le prendrait au sérieux, ai-je dit.

J'ai suivi le couloir pour rejoindre Lucas. Les autres cellules étaient vides, et je l'ai entendu fredonner avant même de le voir, toujours assis en tailleur par terre, méditant, les yeux clos. Je me suis arrêté, observant son visage meurtri et déchiré. Son fredonnement est devenu de plus en plus faible, jusqu'à ce qu'il reste assis en silence. Il a alors ouvert les yeux et croisé mon regard.

— Je suis désolé, a-t-il dit.

— Désolé de quoi ? De quoi parlez-vous ?

— De votre danseuse. La rouquine toute plate.

J'ai grincé des dents.

— La quatrième victime, s'est-il empressé d'ajouter. Quand on m'a ramené du palais de justice, j'ai appris par la radio qu'elle avait été carbonisée à Chelsea. (Il a froncé les sourcils.) Vous avez une mine épouvantable. J'espère que vous n'en pinciez pas pour elle.

— Vous avez trois victimes sur le dos, ai-je dit faiblement. Vous n'avez peut-être pas écouté le grand jury.

— Non. C'est lui qui n'a pas écouté. Je lui ai dit que je n'étais pas coupable. J'aurais pu le prouver. Mais j'ai tout mon temps.

— Si vous êtes innocent, pourquoi attendre ?

— Pourquoi ? Parce qu'on m'a fait du tort, on m'a accusé d'actes monstrueux que je n'ai pas commis. La gravité de cette erreur doit apparaître clairement.

— Croyez-vous que ça dérangera quelqu'un si vous méditez six mois sous haute surveillance plutôt que de réduire des ventres ?

Il a ri, mais faiblement.

— Bien sûr que non. Je ne suis pas assez respectable. Pâture pour la presse tabloïd. Ils feront quand même attention au nombre de corps. J'ai encore des douzaines de maîtresses. Vous avez probablement votre propre écurie. Cathy pourrait bien s'en prendre bientôt à l'une d'entre elles.

Mon sang s'est glacé. Il savait.

— Je vous ai prévenu que ce n'était pas moi votre problème. Mais vous n'avez pas voulu m'écouter.

Mon estomac a chaviré.

— Vous ne croyez quand même pas que Cathy serait capable de tuer quelqu'un, ai-je réussi à articuler.

— Je n'en étais pas sûr dans le cas de Sarah. Mais j'en ai été certain quand vous m'avez parlé de

Monique. Du moins, je l'ai pensé. Alors je me suis livré à une petite expérience.

— Une expérience…

— J'ai appelé ce monstre de Cathy et je lui ai dit que Wembley et moi avions des relations intimes. (Il s'est tu un instant.) En réalité, ce n'était pas vrai, mais elle en a été visiblement convaincue. Elle sait que je m'organise en général pour terminer mes interventions à 19 h 30. La Rolex de Wembley sur le tableau de bord visait à me procurer un alibi. Ça m'a touché. Je vous l'ai dit, elle m'aime vraiment. Je crains qu'elle ne se soit mise à tuer ses rivales à partir du moment où je lui ai dit que c'était fini entre nous.

— C'était quand ?

— Juste avant l'assassinat de Sarah. La jalousie, semble-t-il, est le caractère dominant de Cathy. Probablement des séquelles des abus qu'elle a subis de la part de son père, Jack. (Il a souri.) Ça devait être un sacré mec, hein ? Enfin, il faut reconnaître ça au vieux. Il l'appelait Souris, vous savez. « Reste tranquille comme une souris », lui répétait-il, juste avant de la sauter. C'est pas sensas, entre nous ?

— Elle m'a dit que vous lui aviez également parlé de ma danseuse.

— C'est votre faute. Cathy vous a suivis tous les deux jusqu'à Chelsea. Je n'ai fait que confirmer que vous étiez attiré par la fille. À voir ce qui lui est arrivé, il est clair que Cathy vous aime aussi.

— Vous l'avez laissée continuer à tuer. (J'étais révulsé devant tant d'ignominie.) Vous l'avez poussée à tuer.

— Vous ne pouvez pas me le reprocher. Personne n'aurait résisté. Coucher avec elle en sachant ce qu'elle avait fait, c'était… sublime.

Il a pris un air rêveur, a soupiré, puis a reposé son regard sur moi.

J'avais envie de le voir crever. Sur-le-champ. Ce n'était pas difficile. Un coup de pied mortel entre les deux yeux. Je l'ai visé du regard. Il a penché la tête.

— Ne soyez pas salaud avec moi, Frank. On a beaucoup de points communs. Je parie que vous preniez votre pied à vous la taper toute fraîche au retour de ses meurtres, vous aussi. Même si vous n'en saviez rien.

J'ai décollé mon pied du sol pour lui envoyer un coup. Et puis j'ai hésité. Une mort subite, ai-je pensé, serait trop douce. Mieux vaut le laisser pourrir. J'ai pincé les lèvres.

— Non. Vous vous trompez. Nous n'avons rien en commun.

— C'est dommage. On aurait pu devenir très vite copains quand on m'aurait relâché.

— Si…

J'ai reculé d'un pas.

— Pardon ?

— *Si* on vous relâche. Il va d'abord y avoir un procès pour meurtre. Et il n'y aura pas de nouveau cadavre pour étayer votre défense.

Il m'a jeté un regard de travers.

— Ça sent la magouille. Il va peut-être falloir que je raconte mon histoire plus tôt que prévu.

— Tout le monde se foutra de votre histoire, pauvre minable, ai-je lâché. Je vous crois coupable. Emma Hancock, notre futur maire, aussi. Et ce nouveau procureur veut faire parler de lui.

— Vous ne me laisseriez pas condamner pour meurtre. Ça irait à l'encontre de votre morale. Vous êtes un honnête homme.

— Honnête ? (J'ai empoigné les barreaux, mes articulations devenant blanches autour du fer.) Je veux honnêtement vous voir condamné à la prison à vie. Je veux honnêtement vous rendre visite après votre condamnation, puis à nouveau quand vous aurez perdu en appel. Je veux être présent le jour où il va finalement se graver dans votre cerveau que vous ne quitterez plus jamais ce trou à rat.

Lucas a perdu son calme.

— Où est Cathy ? a-t-il grondé.

— Restez concentré sur vous-même. Parce que, qui sait ?, peut-être que le juge d'application des peines sera sensible à votre bonne conduite et vous laissera sortir dans trente ans.

Je me suis retourné et j'ai marché vers la porte.

— Frank ! a hurlé Lucas.

Je ne me suis pas arrêté.

Emma Hancock remontait la contre-allée tandis que je sortais. Elle a baissé la vitre côté passager. Je me suis approché.

— Qu'est-ce qu'il a raconté ? a-t-elle demandé.

— Il prétend être tombé dans un piège. Il dit qu'on est tous complices. Vous, moi, et une demi-douzaine de médecins de Stonehill. Il a même parlé de Cathy.

Elle a fait cliqueter ses ongles.

— Vous n'allez pas me dire qu'il est fou…

— Pas une seconde. Il distingue le bien et le mal. Il a choisi délibérément le mal.

— Ah ! bon, très bien. Il peut raconter tout ce qu'il voudra jusqu'à demain matin. Il est au secret. Pas de possibilité de téléphoner. Pas de visites. Rien ne rentre ni ne sort. Red Donovan ne veut rien laisser au hasard. Demain il sera sous haute surveillance au Concorde, et ce ne sera plus notre problème.

— Parfait.

Elle a hoché la tête et souri en signe de bonjour à un flic qui passait.

— On m'a dit que vous aviez été en contact avec la jeune demoiselle de Chelsea qui a été tuée.

Contact.

— Et alors… ?

Elle a haussé les épaules.

— Alors cela vous relie à trois cadavres. Sarah, Monique et cette Rachel.

Cette Rachel. J'étais blessé par ces mots banals, mais je suis resté de marbre.

— Donc il y a un lien entre moi et les cadavres. Moi, et tous ceux de l'hôpital de Stonehill qui fréquentent le Lynx Club. Où voulez-vous en venir ?

— Nulle part, je suppose. Je souhaite simplement que vous ne vous mettiez pas dans une situation compromettante… pour ne pas dire immorale. (Son regard s'est fixé sur moi.) Qu'est-ce qu'il a, Levitsky ? Pourquoi continue-t-il à prétendre que les quatre cadavres sont liés ?

— C'est un statisticien. Ça heurte sa vision scientifique du monde de penser que quatre meurtres en quelques jours et sur un territoire restreint ont pu être commis par plus d'un individu.

— Encore un cadavre à Lynn et je suis foutue.

— Pour votre campagne ?

— Ma campagne. Mon boulot. Mon avancement. Le conseil municipal me descendrait en flammes. Et à juste titre. Mais je vais vous dire. Tout ça est sans importance. Ce qui compte, c'est que j'ai coincé le type qui a tué Monique. On m'a accueillie comme une héroïne aux funérailles cet après-midi. Si le tueur était encore…

— Mon instinct me dit que vous n'aurez pas d'autre cadavre sur les bras. Et le vôtre aussi. C'est peut-être la première fois qu'on pense pareil.

Ça a semblé la calmer, mais elle m'a demandé de rester dans les parages au cas où il y aurait du grabuge. Je le lui ai promis. J'ai été sur le point de faire allusion à ma captivité au service des urgences, mais j'ai décidé de passer l'incident sous silence… ainsi que le rôle de Cathy dans l'affaire.

— L'enterrement a lieu demain, à midi.

— De Monique ? J'avais cru comprendre…

— De Rachel, m'a-t-elle interrompu. Au funérarium de Korff à Swampscott. (Elle s'est tue un instant.) Je ne sais pas jusqu'où ont pu aller vos relations.

Je me suis raclé la gorge.

— Merci, Emma. Appelez-moi si vous avez besoin de moi.

J'ai passé la nuit à dormir à moitié, garé près de la Volvo de Cathy, dans le parking souterrain de l'hôpital de Stonehill. Je voulais être sûr qu'elle n'essaierait pas de renforcer l'alibi de Lucas avec un cinquième cadavre. Puis j'ai roulé jusqu'à Korff, un monument perdu entre trois centres commerciaux.

Je me suis garé de l'autre côté de la rue et j'ai observé les voitures qui entraient dans le parking et les personnes en deuil s'avancer vers les immenses portes sculptées. Je me suis demandé si l'oncle de Rachel était parmi la foule. J'ai serré les mâchoires en rêvant que je le retrouvais et que je le traînais sur le trottoir, prenant tout mon temps pour lui faire pisser le sang contre les dalles de béton. Et puis j'ai fermé les yeux, comprenant que Rachel ne l'aurait pas pourchassé. Elle aurait bien accueilli son désir de faire la paix avec elle, peut-être même avec lui-même.

Je suis resté assis là une minute, puis j'ai démarré. Il n'y avait que quelques kilomètres entre Korff et la gare de Salem. Pendant tout le parcours, je n'ai cessé de me dire que c'était idiot de courir après son passé, mais je n'ai pas rebroussé chemin. Une fois arrivé, j'ai parcouru les quais de long en large, cherchant un indice, n'importe quoi qui me raviverait la mémoire. J'ai erré pendant une demi-heure avant de m'asseoir sur un banc face à la voie 4, dont le mur opposé était composé d'une mosaïque de carreaux verts et blancs. Ces carreaux me rappelaient quelque chose. Des voyageurs attendaient leur train, mais ils se sont évanouis de mon esprit quand je me suis concentré sur les rails. J'étais envahi d'un mélange de peur et de désir. Je voulais me remémorer la scène que j'avais vécue, dans tous ses détails. Mais le cerveau est parfois plus sage que le cœur. Une seule image a pris forme. J'ai revu le visage de mon père, avec sa barbe d'un jour, encadré par les rails, ayant l'air beaucoup plus serein que j'en avais gardé le souvenir. Et là ce qu'il voulait être ses dernières paroles est revenu en écho dans ma tête. *Je suis désolé. Je te demande de me pardonner*.

Le bruit du train m'a fait sursauter. J'ai rouvert les yeux et je l'ai regardé s'approcher du quai. Et une fois encore, par-dessus tout ce bruit, j'ai entendu ces paroles de mon père. J'ai attendu que les passagers soient montés et j'ai regardé le train s'éloigner.

17

J'aurais été plus vite en prenant la Route n° 95, mais j'avais tout mon temps, alors j'ai pris l'A1, passant par des villages endormis comme Topsfield, Rowley et Georgetown. À mi-chemin de Plum Island, je me suis garé, je me suis glissé sous la Rover et j'ai débranché la boîte LoJack ; je n'avais pas envie que Malloy me suive à la trace sur un écran d'ordinateur.

Le soleil se couchait lorsque j'ai traversé la digue et atteint le principal bâtiment de Walton, un immeuble d'un étage bâti sur le sable. Je me suis garé et je me suis dirigé vers l'accueil. Il n'y avait personne, mais j'avais téléphoné pour réserver le même bungalow que la première fois, et il y avait une enveloppe scotchée sur la porte avec mon nom. Je l'ai déchirée et j'ai trouvé la clé du cottage n° 6.

Le bungalow était tel que dans mon souvenir, petit et rustique, avec des lambris de pin brut recouvrant murs et plafond. Une kitchenette était encastrée dans un coin, et un rideau séparait le lit de la partie séjour qui donnait sur la plage par des baies coulissantes. J'ai regardé les vagues s'échouer sur le sable et l'écume blanche qui venait mourir à six mètres de moi. Une troupe d'oiseaux migrateurs m'a survolé. L'endroit inspirait le calme, ce qui ne servait qu'à raviver mon angoisse. J'ai consulté ma montre. Il était 18 h 25.

J'ai sorti de la poche de ma veste la seringue hypodermique et les fioles d'Haldol et d'Ativan que j'avais apportées. J'en ai mis dans la seringue 3 centimètres cubes de chaque, la dose de sédatif dont je m'étais servi, quand j'étais interne, pour calmer en salle d'urgence les patients violents. Je suis allé jusqu'au lit et j'ai posé la seringue par terre sous la tête du lit.

J'étais fatigué, mais je ne voulais pas risquer de m'endormir, alors je me suis assis dans le canapé et j'ai allumé la télé. J'étais trop crispé pour suivre les nouvelles, mais le présentateur et ses correspondants faisaient suffisamment de raffut pour me distraire de mes pensées.

Au bout de dix minutes, j'ai entendu frapper à la porte, doucement d'abord, puis plus fort. J'ai éteint la télévision et je suis allé à la porte. J'ai pris ma respiration avant d'ouvrir.

Cathy me faisait face, son sac de voyage en cuir noir à la main. Je l'ai dévisagée, comme si je pouvais découvrir la folie qu'elle cachait. Au fond de moi, j'avais envie de la saisir par les cheveux, de la tirer à l'intérieur et de lui faire subir un peu des souffrances qu'elle avait infligées aux autres. À moi. Mais je n'étais pas sûr qu'elle était en état de ressentir quoi que ce soit. Sa propre souffrance avait anesthésié ses sens.

— Me voici, a-t-elle dit.

Elle a mordu sa lèvre inférieure et baissé les yeux sur sa légère robe rose. C'était une imitation de chemise d'homme, avec de fausses perles à la place des boutons. Elle avait suffisamment échancré la robe pour laisser deviner la douce courbe de ses seins.

— Je me suis arrêtée chez Ann Taylor pour acheter un truc et me faire belle pour toi.

Elle a haussé les épaules et raclé sa chaussure sur le sol. J'ai vu que ses chaussures aussi étaient neuves, des mocassins fantaisie en cuir noir.

— Tu es ravissante, ai-je dit.

— Alors, tu me laisses entrer ?

Je lui ai tendu la main. Elle l'a prise. Je crois bien que je m'attendais à ce que sa chair me glace, mais il n'en a rien été. Sa main était tiède et familière, et je me suis étonné de trouver normal de l'attirer dans le bungalow et de la prendre dans mes bras. Mais qu'est-ce qu'il y avait de surprenant ? C'était la même femme, après tout, celle avec laquelle j'avais fait l'amour des centaines de fois. Son parfum m'attirait toujours, et ses caresses dans mon cou m'ont fait grogner de plaisir. Ce n'est que lorsque nous nous sommes embrassés, lèvres entrouvertes, que j'ai eu un mouvement de répulsion. Je me suis reculé.

— Tu es timide, tout d'un coup ? a-t-elle murmuré.

J'avais les mâchoires serrées. J'ai saisi sa robe de part et d'autre du col et je l'ai fendue jusqu'aux cuisses. Je l'ai contemplée. Elle était nue, fraîchement rasée et tout aussi splendide que la première fois où nous avions fait l'amour.

Elle a souri et mordu de nouveau sa lèvre.

— Sois aussi brutal que tu voudras. Je le mérite.

Je l'ai regardée se glisser hors de sa robe et se débarrasser de ses chaussures. Ma colère et mon excitation, jusque-là cousines, sont devenues une seule et même chose. Je l'ai attrapée par les épaules et je l'ai forcée à s'allonger sur le lit, sur le ventre. Elle s'est débattue faiblement quand j'ai dégagé ma ceinture et que je lui ai lié les poignets. J'ai attaché la lanière de cuir à l'un des pieds du lit. Puis je me suis agenouillé derrière elle. Ses cheveux blonds étaient étalés sur ses épaules, et ses fesses frémissaient légèrement. Le sang me battait les tempes. Je lui ai soulevé les hanches et tiré la tête en arrière en la saisissant par les cheveux. J'avais envie d'elle et je l'aurais prise si je n'avais pas été retenu par un souvenir. C'était la question insidieuse posée par Trevor le soir où nous nous étions rencontrés au Lynx Club : *Pourquoi crie-t-elle « Papa ! » pendant l'amour ?*

Je l'ai lâchée et je me suis pris la tête dans les mains.

Cathy s'est retournée sur le dos.

— Qu'est-ce qui te gêne ? a-t-elle demandé.

— Je pensais à ton père.

— Tu pensais à qui ?

— À ton père. Au mal qu'il t'a fait.

— Mon père ne m'a jamais fait de mal. Il m'aimait.

Je me suis assis sur le bord du lit.

— J'ai trouvé ta lettre à propos de Blaire. Celle que tu as écrite quand tu l'as vu entrer la nuit dans sa chambre.

— Pourquoi me racontes-tu ça ? Détache-moi.

— Dis-moi comment elle est morte.

— Tu es cinglé !

Elle a tiré sur la lanière de cuir pour essayer de se libérer.

— As-tu vu l'incendie se déclarer ? Je veux savoir. Il faut que je le sache.

Ses yeux se sont plissés de rage.

— Quel crétin ! a-t-elle crié d'une voix enfantine. (Elle a tiré plus fort sur la lanière, ne faisant que resserrer les nœuds.) Tu n'as pas besoin de me demander où j'étais quand Blaire a été punie. (Sa voix est redevenue normale.) Tu le sais parfaitement.

— Punie ?

De nouveau la voix enfantine :

— D'être une chapardeuse.

J'étais à peu près certain que Cathy allait et venait entre la face mature et la face immature de sa personnalité. En jargon psychiatrique, elle dissociait.

— As-tu mis le feu ? ai-je demandé.

— Blaire m'y a obligée, en me prenant papa, a-t-elle pleurniché. Je ne voulais pas me servir des allumettes. J'ai d'abord essayé autre chose.

— C'est-à-dire ?

— Je me suis coupé les poils, là en bas. Papa disait qu'il n'aimait pas les guenons.

— Et ça n'a pas marché.

— Mais si. (Elle a mordu sa lèvre inférieure et a rougi.) Quelque temps. Jusqu'aux saignements.

— Et alors ?

Je me suis levé et je suis allé au pied du lit, là où Cathy avait posé son sac de cuir noir. Je l'ai pris.

— Eh bien ça n'a plus marché. Alors le feu a pris sous le lit de Blaire, pendant qu'elle dormait.

Mes yeux se sont emplis de larmes. J'ai eu le plus grand mal à contrôler mes mains pour ouvrir la fermeture Éclair du sac. À l'intérieur, les vêtements de bloc opératoire de Cathy étaient roulés en boule. Et, maladroitement enveloppé, le manche en fourrure de mon couteau de chasse dépassait. J'ai sorti le couteau. La lame était émaillée de sang séché.

— Et les autres ? Comme Sarah et Monique ?

Cathy a fait la moue.

— C'étaient des salopes, a-t-elle dit. Qui m'humiliaient.

— Et l'homme ? Michael ?

— Un dégoûtant. (Elle a tiré si fort sur la lanière qu'elle s'est écorchée. Elle a semblé se calmer un instant, regardant un filet de sang couler le long de son bras. Puis elle s'est débattue encore plus sauvagement. Le filet s'est épaissi.) Tu en as oublié une, Frank. Tant qu'à vouloir tout savoir sur ce que toi et Trevor m'avez forcée à faire… Tu sais de qui je parle. Rrr…

— Cathy, arrête. S'il te plaît !

— Rrrr. Rrrraaa. Rachel…

Je transpirais. Mes tempes étaient douloureuses. J'ai serré le manche de mon couteau et je me suis approché du lit.

— Ta petite putain de danseuse.

Je me suis mis à califourchon sur elle. Elle donnait des coups de pied dans le vide. Je me suis imaginé plongeant mon poignard sous son sternum et lui tranchant l'aorte. Ou, mieux encore, je pouvais lui couper les seins sous ses yeux. J'ai effleuré un téton avec la lame, imaginant voir la chair céder. Alors les paroles de Rachel me sont revenues en mémoire : *Il n'y a plus de péché originel.*

Je me suis arrêté et j'ai fermé les yeux, me remémorant Rachel m'apprenant ce qu'aucun professeur en psychiatrie n'avait réussi à me faire entrer dans le crâne : la lumière la plus éclatante éclaire ceux qui ont le courage d'ouvrir les yeux dans l'obscurité.

Je me suis relevé et me suis agenouillé pour récupérer la seringue. À sa vue, elle s'est mise à bafouiller :

— Tu n'as pas intérêt à m'injecter quoi que ce soit.

J'ai sorti un garrot de ma poche et l'ai fixé audessus de son coude.

— Barre-toi ! a-t-elle hurlé.

Je me suis imaginé Rachel demandant grâce. Je me sentais étourdi. J'ai décapuchonné l'aiguille. J'essayais de maintenir Cathy, mais elle se débattait, et l'aiguille a marqué son bras d'éraflures sanguinolentes. Elle ne grimaçait pas. Au troisième essai, j'ai réussi à lui enfoncer le bout de l'aiguille dans le biceps. J'ai pesé de tout mon poids sur elle pour l'empêcher de déloger l'aiguille et j'ai lentement vidé la seringue.

Elle a fixé des yeux la seringue vide dans ma main.

— Sale enfoiré ! Je te tuerai !

Elle s'est tortillée et a donné encore quelques coups de pied, mais ses forces commençaient à l'abandonner sous l'effet de l'Haldol et de l'Ativan. Elle a détourné son visage et s'est mise à sangloter. Je l'ai lâchée. Je me suis assis sur le bord du lit et j'ai attendu. Sa respiration s'est calmée. Au bout d'une minute, elle ne bougeait plus du tout.

J'ai injecté à Cathy une deuxième dose d'Ativan pour être sûr qu'elle n'émergerait pas pendant que j'allais chercher la Rover. Sans allumer les phares, j'ai amené la voiture sur la plage et je l'ai garée devant les baies coulissantes du bungalow. J'ai pris une couverture sur la banquette arrière et je suis rentré.

Cathy n'avait pas bougé. Elle était couchée en chien de fusil, les mains toujours attachées au-dessus de la tête. On aurait dit qu'elle priait. J'ai tendu la main et touché son front plissé. Puis j'ai étalé la couverture en la coinçant sous ses épaules et sous ses genoux.

J'ai libéré ses poignets et je l'ai prise dans mes bras. Sa tête s'est appuyée contre mon épaule. Je pouvais sentir son haleine tiède. Je l'ai portée jusqu'à la voiture et je l'ai allongée sur la banquette arrière. Puis je lui ai de nouveau lié les poignets.

J'ai pris le volant et j'ai quitté la plage pour prendre la direction de Rowley. Je n'ai pas mis plus de vingt minutes à en atteindre le centre-ville, mais il m'en a fallu au moins autant à serpenter parmi les routes secondaires pour parvenir jusqu'aux bois qui abritaient la clinique Austin Grate, un asile psychiatrique vieux d'un siècle appartenant au médecin et directeur, Matt Hollander.

Hollander et moi nous étions connus quand j'étais interne au Tufts. Il terminait sa dernière année d'internat et s'était porté volontaire pour être tuteur d'un nouvel étudiant. Il m'avait plu tout de suite. Il était chauve et très gros. On aurait dit Obélix. Tout mouvement lui coûtait. Mais son cerveau fonctionnait à une vitesse qui faisait surchauffer le mien.

— Je pourrais avoir la ligne, mais je serais foutu, m'avait-il dit, un jour qu'il avalait des frites à la cafétéria de l'hôpital. Il y a dans la graisse quelque chose qui huile les rouages du haut. Je sais que c'est vrai, même si je ne peux pas le prouver ; j'y arriverais probablement si j'en prenais le temps. (Encore des frites.) Mais pourquoi se casser la tête ? C'est archiconnu. C'est pourquoi Sancho Pança est gros, et Don Quichotte maigre. Si l'on inverse les choses, la légende se casse la gueule. Par son propre poids, si tu veux. (Une cuillerée de crème à la vanille.) Regarde Churchill contre Hitler. Le Bouddha. Les Minnesota *Fats*. Ben Franklin. Pavarotti. (Biscuits fourrés.) Je te mets au défi de te rappeler avoir vu un clochard gros. Et tes tueurs, tes paumés, tes voleurs, ils sont presque tous minces comme un fil.

Depuis la fin de mon internat, Hollander et moi étions restés amis. Tandis que j'ouvrais puis fermais mon cabinet privé, il avait utilisé sa fortune personnelle pour acheter une demi-douzaine d'établissements psychiatriques de premier plan. Il m'avait proposé plus d'une fois de diriger le secteur fermé à Austin Grate, une unité de vingt-cinq lits pour les patients dangereux. Il m'avait même appâté en m'offrant l'une des deux villas majestueuses situées sur le terrain de l'hôpital comme résidence privée. Mais je n'avais jamais accepté son offre.

— Pas assez de sport à Rowley pour toi, avait-il conclu après l'un de mes refus. Tu aimes les quartiers mal famés.

— Je ne ferais pas un bon moine, avais-je dit.

Il avait secoué la tête.

— Tu es un sacré bon moine. Mais, simplement, d'une religion différente. Ils ont de la chance de t'avoir.

Je ne l'avais guère cru sur le moment. Et maintenant encore moins.

J'ai coupé mes phares et j'ai pris l'allée circulaire. J'ai laissé tourner le moteur et couru jusqu'à sa porte. Avant que j'aie eu le temps de lâcher le marteau, le porche s'est éclairé. Puis les portes se sont ouvertes toutes seules.

Hollander remplissait l'entrée. Il portait une blouse blanche qui aurait pu servir de spinnaker. Il a frappé dans ses mains.

— Clevenger ! a-t-il clamé. Un ami à ma porte !

Je n'ai pas pu garder mon calme. Mon menton s'est mis à trembler, mes yeux se sont remplis de larmes.

— Qu'est-ce qu'il y a ? Qu'est-ce qui t'arrive ?

Il m'a englouti, et m'a caressé la tête tandis que je pleurais.

Il a dû apercevoir quelque chose dans ma Rover parce que, quelques instants après, il s'est doucement écarté de moi et a descendu le perron de son pas lourd. J'ai vu ses épaules se soulever sous l'effort de sa respiration tandis qu'il scrutait l'intérieur de la voiture. Puis, avec une grâce inattendue, il s'est retourné et a pointé son doigt vers moi.

— Amène-la à l'intérieur.

Il a éteint la lampe extérieure et j'ai porté Cathy dans le séjour, où je l'ai allongée sur le divan. Hollander s'est laissé couler dans un énorme fauteuil recouvert de tapisserie.

— Vas-y, m'a-t-il dit en soufflant comme un bœuf. Ne passe aucun détail.

J'ai arpenté la pièce, laissant saigner mon histoire comme une hémorragie. Je lui ai raconté ce que Cathy avait fait à Sarah, à Monique et à Michael. Je lui ai dit qu'elle m'avait ravi Rachel. Je lui ai tout dit sur Blaire et le père de Cathy et Lucas. J'ai reconnu que j'étais resté aveugle à la souffrance de Cathy, violente au point d'engendrer sa rage et sa jalousie meurtrières.

— Tu aimais cette danseuse, Rachel, a-t-il dit, tout en me suivant du regard tandis que je marchais de long en large devant lui.

— Oui. Je l'aimais.

Il a fait un signe de tête vers Cathy.

— Le bouton d'alarme sur ce mur provoquera l'arrivée d'un flic dans moins de deux minutes. Sauf, bien sûr, si tu as l'intention de creuser un trou dans mes bois.

Je me suis immobilisé.

— Si je la remets à la police, elle n'aura aucune chance de s'en sortir. On n'a jamais vu dans cet État une plaidoirie pour incapacité mentale emporter la décision.

— 1981. État contre Barker.

— Ça fait seize ans.

— Barker s'en est bien tiré, d'après le gouverneur. Ils voulaient l'électrocuter.

— Cathy n'a pas choisi d'être un monstre. Elle n'est pas une tueuse.

— Au regard de la loi, peu importe.

— Je veux qu'on la soigne, ai-je dit.

— Est-ce que Rachel aurait voulu ça ? Qu'on soigne sa meurtrière ?

— Je le crois. Ce n'est pas ce que j'aurais désiré moi-même avant de la connaître.

— Ce devait être quelqu'un d'extraordinaire.

Ma gorge s'est serrée, mais j'ai réussi à parler.

— Il faut que Cathy soit admise en service fermé.

— Ça ne risque pas. Aucun jury ne l'autorisera.

— Mais nous, on pourrait. Et tout de suite.

— Ah. Nous y voilà. (Il a croisé les mains sur son ventre.) Tu sais, Frank, tu as vraiment de sacrées couilles. (Il respirait comme un soufflet de forge.) Ce que tu envisages constitue plusieurs délits sérieux. Il y a kidnapping, de son point de vue à elle. Recel d'une criminelle en fuite, du point de vue pénal. Et ce n'est qu'un début.

Je l'ai regardé. Son visage exprimait un mélange de dédain et de détermination. J'ai craint qu'il ne livre lui-même Cathy à la police.

— Excuse-moi, Matt, ai-je dit. Je ne savais pas où aller. Je n'avais aucune raison de te demander… Je vais me débrouiller.

Je me suis approché de Cathy et me suis baissé pour la reprendre.

— Donc on ne peut pas l'inscrire sous son vrai nom, a-t-il continué.

Je me suis arrêté et tourné vers lui.

— Je n'ai pas envie que le long bras de la loi m'agrippe au collet. Il va falloir que je l'admette sous un pseudonyme dans mon service. Fabriquer un dossier médical crédible. Pas de courrier ni de téléphone. Pas de visiteurs. (Il a marqué une pause.) Pas même toi.

J'ai hoché la tête. Et alors la gravité du complot m'a sauté aux yeux.

— Tu as raison, tu sais. On pourrait se retrouver tous les deux en costume de bagnards. Obstruction à la justice, mépris de…

— Mépris ? (Il s'est légèrement penché en avant.) Aucun tribunal ne peut deviner la profondeur de mon mépris pour cette civilisation misérable. Je dévorerais volontiers un juge, si j'en trouvais un de suffisamment tendre.

Je n'ai pu m'empêcher de sourire.

— Quelqu'un va-t-il la chercher ? Partie du jour au lendemain…

— Discours officiel : on a rompu. Elle s'est barrée. Je connais quelqu'un qui peut traficoter une réservation d'avion pour l'étranger, avec billet annulé et tout.

— Ce Lucas va la mettre en cause.

— Absolument. Il va probablement en faire le pivot de sa défense. Le dossier d'instruction n'est pas parfait, de toute façon. Je ne serais pas surpris qu'il s'en sorte. Mais…

— Quoi ?

— Je ne suis pas sûr d'être capable d'aider un homme comme lui.

— C'est pourquoi le Christ est en croix, et pas toi. Certains ne peuvent s'adresser qu'à Dieu pour trouver la paix. Toi et moi sommes des humains. Nous avons nos limites. Et c'est pour ça que nous avons besoin de Dieu.

J'étais alors trop tendu pour m'appesantir sur le commentaire d'Hollander, mais, au cours des années suivantes, cette pensée m'est revenue à maintes reprises, toutes les fois où je me suis senti impuissant et où j'ai eu quelque chose à me pardonner.

Hollander a soupiré.

— Tu sais, si tu appuies sur le bouton d'alarme, un maître du barreau serait bien capable de faire élargir Cathy pour vice de forme. Nous avons les meilleurs procéduriers du monde, à Boston. Et si tu n'appuies pas, elle risque de rester enfermée indéfiniment. Pendant des années. Voire des dizaines d'années. Finalement, il faudra peut-être la transférer dans mon établissement des îles Virgin. Ou à Puerto Rico. Qui sait ? Sans parler de la décision à prendre, quand et si elle allait mieux. (Il m'a fixé droit dans les yeux.) Tu es sûr d'être à l'aise pour jouer le juge et le jury ?

J'ai réfléchi.

— Pourquoi pas ? ai-je dit. Eux le sont bien.

Nous avons donné assez de sédatifs à Cathy pour que l'effet se prolonge jusqu'au matin. J'ai dormi près d'elle, dans le grand lit à baldaquin d'une des chambres d'amis d'Hollander. Quand je me suis endormi, j'étais sur le dos, rigide, tout au bord du matelas. Mais quand le soleil m'a réveillé, juste après 6 heures, j'étais couché sur le côté, collé contre elle. Pendant quelques instants j'ai oublié où nous étions et ce qui s'était passé. J'ai avancé le bras pour toucher sa main, et de sentir les liens de cuir autour de ses poignets m'a rappelé à la réalité. Et pourtant, niché avec elle, je ressentais finalement plus de tristesse que d'horreur, autant de pitié que de colère, et j'ai même enfoui mon nez contre sa nuque.

Elle a tourné son visage vers moi.

— Où sommes-nous ? a-t-elle demandé.

— En sécurité, ai-je dit.

Elle a refermé les yeux et reposé sa tête sur l'oreiller.

— Désolé qu'on ne se soit pas trouvés en sécurité plus tôt, ai-je murmuré.

Hollander m'a réveillé afin que je sois parti avant l'arrivée des infirmiers qui allaient s'occuper de Cathy. Nous sommes convenus que je ne l'appellerais pas avant au moins un mois.

Je suis retourné chez moi, mais je suis resté dans la voiture, n'ayant aucune envie d'entrer. Je voulais me rapprocher de Rachel par le souvenir.

J'ai pris la direction de Revere, je me suis garé dans le parking du Lynx Club et je suis entré.

Le Lynx Club dans la journée est plus sombre que la nuit. Les lumières de la piste sont baissées. La musique n'est diffusée que par deux baffles au lieu de dix. Les filles sont un peu plus vieilles et moins jolies, et les boissons plus fortes.

Je suis passé devant deux hommes en costume en train d'engloutir le petit déjeuner maison, et je suis allé m'asseoir dans un coin. « Candle in the Wind », d'Elton John, a démarré et une brunette bardée de cuir est apparue sur l'estrade. Quand la serveuse est passée, j'ai commandé un gin orange, mais je n'en ai avalé qu'une petite gorgée.

Un infirme en chaise roulante était le seul client de la rangée des pervers. Il a sorti son portefeuille quand la fille a commencé son numéro et lui a jeté un billet d'un dollar. Elle a levé sa jambe longue et fine, pied en pointe comme une ballerine, et elle a écarté le triangle de tissu qui recouvrait son sexe. Alors il a soupiré en souriant, et il m'a regardé. Je lui ai rendu son sourire.

Nous sommes tous tordus et infirmes. La plupart d'entre nous s'évertuent vainement à dissimuler aux autres leur ridicule et autres bizarreries. Notre souffrance est transformée par une alchimie de l'âme en dépendance à la drogue, ulcère, infarctus, haine, et même guerre. Mais de rares individus, qu'on pourrait appeler les anges, entrent à l'improviste dans nos vies pour nous aider à cesser de nous fuir. Assis là au Lynx Club, nerfs à vif et seul, je savais au moins que j'avais eu la chance d'en croiser un sur ma route.

Composé par Nord Compo Multimédia
7, rue de Fives, 59650 Villeneuve-d'Ascq

Achevé d'imprimer en novembre 2009, en Espagne
par Litografia Roses (Gava)
Dépôt légal : décembre 2009